中国政府出版品国际营销平台精选图书·文学书系　　王昕朋 主编

海边的钢琴

The piano by the sea

陈毅达　著

中国言实出版社

图书在版编目（CIP）数据

海边的钢琴 / 陈毅达著 . -- 北京 : 中国言实出版
社 , 2021.1
ISBN 978-7-5171-3694-1

Ⅰ . ①海⋯ Ⅱ . ①陈⋯ Ⅲ . ①长篇小说－中国－当代
Ⅳ . ① I247.5

中国版本图书馆 CIP 数据核字（2021）第 002347 号

出 版 人　王昕朋
责任编辑　罗　慧
责任校对　崔文婷

出版发行　中国言实出版社
　　　　　　地　址：北京市朝阳区北苑路 180 号加利大厦 5 号楼 105 室
　　　　　　邮　编：100101
　　　　　　编辑部：北京市海淀区花园路 6 号院 B 座 6 层
　　　　　　邮　编：100088
　　　　　　电　话：64924853（总编室）　64924716（发行部）
　　　　　　网　址：www.zgyscbs.cn
　　　　　　E-mail：zgyscbs@263.net

经　　销　新华书店
印　　刷　北京温林源印刷有限公司
版　　次　2021 年 4 月第 1 版　　2021 年 4 月第 1 次印刷
规　　格　880 毫米 × 1230 毫米　1/32　9.75 印张
字　　数　215 千字
定　　价　58.00 元　　ISBN 978-7-5171-3694-1

有风骨讲美学接通全球

——"中国政府出版品国际营销平台精选图书·文学书系"总序

王昕朋

  中国言实出版社是国务院研究室主管主办的国家级出版单位，出版定位是：主要出版党和国家重大政策的研究成果以及相关的辅导读物。1995 年成立以来，我们一直坚持这一出版定位，围绕党和国家中心工作开展出版活动，因而，国内外读者很少见到由中国言实出版社出版的文学类图书。但是，近几年文学界对中国言实出版社已不陌生。这源于出版理念的一次变革。习近平总书记在文艺工作座谈会上的重要讲话指出："一部小说，一篇散文，一首诗，一幅画，一张照片，一部电影，一部电视剧，一曲音乐，都能给外国人了解中国提供一个独特的视角，都能以各自的魅力去吸引人、感染人、打动人。"这给了我们启示、启迪，文学也是讲好中国故事、传播中国好声音的重要途径。所以，我们也用心、用功、用力打造文学板块，并将它推向世界。2018年8月，由中国言实出版社出版的李春雷报告文学作品《朋友——习近平与贾大山交往纪事》获第七届鲁迅文学奖，同时入选"丝路书香"出版工程在国外出版，于是文学界发现，中国言实出版社在文学出版领域同样有不俗的表现。中国言实出版社的文学图书品种少而精，中国文学的声音在通过中国言实出版社持续传播到海外，承载着文化和文学信息的《温文尔雅》翻译成英文、日文、俄文、德文、法文、意大利文、西班牙文、葡萄牙文、阿拉伯文等多种语言向全球推介，英文版、中文繁体版荣获第十三届"输出版引进版优秀图书"奖，长篇小说《京西胭脂铺》一举登榜"中国图书世界馆藏影响力图书20强"。付秀莹、金仁顺、乔叶、魏微、滕肖澜、叶弥、戴来、阿袁等8位"当代中国最具实力女作家"的作品集同时推出，之所以在名称中冠以"中国"二字，是出于对外推介的考量，其中付秀莹、魏微、戴来等人的小说集后来入选"经典中国"项目在美国出版，产生良好反响。

近年来，中国言实出版社加快国际出版步伐，与英、美、日等多家国外出版单位建立战略合作关系，近百名当代中青年作家的作品陆续推介到美国纽约、日本东京、德国法兰克福等多个国际书展，被多个国家的图书馆收藏，图书受到国外图书界关注，连续6年入选中国图书世界馆藏影响力百强出版单位。2015年经财政部批准立项，中国言实出版社建设并主办中国政府出版品国际营销平台，为推动"文化走出去"提供支持。2020年，有感于体量庞大的中国当代文学无法快捷地被全球关注所带来的传播学遗憾，有感于年度文学选本出版周期较长，有感于众多具有潜力、实力、影响力的青年作家的作品没有很好的对外传播渠道，中国言实出版社整合资源，决定专门为中国政府出版品国际营销平台的文学板块打造出一种比年度选本出版周期短、对当代文学创作反应更为灵敏的季度文学选本。《中国当代文学选本》应运而生，书名由王蒙题写，选稿编委梁鸿鹰、李少君、王干、付秀莹、古耜皆为业内名家行家，所选作品为国内新近发表的文质兼美的力作。作为一种有公信力的季度文学选本，《中国当代文学选本》因"让国外读者快捷阅读当代中国文学精品"的窗口作用，以及"为中国作家走向世界铺筑交流合作桥梁"的桥梁作用，受到作家、汉学家、国内外读者一致好评。《中国当代文学选本》传播中国声音，讲述中国故事，产生良好社会效益。有鉴于此，中国言实出版社决定打造这套"中国政府出版品国际营销平台精选图书·文学书系"。

出版社并不承担培养作家的使命，但是这套"中国政府出版品国际营销平台精选图书·文学书系"的入选作品多是出自青年作家之手，原因在于，我们始终关注着中国当代文学最具活力与实力的鲜活部分，求取风骨与审美的统一，始终在精心遴选极具当代性的中国文学好声音，始终把推动中国当代文学与全球接通作为出版人的责任，这套"中国政府出版品国际营销平台精选图书·文学书系"的入选作家和作品便是如此。有风骨、讲美学，是选取这套丛书的思考维度。"有风骨"是要对民族精神有所反映，要为人民而文学，要关怀民生，帮助读者把无病呻吟、凌空蹈虚的作品以独特筛选眼光来淘汰掉；而"讲美学"是指中国言实出版社遴选书稿时看重作品的文本质量，内容和形式互为表里，是为美。美为作品飞向全世界插上翅膀，中国言实出版社人始终认为，美是全人类可通融的共同语言，有风骨、讲美学才能接通全球，成为文学精品。这些优秀作品里，都跳动着时代的脉搏，展现着当代中国日新月异的面貌，蕴含着深厚的文化自信。出版是文学生产的终端，对于中国言实出版社而言是文学传播的开始。中国言实出版社将始终秉持"好作品主义"，重视名家不薄新人，盘点、整合中国文学资源，积极开展对外译介和推广工作，自觉地将有风骨、讲美学的文学精品作为永不改变的出版追求。

2020 年 12 月

目 录
CONTENTS

海边的钢琴

金大成最后明白了，认识杜品，虽然是纯属偶然，但似乎也是无可逃避的。

想通了这点，终于有一天，金大成对杜品感叹地说，你不是一直想知道我初识你那次去酒店干什么吗？

杜品本来已经有点迷糊想睡了，此时一下很好奇，清醒了过来，睁开眼说，对了，当时我以为你就是故意想认识我的客人呢！

金大成说，真不是，你想错了，那天晚上，我是出去散步，不知怎的，突然尿急，实在憋不住了，看到了那个大酒店，我就急急走进去。我是因为去找洗手间，不是还问你了吗？

什么？你妈的！杜品笑起来了，抬起身，侧了过来，手托着下巴，挨着金大成的左脸颊说，这也太俗了吧，你不会说是？或说点浪漫的？你那回是问过我，但我在那里弹琴，当时找各种借口想与我搭讪的客人，还是有的。

金大成一脸认真地说，真实情况，就是如此！

你这人实在阿呆！我其实也当然知道了。你那种蛮君子的相呀，我也告诉你，我当时会跟你走，也是想看看你可以君子到什么程度！杜品哈哈地笑起来，一下趴到金大成身上，我就是认为你找我问洗手间，只是个借口！

反正不是。金大成辩解道，那时我怎么可能会做那种事呢？

也是，那时你呆板得要命，我一眼就看出来你好清高哟，问洗手间在哪，严肃得就像交警让人家出示驾照！杜品娇嗔地说，不过，你现在会做这种事吗？

杜品无心的玩笑话，一下触动了金大成。是的，现在怎么变了？金大成自己也不明白，为什么现在会这么迷恋和享受与杜品这种无拘无束的相拥。这种相拥，让他有一种很特殊的感觉，既轻松又刺激，既新奇又满足，似乎有点成瘾了。与此同时，金大成心里又涌起一股莫名的不安，杜品现在所做的事，确实是自己所不喜欢的，甚至是很反感的。如是在过去，以自己内心的生活准则，肯定不可能会与杜品这么相处的。还有女儿，女儿前些天来个电话，说过几天就从地球的另一边飞回来，敢把杜品介绍给女儿认识吗？或者告诉女儿自己现在有了杜品？杜品的不确定性，年龄又差别这么大，女儿知道了会怎么想？金大成一下没了心情。

金大成情绪上有点受挫，眼睛盯着房间的天花板。

杜品察觉到了，就接着说，你分心了，想什么？又是我借你钱的事？

金大成不知道怎么回答，叹了声，与钱无关。

杜品说，那就是对我现在所做的事！我知道你很不喜欢，但你说我还能怎么办？我不能不现实一点，你就给我3至5年时间，我还了债，把该办的事办了，就好好地陪你！说到这里，杜品把嘴唇贴了上来，很湿润，又很温柔，鼻孔里呼出的气息，似乎带着一些特殊的化学物质，一下又调动起金大成快速分泌的荷尔蒙。

金大成不能自控地又搂住了杜品。杜品的嘴里、鼻子中呼出的气味，金大成根本就无法抗拒。金大成与杜品形成了实质关系后，曾经多次在心里自问过自己，到底为什么会感到离不开杜品了？最后的结论是因为杜品的外形和气味。许多动物都是靠外形的艳丽或特殊的气味来吸引异性同类的，人是高级动物，从生物性来说，也是很难免俗的，外形和气味的吸引最本能最致命，这是金大成找到的最终理由。离不开杜品，看来是自己生物性的结果，说文化点，那就是命中注定。

这时，杜品的手机铃声响起，杜品迅速起身，抓过了电话，嗯嗯了几声，就挂了电话。挂了电话的杜品，就变了个人似的，一边急急穿着衣服，一边说，我要走了，我的那些小伙伴们在等我。话语之间，已不带一点刚刚的缠绵了。

这段时间，每每这个时候，金大成就无比讨厌这时的电话，不能再等等吗？金大成的语气让杜品感到了直扑过来的一落千丈的情绪和十分的不满，杜品转过身来抱住了金大成说，真的不行，你别生气！这个拥抱很不真实，金大成泄气躺到了一边，杜品也不再管他，自顾自地快速下了床，去了卫生间。

这种情况现在越来越频繁了。每到这个时候，金大成知道杜品就不会再有心情陪他，金大成也只好起来，穿上了衣裤。这里是杜品的租房，杜品走了，金大成一刻也不想多待。

杜品在卫生间里化好淡妆，走了出来。见金大成神情闷闷地在一边，就说，别每次都这样，怎么像小孩一样？抱我一下！金大成明白这时再说什么，可能接下去将迎来一次吵架，无奈地抱了一下杜品。你这是拥抱吗？应付！杜品又不满了，拿起拎包说，你送我去工作室吧。

杜品坐金大成的车，都是坐在后座。这是金大成的要求，金大成说，现在到处都是探头，坐在前排万一违章被拍了，那照片上就可以看到杜品，况且现在还是高清设备，一清二楚呢。第一次说这个时，杜品还不高兴地问，你不是没老婆，你怕什么？再说现在谁管你这事，这又没违法，你怎么还这么老土？金大成坚持说，这个你还是听我的吧！从此，杜品都是坐在车的后座上。在路上，杜品从后座上把手伸到前面来。这是杜品的习惯，总爱从后座把手伸到前面来，摸摸金大成这里，挠挠那里。金大成开头很不适应，但几次之后就很享受了。金大成一边开着车，一边用一只手捉住杜品的手，杜品的手是弹钢琴的手，纤纤细细，软绵柔润，金大成很爱抚弄它们，像把玩一个经典古董。

车一会儿就开到了水中央的小区门前，杜品的工作室就租在这小区里。金大成靠边停下了车，杜品照顾到了金大成的情绪，下车前把头伸了过来，轻吻了下金大成，我走了，一有空我就联系你。

金大成实在不好再生气了，但什么都没说。杜品打开车门，下车就走了，十厘米的高跟鞋，衬着高腰笔挺的紧身西裤，步伐很快，背影挺诱人的。金大成目送着杜品离去，待在车里，许久没有发动汽车。

"杜品"与"毒品"谐音，杜品会不会是自己现在生活的"毒品"？

金大成头脑里突然闪过这个奇怪的念头。这个念头让金大成终于有些慌张起来。

———

金大成真是因为一次突如其来的内急而遇上了杜品的。

那天金大成将女儿送到机场入口，女儿说，老爸回去吧！那时金大成还没买车，都是乘坐的士送女儿，然后再坐机场公交回来的。那天从机场上了公交车不久，金大成就感到有点尿意，一下就慌了。这一两年，金大成根本就无法憋尿。虽然年轻时，金大成在挤火车上大学时，多次只能买到站票，上车时车厢里人挤着人，连落脚都很困难，更别想上洗手间，最长的一次憋了8个多小时，金大成原来是很有憋尿的能力和经验的。但是如今，膀胱似乎开始老化了，只要内急，深呼吸，咬牙，踮脚，绷紧全身，什么招都没用，那股体内的液体，说来就那么点量，可是感觉就如同湍流洪水逼过来似的，一来就让人心惊肉跳。有人说过，人老是从腿开始的。金大成认为此言差矣，不够精确，男人的衰老，是从膀胱弹性的缺失起步的，至少金大成认为自己是如此。

金大成知道必须尽快下车，找个地方解决问题，不然等会儿就可能来不及，于是也不管是什么站点，公交车一停下来，金大成就急急下车。金大成连站点都没弄清，下了车就往热闹的地方奔去，按惯性往街上走，完全是漫无目标的，就这么走到一条叫鑫禾路的老街去了。这个时候，强烈的尿意已经袭了过来，金大成左看右望，满街找去处。但这条街是琴岛的一条商业街，大型商场林立，一层的店面全是商铺，各家银行的网点、各通讯公司的营业网点、咖啡屋、糕饼房、药店、婚纱影楼、美容院，甚至什么美甲店等，一溜排去，应有尽有。各店面的装修，都采用了比较醒目的色调，蓝的，红的，黄的，绿的，橙色的，各种色块混在一起，丰富多彩又温馨别致。如此繁华的地段，寸土寸金的，怎可能让公厕占用几尺地盘呢！

已经来不及多想了，内急压倒了一切。绝望之中，金大成想到了手机，越来越万能的手机似乎可以依赖。金大成急急掏出手机，搜索一下地图，屏幕上没有显示附近有公厕，考虑周详的几大网站，暂时还没关注到这项每个人都严重需要的服务。

但金大成急中生智，灵光一现，可以搜搜附近的酒店呀。如见到救星似的，金大成看到在左转一个路口，标注有个叫金世纪的五星级大酒店。酒店大堂里不就有卫生间吗？曙光在前方，金大成立马就往前奔去。

到了酒店，金大成不敢问门口的保安，这种事不知为何经常获不到正常的同情，酒店的卫生间不对外开放，金大成怕一问，保安知道他不是住客，不让进入，那就更惨了。金大成装着大方的样子，走了进去，在大堂里焦急地左顾右望时，一个女子迎面走了过来。金大成感到这是个时尚女子，因为有淡淡的香水味飘过来。金大成此时顾不到这些，声音很低，语速却很快地问，大堂的卫生间在哪？金大成感到这女子偷笑或坏笑了一下。那女子抬手一指，也低声地说，向前，左拐，再右拐，走到最里面就是。女子声音有点沙哑，再压低声调，说不上悦耳。有了着落，金大成这时定下神来看了女子一眼，是个年轻的美女。金大成感到刚才问得不太礼貌，赶紧补说了声谢谢，疾步向前。果然，左拐，再右拐，终于看到了卫生间的标识。金大成几步闯了进去，解决了迫在眉睫的问题，一种绽放一般的感觉，还带着点轻松的幸福感，就那么油然而起。

从卫生间走出来时，金大成已经心情很好了。就在这个时候，那女子的身影无故地从脑海里闪了出来，有点模糊，但又有点似曾相识。金大成有点奇怪，自己很久对漂亮女子基本没有任何想法了，今天怎么有点反常？想到这里，心里又多了重淡淡的失落，印象中那女子似乎有着一种吸引人的特殊气质，是什么？金大成有点惋惜，感到怎么也想不起来了。

重新转回到大堂，金大成有了闲心打量这家酒店。大堂层高有几十米，几根大圆柱高耸直立，吊顶上挂着华丽的灯饰，内堂开阔且纵深较大，一下让人感到富丽堂皇。

一阵钢琴声像水珠般溅了过来，金大成不由循声抬眼看去，在宽敞大堂里，有个休闲小区，浅色的软沙发摆成四方形，居中放了一架大钢琴，一个女子正在低头弹奏。

金大成眼睛被锁住了，弹琴的女子，不正是刚才给他指路的那个吗？

女子换了身蓝宝石色的紧身包裙，身材窈窕，曲线毕露，细腰臂长，削肩，V形的开衩让背部露出光滑的肌肤，一直到腰，整条脊椎骨清晰地露出来，突出的骨节，如一条玉串，连接着被包裹得紧紧的臀部，呈现出很优美的身体弧线。虽然是坐着，但看得出那女子的腿很修长，金属细跟的高跟鞋，把她细长的小腿托举得很挺拔，像山城夏日里水塘伸出的莲茎，在射灯的映照下，闪出令人怦然心动的光晕来。女子的头发很浓密，扎着马尾辫，清爽的长发又半披下来，半遮半掩着天鹅般的脖颈。一切看上去很完美，但似乎有些过于恰到好处，由此露出了一丝刻意的马脚来。

金大成没住过这么高级酒店，但听说过有一些高档酒店，会请人在大堂里弹琴，使人一进酒店，就有一种很好的感觉，扑面就是安静又浪漫的氛围和情调。

金大成此时才明白，刚才遇到的女子，原来是酒店请来的琴手。

女子弹完了一曲，似乎感到了背后射来的目光，侧头瞟了一下，可能认出是刚才急急问洗手间的金大成，微微抿嘴一笑，转回了头，深吸了一口气，手落音起，换了首曲子，优美的旋律如山之清泉，流淌出来。

金大成隐约觉得那个女子的一笑有点意味，是不是很难把刚才急着上洗手间的男子与现在能专注听琴的男子，联在一起，变为一个人？但还来不及深入细想，金大成心里就一颤，被琴声深深打动了，那是班得瑞的《爱的纪念》！

金大成并不懂音乐，但是这支曲子太熟悉了。这是一份特殊的记忆。

当妻子决定放弃治疗，躺在家中的床上苦度最后的时光时，女儿从南非开普敦飞了回来。

女儿进家门后，连行李都还没放下，见老妈躺在家中床上，就责问金大成，老爸，为什么不让老妈在医院治疗？

金大成很少听女儿这么大声地说话，黯然地说，你妈不肯，说从医一辈子了，自己是医生，太晚了，治疗无用，也不愿受那份折腾，更不愿拖累家人，所以坚决不住院。

妻子听到了他们父女的对话，声音从床上传了过来，确实是我自己的决定！你别怪你爸了，他已经非常尽心了！

这么一说，女儿放下行李，站在那里潸然泪下。小城医疗条件差，这种病要住院就得去省城，去省城就得有人陪伴，女儿在国外工作，而金大成在县第一中学带高中毕业班，没太多时间来照看妻子。女儿聪明得很，一想就明白了老妈的苦心。

真实的情况也是如此，金大成当时多次几乎是哀求妻子，去省城吧，你怕累坏我，我们可以请个看护！妻子一脸生气地回绝了，你想让我在最后的时光都是由别人陪伴度过？你就那么急？

金大成哑巴吃黄连，从此再也不提这事了。妻子那时非常坚决地说，让我在家里的床上躺着，哪怕一个人，我都感到温馨，这是家！妻子是知识女性，在生命的最后一段时间里，其实是不想再麻烦金大成。金大成怎么不懂，这是妻子的心地善良和对人生的彻悟。

女儿当时只有几天的假期。几天之后，不能不走了。女儿要走时，哭成一个泪人。女儿从小就被金大成夫妇疼爱无比，金大成印象中从没有见过女儿这么痛苦和放肆地哭过。女儿与妻子道别时，妻子让金大成出去，并让女儿把房间门关了，母女俩在里面都说了什么，金大成根本不知道。那时，金大成也无心去想，心里无比悲戚，坐在外厅的沙发上，泪水一滴滴地往下落着。

女儿从妻子房里出来后，已经不哭了，拎起包走时，递给了金大成一个硬盘说，老爸，老妈现在这样了，我们确实只能面对现实。我请不了假，公司要我立即赶回，有重要事情。照顾老妈的事，只好全托给你！现在老妈什么都不能吃了，也不能动了，我也不知道怎么办。来时，我的一个外国朋友正好向我介绍一种很流行的心灵疗伤音乐，我听了一下，真的不错，你有空就放给老妈听听吧，或许能让她减轻点痛苦。

接过女儿的硬盘，金大成说，你放心吧，我会好好照顾你妈！

女儿走了，金大成就立即用家中的音响，播放出来给妻子听。

音乐刚响起，妻子开始还有点不悦，你干吗？一辈子都没听你说过喜欢音乐，怎么现在开始喜欢了？

妻子在家强势惯了，总是这么说话。原先碰到妻子这种话的时刻，金大成一般就如有经验的嫌疑犯，保持沉默。这次忙解释说，是女儿特地带回来的，是女儿让播放给你的。

妻子立刻没声音了，女儿的话这些年在家里如有圣旨。只有说起女儿，妻子才一脸安静，脸上充满光辉。

妻子居然安静地听了起来，看来妻子对女儿有着几乎盲目的信任感，金大成是永远不能做到这点的。第一曲，就是《爱的纪念》。妻子听着听着，眼睛里的泪水就流了出来，这是什么曲子？金大成也不懂，立即打电话给女儿。女儿正在去机场的路上，手机里一听就说，班得瑞的《爱的纪念》。

金大成如背课似的，就牢牢记住了。

听过一次后，妻子经常要听，还要多听几遍。金大成也有点感觉，明白妻子为什么爱听。

妻子在临终之前，有点回光返照，但什么都没说，只要金大成再放一遍这个曲子。妻子听这支曲子时，苍白偏黄的脸颊上，出现了一点淡淡的潮红。曲终之时，妻子眼角边挂着一滴泪。

金大成从此就牢牢记住了这支曲子，在以后的日子里，每每想起妻子，这首曲子的音符，就会自然地在心中伴奏着，如背景音乐似的弥漫开来。

酒店大堂的右侧过道，摆着几张红木座椅。金大成不知道自己是如何走过去的，一坐下，泪水像被刀切开的橙子，自然地从心里渗透了出来。心也如同被切开，变成了两半，湿漉漉的，散发出一种果香味。

金大成还没从记忆里走出，一块小纸巾出现在视线里。记忆瞬间被伸过来的纸巾切断，金大成正有些生气，抬眼一看是那女子站在面前，一脸不解，眼里透出了许多疑惑和好奇，金大成才清醒了过来。

金大成有些不好意思，慌乱之中顺手接过纸巾，急急擦去了脸上的泪水。

男儿有泪不轻弹，只因未到伤心处！你是一个容易被感动的人呢，还是我弹的曲子让你想起了什么？女子轻声问。

嗯嗯，不好意思，都有。金大成回答得挺老实的，我突然想起了一些私事，当然，你也弹得十分好听。

女子轻叹了一口气，现在居然还有人会在一个酒店的大堂里，被我的弹奏感动！你是我见过的唯一一个。话锋一转又说，这是我今天弹的最后一曲，也是我在这个酒店里弹的最后一曲，所以我的心境与你有点相似，也挺想落泪的。

女子眼睛看向那架钢琴，那是一架白色的三角钢琴，沉甸甸地立在红地毯上。

什么？金大成听明白了这话里的含意，同是天涯沦落人，相逢何必曾相识。这么巧？

女子眼睛亮了亮，又自嘲地笑了一下，是，我在这里弹了半年，你是最后一个听众，却是我遇到的第一个认真听我弹琴的人。我已辞去这份工作了。因为你的特殊，也因为我今天的特殊，为了你的相逢何必曾相识，我可以为你弹一曲，如果你真的还想听。

女子看来很会说话，这么一说让金大成一方面无法拒绝，另一方面又受宠若惊，想听，那真的十分谢谢了。

不用谢，对一个演奏者来说，听众的眼泪比掌声更让他感到重要和真实。你是半年来，让我在离开这里时，唯一一次获得了成就感的人，是我要谢谢你，在我决定不再弹琴了的时候，给了我最后的肯定和安慰。你有没有建议的曲子？女子说。

就刚才那首《爱的纪念》。金大成说。

这个曲子让你流泪，我建议你还是换一首吧，也是班得瑞的，换换心情。还是多想点让生活快乐的东西吧！一直陷在过去的记忆里，那不是现代人的习惯！

金大成点了点头说，也是，你好像很有些思想，现在有思想的女子似乎不多了。其实，金大成感到，这个女子还很善良。

女子无才便是德？那是你们男人的认为。不过不论男女，各有误区。正如我一直感到，现在能在这富丽的大堂里听我弹琴落泪的男人不可能会有一样。女子反应很快，话风也挺锋利的，看来为人也不俗。

金大成深深叹口气说，你搞错了，我没那么高的素质，我不懂音乐，我刚才流泪，是想到我的妻子。

什么，你妻子？女子睁大眼睛，诧异至极，一会儿跟着叹息了一下，看来，你还是个可以按熊猫保护级别来对待的男人，现在生活中的深情男人都快绝迹了。

没那么夸张吧。怎么说呢，我与她生活了30年，30年是根木头都会长芽。金大成说到这里，又有些伤感，那首曲子是她生前最爱听的，也是她临终时最后听的！

女子愣了一会儿说，原来你妻子不在了！那真对不起，我的琴声勾起了你的伤心之事。

不是的，不是这意思。金大成摇着头说，有时悲伤也是人生的一个快乐！

有时悲伤也是人生的一个快乐！女子重复了一下，你这话说得很有意思。既然是因我琴声而起，班得瑞有一首《秋日私语》，我弹这首给你听听，希望能让你唤醒更美好的记忆。

女子说完，转身，用手轻拎着裙摆，轻盈地走向了钢琴。

金大成情绪还没缓过来，钢琴声就响起。缓缓而又悠扬的旋律，音符如秋日一束束暖暖的阳光，懒懒地洒落过来，在天高云淡之下，秋风轻拂着森林，落叶掉落在湖水之上，轻淡地流向远方。如步入了一个秋日和煦、林色明媚的天地，那里蓝天白云，枫树红叶，秋水深深。

金大成心神一下安宁下来。

这首曲，金大成也熟悉。

女子有如坐禅入定般地弹奏着，身姿如一座秋日下的雕塑，随着手指在键盘上的起落滑动，偶尔微微晃动一下身体，似秋风中摇动的草浪，像空谷里的流泉。这个场景，一下又勾起了金大成的另一个尘封的记忆。

那是金大成人生之中第一次听到钢琴声。

童年时代，金大成生活在这海龙屿。一次，随母亲上了一条轮渡船，来到一个叫龙洲仔的小岛，走在岛上的一条石弄里，一阵琴声传了过来。金大成十分好奇地问母亲，那是什么东西发出的声音？

母亲回答说，是钢琴。

这么好听，金大成就对母亲说，我想去看看。

母亲迟疑了一下，还是带着金大成循声找了过去。

来到了一栋西洋风格的红砖楼前，金大成撇下母亲，小跑了过去，透过木条做成的栅栏，看到了栅栏内小楼大门敞开着，从大门看进去，在大厅里一角，一个年龄与他相近的女孩坐在一张椅上，背朝着外面，用小手在黑白相间的琴盘上移动着，时快时慢，时上时下，时左时右。随着她细嫩的手指灵巧地挥舞，音乐的旋律如风吹，如日晒，似雨飘，似水流，恰是鲜花怒放，又如月色朦胧。女孩扎着一个马尾辫，穿着一件雪白色的小衬衣，一条花格的小短裙，一双白色的长袜，衬着红色小皮鞋，瘦小的身体不时扭动着，看得出很投入。阳光从大门射进了大厅，映衬着女孩弹琴的身姿，场景如一幅迷蒙的油画。

母亲从后面赶了上来，把金大成牵走。金大成真不愿走，但没办法，一步三回头地看着，嘴里说，阿姆，那个钢琴怎是那个样子的，那弹琴的女孩真像童话里的小天使。我也要弹钢琴。

母亲叹了口气说，人家是从国外回来的大华侨的孩子，那架琴我们家一辈子都买不起。

为什么呢？金大成当时问，但母亲没有回答。母亲从来没有不回答金大成的提问，这是唯一的一次。

之后，因为阿公的成分问题，金大成随父母被赶到了闽北的一个小山城。这个叫铁城的地方，那时的城里只有一条短短的街道，就一两个国营的商店，属于那种街头打屁股，街尾听得见的小小之城，根本没有钢琴。在小山城里就学，金大成连音乐课都没上过，那时学校老师只在快放学时教些歌，都是一些曲调高亢的歌曲。

到女儿上小学时，铁城的街道变长了，满街都是各式各样的商场，商场里播放着各种各样的歌曲。金大成家的日子也好了起来，小城各种课外的艺术培训也开始兴旺起来。妻子有一天突然问金大成，我想让女儿去参加一些校外的培训和辅导，你是当老师的，你说送女儿去学什么比较好？

金大成鬼使神差地想起了钢琴，想起了那个女孩，想起了母亲一脸忧愁地说，我们家一辈子都买不起。

金大成随口就说，钢琴，学钢琴。

妻子十分惊讶，你喜欢钢琴？我怎么从来没听你说过？

金大成连忙摇头说，也不是，只是想到了我小时候，我妈说家里一辈子买不起钢琴。现在我们可以随便买了！

妻子不解地看了金大成一眼，你神经呀，你要完成你妈的心愿，我要送女儿去培训，这是两回事。我没问你妈的事，我是问女儿的事。

那也是。母亲没福气，在金大成大学毕业后就病逝了，辛苦了一辈子的母亲，临走时还对金大成说，我最遗憾的，就是你小时候，没法给你买架钢琴！金大成当时非常愕然，阿姆，你怎么还记得这事？母亲那时惨笑了一下说，你一直不知道，我们家原来也在那个岛上，我小的时候，在那岛上的小学获过钢琴比赛的第三名。

这个事，金大成从来没给妻子说过，妻子不懂。

金大成说，还是你定吧。

妻子说，现在家里就这么点大，放不下一架钢琴。再说，这么小的县城，去哪里找个好的钢琴老师？还是让女儿好好读书，学些更实际的东西吧，给女儿报数学辅导班吧，考上大学对她才是最重要的。

妻子是现实主义者，那时家里房子真的太小，还住在妻子单位的房改房里，是套里间外间连通着的两室旧房，没有客厅饭厅卫生间。

金大成没说什么。现在想来，真应感谢妻子当时的实际和英明，女儿自小就没什么明星梦，一门心思都在读书，后来成了高考状元，如今，才这么顺利踏实地生活。

最后一个音符落下，大堂里没了琴声。女子静坐了一会儿，才站起身来，走了过来，笑盈盈地说，我该走了，下班的时间已经过了，肚子也饿了。

金大成说谢谢，也不由站起身来。

女子俏皮地说，看来你这人就爱说谢谢！

女子的俏皮对金大成是个很大的鼓励，金大成此时不知为何突然不想马上与这女子分开，不知哪里蹿出的一股勇气，金大成顺顺地接上话说，我也没吃饭，肚子也饿了，要不，我请你一起去吃饭，用行动表示我的谢谢？

女子很认真地打量了金大成一会儿说，你这人还很有趣。然后爽快地点了点头，那好，我们走吧！

金大成这下呆了，没想到这辈子第一次请一个女子单独吃饭，就是这么简单。

出了酒店大门，女子问，你喜欢去哪吃饭？

金大成傻眼了，想了想忙说，今天是我请你，你决定比较好。

女子哈哈笑起来说，我有个习惯，凡是男人请我吃饭，我都是要找贵的地方去！

金大成点点头说，这应该呀，现在听一场音乐会，票都要多少钱？何况今天你算专场为我弹琴，当然要更贵！

女子说，你还是很会讲话的。然后问，你有开车吗？

金大成摇头说，没有，我今天一个人是走过来的。

女子说，也是，大老板怎么需要自己开车呢。说着，招手叫了一辆停在门口的的士。

金大成很想说自己不是什么大老板，但想想现在说会不会让女子感到是说自己请不起，就没说话。

上车后，女子对司机说，到托克斯基酒店。又对金大成说，那里的旋转餐厅，我很喜欢。

托克斯基，金大成听了有些耳熟。但容不得金大成细想，女子坐在金大成的左边，身上的那股淡香，此时更有力地钻进金大成的鼻孔里。

车到目的地，金大成才想起来，托克斯基酒店是岛内一家知名的五星级大酒店。来到海龙屿后，女儿有次因工作回来，没住在家里，就是住在这个酒店。

那次女儿一到，就从酒店打电话给金大成。金大成问女儿，你住哪里？女儿说了托克斯基。金大成一时没听懂，就说什么托克斯基，搞得女儿在电话里大笑，老爸，你会让我笑死！金大成又问，干吗不回来住家里，住在酒店多不方便又浪费钱！女儿说，老爸，我知道你想让我住家里，但这次我是公司出差，公司出差按规定，像我这样的就必须住酒店，而且是当地最好的酒店。所以，浪费钱一说你就别唠叨了。至于不方便，更是别再说，现在各类高级酒店的条件都很好，连半夜三更要什么，打个电话，就会有人送到房间门口，你说方便不方便？所以，不要按老观念生活了，现在这个时代与你观念中的时代完全不一样，住在家里，你要帮我整房间弄被子煮吃的，我走后你还要收拾房间洗被子，等等，你说哪边方便？想我回家就直说呀，我一得空就回去看你啊！弄得金大成不知说什么好。

后来，女儿第二天傍晚过来了一趟，扔给金大成一些东西，就把金大成带上车，拉到这里来，一起吃了晚餐。女儿俯瞰着海龙屿的夜景，开心地说，老爸，你看这岛有多美，在我眼里不输国外任何一个地方。

女儿当时说的这句话让金大成印象挺深的，金大成正好从旋转餐厅上看到了龙洲仔，就指着那个海中小岛给女儿说，你可能不知道吧，你奶奶说，小时候，她就住在那小岛上，还在那里上学。

奶奶是琴岛上的人？老爸，你怎么从来都没说起呀？女儿说，我从来没见过奶奶，你能不能给我说说奶奶？

金大成说，这也是你奶奶最后才告诉我的，我真的也不知道，她说小时在那岛上上学，还得过学校钢琴比赛的第三名！你老爸小时候日子很苦，那时候大人们都很少给自己的孩子说过去的事情，也许是苦得不想说吧！

那奶奶为什么后面会告诉你？女儿很想知道。

那时你奶奶要走了，想到了小时候有次带我上那个小岛时，我吵着要买一架钢琴，奶奶那时只说了一句，我们家一辈子都买不起。我也不知道你奶奶一直记着这件事，是不是感到对我打击很大，反正临终前，她说这是她唯一的遗憾。金大成说到这，一股情绪涌了上来，直逼泪腺，差点落泪。

还有这样的事！女儿若有所思，但发现金大成很伤心，就立即荡开了话题，老爸，看来我让你来海龙屿是对的，我想奶奶知道了，一定会很开心的。你现在的任务呢，就是多感受一下美好生活，别总停在电饭煲煮稀饭吃的时代，连牛排都吃不来。有时可以自己出来享受一下了，发现什么与我们家过去有关的，还有好玩的地方，你就用手机拍下来，发给我，我回来，你要带我去！

自此之后，女儿再飞回来，金大成再也没有提让女儿回来住的事了。

金大成随女子进了酒店，然后上了电梯。

旋转餐厅在酒店的最高层，虽然已是晚上 8 点多了，但这个钟点似乎正是酒店用餐的高峰，餐厅里面人蛮多，优美的钢琴曲低低回旋着。

那女子对金大成微笑着说，今天跟班得瑞扯上关系了，连餐厅里播放的都是班得瑞的，这是《阳光海岸》。

金大成说，这不奇怪，这本来就是钢琴之岛。

一位餐厅小姐迎了上来问，就两位吗？有订座吗？

女子说，临时来的，有位子吗？

餐厅小姐说，你们运气真好，有个客人刚刚退订，你们随我来吧。边说边把女子和金大成引到了一处空位上。餐厅的位子都紧靠着玻璃幕墙排开的，金大成坐下之后，透过玻璃，居高临下，就看到了海龙屿的全景，环海路像一条灿烂的彩带，缠绕着岛屿，闪烁的灯火，星星点点，辉煌耀目。

女子可能真饿了，把随身的挎包一放，轻声说，我们是在自助区，我不客气了，先去取吃的。

金大成说，当然女士优先。

女子笑了一下说，你真的还挺绅士的。就自行去了。

金大成打量了一下，才知道这个旋转餐厅分自助区和点菜区，今晚女子把他带到的是自助区。

女子不一会儿端了一大盘子的东西过来。金大成一看，全是海鲜，有甜虾、生三文鱼片、花蟹、生蚝、香螺、小鲍鱼，还有几只大龙虾脚，盘子装得满满的。

金大成说，你爱吃海鲜？

女子坐下说，是呀，吃海鲜不发胖！这里的海鲜特别好。接着笑着说，你可以去取了。

金大成起身，去了取菜区。长年生活在山区，金大成的肠胃并不太适应海鲜，所以巡看了一圈下来，金大成才取了盘子，往盘子里装了一点猪脚、烤鸽、香菇、笋片，还有一个卤蛋。

金大成回到座位上时，女子看了一眼金大成的盘子，惊奇地问，你不是本地人？不吃海鲜？就吃这些呀？

金大成不好意思地说，是的，我多年生活在一个小山城，口味习惯吃山里的东西。

女子有些不相信，白了金大成一眼，你穿得像个华侨，一身打扮可都是国外的牌子！你手上的那块表，是玫瑰金的江诗丹顿，至少要十多万。那你是来岛上做生意的？

金大成摇了摇头，笑了笑说，我女儿在国外，我穿的全是她从国外给我带来的。不穿，她不高兴，又浪费了！这块表，是她从国外带给我的 50 岁生日礼物，我还不知道这么贵。我也不是做生意的，我只是个教书的。

老师？你是个老师？女子正在吃虾，突然停了下来，目光迅速地把金大成再扫了一遍，低声地惊叫起来，这里的自助可是全岛最贵的，今天要花你这么多钱，那真不好意思！

金大成被女子这么一说，反倒有点尴尬，连忙说道，你不要客气，这点钱我真付得起。现在当老师，你认为真那么穷吗？

女子转而扑哧笑喷，也是，你女儿在国外，再说现在城里的老师也不穷嘛，那我可就心安理得喽。说完，继续吃起来，接着又说，那我们曾经是同行！

你过去也是当老师？金大成觉得终于找到了话题，想和女子聊下去。但女子应付地说，曾经，那是曾经。金大成只好把话题转开，我还不知道你的芳名？女子又笑起来，你这人讲话怎么这么斯文，还芳名呢。我叫杜品！杜撰的杜，绝品的品。你呢？金大成心里莫名地咯噔一下，这女子告诉自己的，应该是个假名。我叫金大成。那我以后就叫你金老师！杜品专心致志地吃了起来。

看得出来，杜品挺饿也挺能吃，吃了两盘之后，才稍微停了下来，与金大成闲聊起来，通过闲聊，金大成对杜品有个大概了解，毕业于本岛的一所著名大学的音乐学院，还是钢琴专业的硕士。毕业后回到了老家一座山城，去年辞职又独自来到海龙屿。

杜品，杜撰的绝品。金大成虽然感到这么自我介绍有点怪怪的，但还是在心里牢牢记下了这个名字。

从托克斯基出来时，已经是晚上近 10 点了。太晚了，我送送你？金大成说。但杜品回绝了，我还要去个朋友那里。见金大成有点失落，杜品又加了句，是个女友那里，她还在等我，说有重要事情。既然如此，金大成只能招手帮杜品叫了一辆车。

上车前，杜品说，谢谢你！好像觉得这么离去有些不妥，又主动把手机号码留给了金大成，你若想再听班得瑞的，可以随时打电话给我。说到这，感到还不够诚意，就说，那你的电话呢？你不把电话给我吗？金大成拿出手机，把杜品电话号码输进去，挂通后说，这是我的电话。

杜品上车了，摇下了车窗，盯着金大成说，我走了。目光有点期待。

金大成说，再见。的士司机可能等得不耐烦了，一听金大成说再见，呼地把车开走了。金大成心里有种说不出的滋味，目送着远去的车，心想，如果自己今天有车就好了，就能送杜品，还能跟杜品深聊一阵。

金大成是走着回去的，今晚肚子有些撑。金大成突然闪出个念头，要不要买部车呢？女儿曾经给金大成建议过，老爸，你要不买部车？金大成当时极不以为然地说，我买车干吗？现在会有这念头，金大成自己都吓了一跳，但刚才杜品摇下车窗时略带期盼的眼睛，又一下闪现在眼前。

金大成走在路上，好一阵子都在想这个眼神的含意，如果当时挽留一下杜品，或建议杜品给那个女友打个电话说，太迟了不过去，杜品会不会真这么做呢？

金大成一路都懊恼着，刚才怎么不试试呢？还有，自己怎么不听女儿的，买部车？

二

金大成来海龙屿定居，可以说是被女儿安排的。

虽然不幸丧妻，但金大成却有个引以为豪的女儿。女儿名叫金小可，这当然是金大成取的名字。金大成对女儿没有寄太大的期望，觉得一切小可就好。因为妻子是医生，生产安排在妻子工作的医院，金大成待在产房隔壁等着。护士把女儿抱出来给金大成看时，女儿蹬腿摆手的，哭闹得不行。金大成是闽南人，闽南人有点重男轻女，所以，金大成见生的是个女儿，当时心里略有些失落。护士问，有没有想好叫什么名字？我要送去婴儿室了。金大成见女儿模样挺任性的，还在大哭大闹，随口就说，叫小可吧。金大成那时心里想，能听话就好，过得去就行了。谁想到女儿上了学后，越来越聪慧，成绩先是全班第一，然后全年级第一，到了高中之后，一下变成了全校第一。女儿记忆力特强，简直快到过目不忘的程度。18 岁那年，女儿以全县高考第一、全省第二的总成绩，被北京一所名校录取。

大学毕业后，女儿又考到了英国的伦敦大学读国际贸易专业的硕士，硕士读完又考上美国哈佛大学读珠宝专业鉴定的博士。学成后，女儿留在美国。拿到美国的绿卡之后，女儿不久就到加拿大的一家矿产大公司里找到了工作。几年前，女儿来了个电话说，去了南非，在一家知名的珠宝公司做了高管。美国哈佛大学的珠宝专业，那是硬牌子。女儿从小就爱玩各类玻璃球，那时金大成没想到，这让女儿长大之后，竟喜欢上了玩各种珠宝，而且还玩大的，面向全球呢。

一年多前，女儿突然来电话说到上海出差，会顺便转道回铁城几天。金大成那时已经很久没见到女儿了，接了电话后很开心。直到女儿回来后，金大成才明白，这次女儿是有备而来呢。

女儿到铁城时已是中午，吃了金大成精心准备好的饭菜后，就去房间蒙头大睡，金大成傍晚从学校回来，女儿还在睡。看女儿如此缺觉，金大成心疼得不得了。那天晚饭吃得很迟，吃完后金大成不让女儿收拾，自己亲手洗锅擦碗，等忙完时，都快晚上九点多了。女儿这时对金大成说，老爸，我这次回来，是想同你商量一件事。

女儿自小就爱向金大成撒娇，后来到国外之后，见面机会很少，回来更是娇声娇气对金大成。此时女儿一脸从未见过的严肃，金大成一下有点不适应，愣了一下，才答，你说！

我希望你离开铁城。女儿讲话直截了当。

金大成呆住了，许久才反应过来说，离开铁城？为什么？

老爸，这里太小，妈妈是本地人，这边亲戚多，你在这个小城一中又算个名师，桃李满天下，待下去，可能永远放不下脸来，放不下架子来。放不下来，你怎么可能很好地考虑今后的生活？女儿这时又讲得有点含蓄了，但意思还是明明白白。

金大成当然听懂了女儿话里的意思。妻子去世后，妻子的家人对金大成仍然很好，逢年过节，都没忘记通知金大成参加全家团聚，仍把金大成当自家人。特别是妻子的父母，仍一直是把金大成视为女婿，有时一些小事，还时不时叫金大成帮着做做。妻子去世之后，曾有几个热心人给金大成拉线张罗过，想让金大成重组家庭。金大成个人条件还是很有吸引力的，虽然年过 50 岁，但个子瘦高，一张线条明朗的脸，看上去显得年轻，又是高级教师，有几个女人很是满意。

金大成心里也不是没有摇摆过，曾与一个在县机关工作的离异女人接触了几次。但每次与那女人相见后回到家中，见到妻子的遗像，金大成总感到妻子仿佛还在身边，就觉得像做了亏心事一般，不敢与照片中的妻子对视。最致命的是，金大成心里总有个担心和放不下，与别的女人一接触，总怕被妻子的家人知道。有两次那女人几乎是明确暗示，希望到金大成的家里坐坐，明显想进一步发展关系，但金大成一下就想到家中客厅里挂着的妻子遗像，想到老年丧女的岳父岳母，就装没听到。那个女人觉得金大成是不是有点问题，最后抽身而去了。小城人容易相互知道情况，不似大城市里的人同住一幢楼都还不一定认识。久而久之，人家也觉得金大成不知怎么想的，就不再给金大成搭桥介绍了。几年一过，金大成在这方面毫无进展，更别说有什么成果了。

女儿似乎很了解这些情况。但女儿这次突然明确地提出这个问题，金大成真的没想好，甚至可以说从未想过。

这辈子都是在这山城里过的，已经习惯了。金大成本能地拒绝，再说，要离开这里，我能去哪里？去哪里都人生地不熟，不是更不合适？

女儿说，回海龙屿，那里不是老家吗，你总不会不适应吧？

去海龙屿？金大成一脸不解地看着女儿。金大成是海龙屿人，这些年，海龙屿因是特区，又是历史文化名城，海滨之地，外地人趋之若鹜，有太多人想去海龙屿工作和生活了，自己仅是个教书匠，怎么去？再说，在小城生活多年，金大成与海龙屿早年的一些远亲已经少有往来，有的一点消息都没有了，回去又能怎样？

海龙屿，海洋性气候。现在不是很流行候鸟族吗？冬天到南方，夏天到北方。女儿说，你正好重归故里。

女儿也许一直在国外，可能不了解国内情况。自己都到这把年龄了，又没什么特别的成就和关系，怎么调往海龙屿？但这点不能说。金大成沉默一会儿才说，我可以照顾自己。再说，我还在上班。你放心，只要你在外面好好地生活，就是我和你妈最大的心愿了。

女儿一下提高了声音，激动地说，老爸，过去我在外面读书包括后来都工作了，你和妈放心过我吗？又是电话又是视频的。你如今一人，又要上班，又要照顾自己，大男人一个，怎么行？叫我怎么放心？再说，你不是有点风湿性关节炎，我听说这种病严重下去，会诱发风湿性心脏病。这个山城冬冷夏热，不合适你了。妈妈已经走了，我希望我爸爸一直还好好的，你别想让我成为一个孤儿！如果老妈还在，就由老妈说了算，我就不管你了。只是老妈不在了，你必须听我的。

这简直回到母系社会里去了，金大成正想给女儿开个玩笑，但抬眼见女儿眼里噙着泪水，金大成不知道怎么回答了。

女儿接着说，我在国外，现在已经拿到了绿卡，公司那边给我的年薪，超过你工资收入的好多倍，我太喜欢这份工作了，也在外面习惯了，要我再回到这个小城，回来陪你，真的不太可能了。我知道你对老妈来说，是个好丈夫；对我来说，是个好父亲。但是，老妈走了有三年多了，我也确定我自己的生活方向了。你呢？这后面的生活是你自己的，你想过没有？我知道同你谈这些不合适，但是，想来想去，我不同你谈这个，谁还能给你谈呢？这往后的日子，你就没想过还很长？

金大成真的从来没有考虑过这些。妻子走后，他基本上按惯性生活，感到自己老了，女儿也有着落了，在外独立生活了，似乎人生到此，已经算是可以画个句号了，不再抱有任何生活的梦想，平静地度日即可。被女儿这么一说，金大成才想，确实，按现在的生活条件和医疗条件，以自己目前的良好身体状况，如此活下去真的还很长。人的前半生，因为都在人生成长和尽自己的人生职责，所以也许可以说是为生存和责任生活；

这后半辈子，也许才是人生属于自己的，是自己真正的开始。女儿说的也许是对的，至少真的是很懂事很贴心的了。但去海龙屿谈何容易，女儿是不是在外久了，根本不了解国内情况，以为像她可以这里换个工作，那里寻份职业？

海龙屿，现在是个什么地方？去海龙屿，谈何容易！金大成觉得女儿用心很好，但想得太简单了，他不想女儿瞎操心自己，就回绝说，你放心，我和你妈，这一辈子就只有一个心愿，就是把你培养好，你能过好自己的生活。只要你好，我就好！

女儿泪水奔涌而出，老爸，我已经长大了，在同学和同事眼里，我算是很成功了。你和老妈多年来一直是为了我，忘了你们自己，现在老妈不在了，我也不在你身边了，万一以后你有个什么的，身边没人怎么办？我不能那么自私，你和老妈养育了我这么多年，也不会希望我是个自私的人吧？你是我父亲，但你同时还是你自己！

金大成心里很暖，生女如此，已如所愿。只是，去海龙屿，女儿真想得太容易了。金大成安慰女儿说，你别哭了，我在这山城不是好好的吗？

女儿抹去了眼泪，很坚决地接着说，老爸，这事我已替你做主并安排好了，正如过去你和老妈安排我一样。我在海龙屿已买下了一套房子，那房子可以带你的户口落户；你的工作我也替你联系好了，正好那边有所私立的学校急需你这样有经验的高级教师，这所民办学校是与我国内的母校合办的，挂我母校的分校，是海龙屿政府为民办实事项目之一，享有特殊扶持政策。学校拟开办一个珠宝评估与鉴定的专业，校董曾来南非我们公司好几次，都是我负责接待。我也同校董说过你的情况。现在只要你同意，学校愿意把你作为教育人才引进，相关手续都能办下来。

什么？金大成不敢相信，女儿变得这么有能耐了，在没告知自己的情况下，一切已悄然办妥，看来女儿这次是谋划已久了。金大成知道，这些年，小山城有不少教师、医生做梦都想去海龙屿工作和定居，有的不惜变卖房产并向银行借贷，在海龙屿买房，让孩子先落户口，不少人努力几年都没办好。

女儿趁热打铁接着说，老爸，如今中国的市场是全球各大公司追求的目标，我那公司好几个董事，都到过海龙屿，参加过两届海龙屿国际贸洽会，正筹划着全面进入中国珠宝市场。海龙屿是海湾型城市，是个旅游胜地，具有世界影响力，居民生活水平高，购买力强。所以，公司正研究把海龙屿作为进入中国市场的首选之地，公司把我要去，就是为了进入海龙屿做准备，这项目的调研工作和前期策划，目前由我负责。你到海龙屿去，以后就有机会经常见到我呢！你不想吗？

再拒绝实在没理由了，女儿如此用心良苦。金大成点点头说，好吧，要不等你确定到了海龙屿工作，再做决定？

不行，不行。女儿有点撒娇地说，不能等我到了之后。我这次回来时间很紧。明天你就先请假同我去海龙屿，人家学校虽然了解了你的情况，并相信能够生出这么优秀女儿的你，肯定也是很优秀的父亲，但按程序还是要面试你一下。正好，我带你去看看那边我买下的房子，你就算是为我将要到海龙屿开创新局面打前站，为我的光明未来再做牺牲。

女儿不再给金大成机会了，把话说死了。就这么决定了，我现在就用手机订下高铁票，明天我们就去，你现在就打电话向学校请假。

金大成只好拿起电话，给学校校长挂了过去，说女儿回来，要请几天假。校长理解地准假了，还说是是，你多陪陪孩子，孩子回来一趟真不容易！

第二天，金大成就这么跟着女儿乘坐高铁，来到了海龙屿。

女儿买下的房子，在海龙屿轮渡码头附近的黄金地段，是一个高级住宅楼，叫琴岛华庭。虽是一套二手房，但装修没几年，仍然如新居一般。橡木地板，卫生间洁具和浴缸都是德国的牌子，看上去锃亮如新，厨房的灶具也很新，原主人可能都没用过几次。床是欧式的，乳白色，床垫厚硬，弹性很好。房间里液晶电视、柜式空调、洗衣机、双门冰柜等都是名牌产品，一应俱全，拎包即可入住。金大成是从小苦惯的人，小城一介教书匠，从来没想过能住进这么奢华的房子里。

金大成那天站在房间里面，小心地左看右看的，越看越有些惶恐，你这花多少钱买的？我一个人不需要这么浪费吧？

女儿鬼鬼地笑一下说，老爸，这几年我在做珠宝，你知道吗，购买珠宝的，中国客户很多，而且是一些大客户，我是中国出去的，公司都安排我出面对接，我小赚了一点。但这赚的，是国内的钱，我想还是投到国内好。买这房花多少钱，就保密了，属我的商业机密。说来也是天意，这房的原主人是我大学的一个好闺密，后来去了加拿大。前一阵子突然发疯了，决定在加拿大把自己嫁出去，在加拿大买幢别墅，可手里还缺点钱。她以为我还在加拿大，就联系我，想向我借些。我让她用微信把海龙屿的房子图片发给我，一看，我就决定买下，肯定会升值，就对她说也别借了，干脆把房卖给我吧。她真就同意了。

我当时想到小时你常说，我们是海龙屿人，你喜欢去对面的那个龙洲仔，涨潮水涌之际，浪袭岛礁，声如擂鼓。那龙洲仔如一架海上钢琴，摆放在海面。你说的这些，自小就让我印象深极了。买下来后，我不久就赚了，海龙屿的房价大涨了。我那同学还打电话给我，说让我合算了。我说，这个运气是我爸带给我的，如果不是他小时给我讲海龙屿，让我对海龙屿心驰神往，我就不会想在这里买房了。所以，还是种瓜得瓜，你来这里住，一定也会有好运气！说不定，那龙洲仔的三角梅，全变成为你而开的桃花呢！女儿说完，开心大笑起来。

这房子金大成当然满意，客厅面南的一边，是一整扇钢化玻璃的落地窗，往外看去，隔海可见对面的龙洲仔。客厅里有一个小吧台，吧台边上有一张摇椅，坐在摇椅上，一眼就能看到美丽的海景。龙洲仔就静卧在海面上，四周海礁嶙峋，海岸线迤逦，岛上山峦叠翠，砖红瓦绿，绿树掩映，远看去就如一架立在海面上的钢琴。所以，龙洲仔也叫琴岛。

去学校面试，是女儿陪着去的。那学校是私立的，校董见了金大成，印象很好，直接表示金大成可以立即来校上班。

从学校回来，女儿当天就用电话约来做卫生的阿姨，把房间卫生做了一遍。第二天，又拿着金大成的身份证，去办水电开通、电视开通、燃气开通等，在外忙了几天，风风火火全办下来了，连小区的物业费，都帮金大成缴了一年。

金大成要调往海龙屿前，遇到了点小麻烦。铁城县里的教育局不同意，毕竟是县一中的高级教师，又带了多年的高中毕业班，这样的教学骨干，铁城怎么肯放。没有教育局同意，金大成的工作档案就出不来。

那天是校长找金大成谈的，校长说，老金呀，你是真人不露相，怎么可以弄到海龙屿去呀，厉害呀！不过，局里不同意，局里说像你这样的骨干全都走了，那以后铁城一中怎么办？吴局长说，如果你不走，就任命你为副校长。

金大成一时不知道说什么好。确实，人才都往好地方聚集，那么越小的地方不是越没人才了吗？再说，从情感上来讲，他还真舍不得离开铁城。但是，不离开，校长说局里同意让他做个副校长，这个副校长不就等于是讨来的吗？金大成觉得这就很没意思了，也有伤自尊！

金大成什么都没说就从校长室走出来，一时没主意，就急急给女儿打了个电话。哪知女儿听后在电话里笑起来，老爸，凭你资历，老早就可以当个副校长了。如果我没记错，现在这个校长还比你晚好几年才到学校的，我知道他，他当过我的政治老师。你不要管这事了，这些我都估计到了，反正你就做好准备走，我过些天就回来帮你办，你的事，全包在我身上，你就别管他们怎么说了。女儿胸有成竹，说得很轻松，这让金大成倒犯傻了，这个女儿，如今真的不是小可了！

过了一段时间，女儿真的飞回来了。女儿是先飞到上海，再从上海飞到省城，再从省城坐高铁到隔壁的邻县，从邻县坐班车才到了铁城，一路奔波，到时都很晚了。

金大成早早就给女儿炖好了番鸭汤，等女儿安顿好后，在女儿喝汤的时候，才在一旁问，你大老远的飞回来干吗？准备怎么办？

女儿不在乎地应道，我明天一早就去找李县长！

这个回答让金大成觉得女儿是不是头脑太简单了，在小山城工作了这么多年，金大成可知道，这一县之长，可不是随便可以找可以见的。金大成不解地问，见县长可不好见的，他还不一定会见你。还是别去吧，这国内跟国外不一样。

女儿说，老爸，你放心，我在来的路上就电话同他约好了！

电话约好了？金大成不相信，你跟李县长熟悉？我怎么没听你说？

女儿诡秘一笑说，等办好了再告诉你。

那个晚上，金大成一夜没睡好，年纪轻轻的女儿，又长年在国外，怎么可以跟一县之长约好了呢？

女儿原来回来时，经常是从不起来吃早饭的，有时候都要睡到中午才起来，说要倒时差。可这次，第二天就起了个大早，简单梳洗了一下，饭也来不及吃，就直接走了。

中午从学校回来时，金大成看到女儿已经在家了，桌上放着煮好的饭菜。

金大成看着桌上的饭菜，睁大眼睛吃惊地说，你煮的？你会煮菜了？

女儿白了一眼金大成，老爸，这煮菜又不是很难的事，会比我考博士难吗？只是今天是中西餐混搭，我知道你不吃牛肉，就给你煎了块猪排，西红柿炒蛋，这是中式做法，煲了一点红菇鸡汤，肯定不敢与你煲的相比。拌粉干呢，是主食，但我创新了一下，按意大利通心粉的做法，你将就点！

金大成是此生之中第一次吃女儿煮的饭菜，虽然吃起来口味实在陌生，但心里油然而出的暖意，比品尝一切美味都滋润。

女儿看着金大成吃，在一边说，老爸，搞定了！李县长当我面，给你们教育局吴局长打了个电话，命令他放人！

金大成放下筷子，实在难以相信，但又不能不信，县长见了你，还立即同意？

女儿见金大成一脸不可思议的表情就说，老爸，不要这么吃惊，好像我是闯进家里来卖保险的。实话告诉你，这李县长是去年在海龙屿召开的国际贸洽会上，我认识的，他还在会议期间，抽空主动来找我！

金大成更不懂了，县长主动去找你？

女儿点点头说，哎呀，老爸，不要老土了。我虽在国外，但现在做生意，国内国外不是你过去了解的那样了。怕你七想八想睡不着，简单给你汇报下，铁城正好有个加拿大的外资引进项目，而加方负责这个项目的主管，是我在加拿大原来公司的外国上司。这个我曾经的外国上司也来参加了贸洽会，我去看他时，正好遇上县长去找他，他见是我，就拉住我说，金，我记得你说过你是铁城长大的，这可是你的县长。我这上司是个中国通，很了解中国的情况。我上司说，现在我正在与你的家乡洽谈合作呢。那县长在旁，一听我是铁城出去的，又见这个主管与我关系挺熟的，就立即要了我的电话。

当天晚上，县长就打我电话了，要专门来拜会我，希望我能为促成项目尽快落地，提供帮助，说是项目商谈现在正进入关键时期。我知道现在国内的地方领导，为了招商引资，真是拼足了全力。见李县长是真心为铁城好，我没理由拒绝。县长当时还请我去楼下的酒廊里喝了几杯，我注意到他是自掏腰包的，刷他自己的银行卡。李县长说这个项目有多少重要，将是铁城有史以来最大的外资项目，说如果顺利引进，对铁城今后整个经济发展会起到龙头的作用呢，目前的问题主要是交通条件还差点，加方公司对这个提出了意见。那几杯酒至少喝去了县长的一个月的工资呢，其实当时我心里很感动的，一个县长能如此，难怪我们中国会快速强大起来，我答应帮忙去给我那位曾经的上司说说。

如果是这样，你找县长让他过问我调动的事，是不是很不好？金大成一下又有点不安起来。公事私事掺和在一起，金大成有点不适应。

女儿很了解金大成，老爸，你快吃，紧张什么呀，你担心我以公谋私吗？我给李县长说了你的全部情况，他听得很认真，一下就理解了。我向他明确地表态了，说我不会因为不同意你的调动，而有负家乡的。我也真的不会因一己之私，让老家失去一个发展项目。前一段到了加拿大，我还专门联系了这个过去的上司，我告诉他，在中国改善交通条件，那比国外容易得多，推进也快。我还半开玩笑地同他说，与其放在别的地方做一张板凳，不如放在我老家成为太师椅呢。我曾经的上司立即就明白了，还说，金，你来看我，还兼带推销家乡！我这么直接告诉县长，他很感动，就说，行，我成全你的一片孝心！还感叹说，现在有如此孝心的年轻人不多了，你们在海外，孝心也算是宝贵的中国心。你看看，所以，人家能做县长，老爸你只能当教师，你就这么低估我的爱乡之情？说到这里，女儿还故意嘟着嘴，你对我的信任，严重不足！

金大成被女儿说得心里既有点惭愧又有些释怀。是不是自己太世故了，想得太多了？女儿这次走的都是正道，用的是心智。

金大成从这个时候开始，觉得女儿真的已经远远超过自己了。

女儿时间掐得很紧，事一办完当天就走了。

女儿走后，金大成那天到学校里，校长就找了过来，老金，你赶紧去教育局找下吴局长，他来电话说请你去他办公室一下，还强调说他不便到学校来，麻烦你去他那里！校长还说，下午你的课我已经让教务处帮你调好了，你去后可以不必再回校。

金大成来到教育局，吴局长又是让座又是倒茶，十分客气，金老师，没想到你的事都惊动李县长了，李县长让我什么都不要说，放人！这本是好事嘛，人往高处走。但是这几年，因为民办教育兴起，好的师资大量外流，局里也是有难处的，不得不做个限制，你是老教育了，应该知道我也是真没办法，这个小地方的教育局长很难当的，你看这次让我弄得里外不是人。好在金老师你算是我们教育界的自己人，情况了解，也能体谅。你看看还有什么要求没有？

吴局长这么对自己，金大成有点受宠若惊，没有什么要求，我自己都很不好意思，给局里、给学校添麻烦了！

吴局长说，你喝口茶！金老师也是我们县教育界德高望重的人了，我让学校给你好好写个工作鉴定，准备明天上午就开个局委会，任命你为一中副校长，虽然你要走，这任命没多少用，但是带过去，好看吧，人家学校也会更重视你的！现在只能做这个了。有什么得罪之处，金老师要多多包涵！

我都要走了，千万不要任命副校长！受之有愧！金大成坚决不同意。

吴局长也很坚决地说，不行，金老师，你不要这个任命，人家会不会说我们教育局不会做人呢！不重视师资人才呢！一方面你是众望所归，另一方面你也替局里想想！

金大成无语，就起身告辞。吴局长把金大成送到教育局门口。走在路上，金大成知道吴局长今天如此客气地对自己，一定是猜测自己与李县长有什么特殊关系。想到这里，金大成心里又掠过一点悲哀，悲哀的成分很复杂，里面包含了什么，金大成自己也很模糊。

想到女儿可能还在路上奔走，应该还在国内，金大成就给女儿打了个电话，小可，局里找我，同意了！金大成没把吴局长任命自己为副校长的事告诉女儿，反正暑假一到，自己就走人了，那个副校长也就要被免去。这种事，不需要再说给女儿知道。

女儿那边很吵，好像在机场。果然，女儿声音急促地说，老爸，我在过安检，同意了就好，你就做好准备吧，还有什么事，你就第一时间告诉我，都由我来处理。

金大成想，现在他与女儿的关系好像倒置过来了，自己像原来的女儿！想到这里，金大成又有许多的欣慰，他真的可以不用再为女儿操什么心了，以后是尽可能别再让女儿为自己分心。

暑期中，金大成就来到了海龙屿。那次搬家，女儿也回来了。收拾行装时，金大成把妻子的遗像拿了下来，想装进行李中。但女儿用手制止了，女儿把那遗像紧抱在怀里，对金大成说，老妈的遗像我这次带走，以后由我保管，由我给她点香。老爸，你只要答应我，每年一定要在清明时，回到铁城，替我给我老妈扫扫墓就行了！不然，老妈连墓都没人扫了，我会难过死的！

金大成当场泪水流了下来，当着女儿的面，就这么情不自禁地哽咽着。金大成的痛哭，一方面是知道这次真的可能要与妻子做彻底诀别；另一方面是觉得要永远离开铁城，离开他多年生活过的地方了。当然，女儿已如此明白事理，让他也想哭。

女儿任由金大成流泪，感到金大成哭够了，才轻声说，老爸，希望从今天起，你有一个新的生活开始。这句话是你送我去上大学时，在大学校门口对我说的，我现在转送给你！

金大成在海龙屿待了一段时间，很快就适应了这里的生活。这也是金大成想不到的，原先以为自己到了这个年龄，生活的可塑性已经很差了。但时间真的是刮骨疗伤的神药，人的适应性还是很强的，金大成每天准时乘坐公交到学校，下班后就常到街上走走逛逛，日子过得平静而有规律。只是，每到假期，时光就有点难打发，不知做什么好。

三

与杜品分开回家之后，金大成立在窗前，看着对面夜幕下的龙洲仔，又想起了童年时见到的那个弹钢琴的女孩。杜品不会就是那个女孩吧？这个想法让金大成自己都觉得好笑，金大成很快就把它给摁回去了。

不过，当晚，金大成做梦，见了那个女孩。那女孩变成一个美丽的天使，长着两只白色的翅膀，如小白鹭般，在岛屿上空飞翔。女孩飞了一阵，降落到龙洲仔海边的沙滩上，一下长大，变幻成笑吟吟的杜品。杜品坐在海边，面对大海弹着钢琴。这时，天空一下暗了下来，海浪铺天盖地而来，一个浪头扑了上来，把杜品卷走了，沙滩上留下了一架水淋淋的钢琴。

金大成被惊醒过来，从床上坐了起来，心里空荡荡的。女儿可能还是没想过，一个人如果孤独，到哪里都是一样内心空寂。特别是自己到了已过半百之年，要重新开始生活，谈何容易呢！海龙屿的生活条件虽好，但这里没有朋友和熟人，金大成的心境比在小山城时，更加寂寞了。

金大成睡不着了，起身走到客厅，拉开了落地窗帘。外面的天空已挂满了朝霞的绚丽，海面上，几只白鹭自在优美地飞翔，龙洲仔在霞光的映照下，在蔚蓝的海水之中，显得格外明丽。

金大成烧了一壶开水，给自己冲了一泡茶。坐在摇椅上喝茶时，杜品的笑脸清晰地现了出来。

原先在无意识时，经常出现的是女儿，偶尔也有妻子，但怎么现在是杜品？

杜品似乎已经进入金大成的脑海里，时不时会游来游去，从海面浮起来时，经常庞然如头鲨鱼。这个时候，金大成就有点慌乱了，并且内心很煎熬。不过是一面之识，怎么会让杜品不时撞进心里呢？是不是心里真的太没东西了，空寂如海？金大成努力地想拒绝杜品，但是无法做到，杜品就是会悄然出现，像一头游窜觅食的鲨鱼。金大成早起坐在靠椅上看龙洲仔，看着看着，就会想那是架海上钢琴，然后杜品就出现在那里弹琴；下班时坐在公交车上，坐着坐着，杜品有点俏皮的笑脸就会莫名其妙地闪出，似乎那次同坐出租车时杜品身上的那香水味又飘了过来。

一次，金大成不知是有意还是无意地直往金世纪大酒店走去，走到离酒店不远处，听到了里面传出了钢琴声，金大成心一下要跳出胸腔似的。难道是杜品又回来弹琴了？金大成疾步过去，满怀期待，走进去一看，大堂的钢琴前，端坐着一个十分年轻的女孩，可以推断出是个大学在校生，绝对不是杜品。那女生弹得很认真，不知是首什么曲子，节奏欢快。但不懂音乐的金大成也能感到那琴声太单薄了，缺乏冲撞内心的那种力量。金大成惆怅地走了出来。出来后，金大成就浑身涨满了给杜品挂个电话的强烈冲动，从手机调出了杜品的号码，想拨出去，但拨通后说什么呢？做了一辈子语文老师的金大成，也想不出一句最妥的话，终究没有摁下拨出键。

一个50多岁的老年男，这么做会不会有点荒唐？如果电话挂过去，杜品根本想不起他金大成呢，不是自讨没趣？想到这里，金大成又如同一个干瘪了的橘子，片片肉瓣没一点水分。金大成后来在街上走了很久，与杜品在金世纪酒店大堂的那个场景总是如影随形，挥之不去，直到很累，才回到家中。

那个晚上，金大成心里是一直纠结着，要不要给杜品挂个电话问候一下，或问问近来的情况。后来，正好女儿来了个电话，女儿问金大成近来还好吗，金大成回答说还好后，居然无意识地在电话里，不知道怎地长叹了一口气来，女儿立即就问，老爸，你怎么啦，遇到什么不顺心的事啦？金大成才如梦中惊醒过来似的，忙说，没有，没有。女儿说，老爸，你接了我好些年的电话，今天是第一次让我感到与过去不一样，好像你不开心，不会是身体不舒服吧？金大成忙掩饰着说，我是想到你妈还在，那有多好！女儿在电话那边沉默了一会儿，才说，那也是，如果妈在，你跟妈一起在海龙屿生活，真的很好。不过，老爸，我妈现在她不在了，你面对现实吧！不要再钻牛角尖了，你至少还有属于自己的30多年呢！

与女儿通完话，金大成呆呆地在那里独自想着，如果妻子今天还在，那么生活就如铁城的富屯溪，一条小河，平静地流淌着，真的很好。可是，现在自己与妻子如河流分流改道了一般，自己这条河，现在要流向哪里，穿过什么地方，流到多远，一下茫然而不可知了。

金大成突然发现，自己的内心开始变得敏感而混沌起来。

金大成觉得自己可笑，不过只是和杜品一面之缘，今后也不会有机会再见到了。金大成必须把杜品压进记忆的舱角里去了，与儿时的那个弹琴的女孩同舱。

金大成一个人的日子，在经过了激起些许涟漪之后，又回归到平静，一如既往了。

如果不是杜品打来这个电话，金大成相信此生不再可能与杜品有任何关联。

事情就是那么奇怪，偏偏就在金大成好不容易才回到常态，一个周六的下午，金大成接到了杜品的来电。

金大成从教多年，上课从不带手机。那天上完最后一节课，金大成回到教研室，整理了一下桌面，打开抽屉，取出了锁放在抽屉里的手机。金大成看了看手机，这是过去想念女儿时养成的习惯，总是希望能看到女儿留下的微信留言或语音。金大成一眼就看到屏幕上显示有三个未接来电。金大成心里正疑惑着呢，谁会给自己连打三个电话？让金大成万万没想到也不敢相信的是，显示的联系人为杜品。金大成难以自控地出现莫名的紧张和颤抖，查看了一下，分别是下午 3 点 45 分、4 点 12 分和 4 点 35 分。

金大成拿起手机，见教研室里还有其他老师，就急忙出了教研室，快步下了楼，又觉得校内到处都不安全，干脆直接走出了学校大门。出了校门的金大成这才屏住呼吸，把电话拨了过去。只响了一声，不需要金大成等待，杜品如同候在那边等着似的，接了电话。

杜品有点沙哑的声音传了过来，教书匠，是我，还记得吗？

杜品的声音很低沉，一听就透出很低落的情绪。

哦，我知道。金大成心里有着抑制不住的激动，但说话又装着轻描淡写的，我上课没带手机，刚下课了才看到，不好意思。金大成还多了一句解释。

你怎么这么爱说不好意思？杜品似乎在电话里叹了一下，今天我不好意思，没办法，想求你，我想请你过来。

还是那么直截了当。

求我？金大成听了一时感到意外。那天在自助餐厅，杜品知道自己只是个教书匠的时候，吓得都快不敢吃了。今天，杜品居然说出个求字。金大成已经抑制住激动了，明显谨慎小心地问，我能帮上你的忙？

杜品如当面看到了金大成的反应似的，在电话那边说，你紧张了是吗？还有点害怕吧？放心，只要你帮个忙！如果你不相信，那就算了；如果你相信，就过来，这个钟点，你应该下班了。

我只是有点不明白。金大成如实说。

过来不就明白了？你快点吧！杜品直接硬硬地回了句。

既是求人，哪有这么说话的。换作过去，作为语文老师的金大成，是很不适应别人如此讲话的。但现在说这话的是杜品，金大成在心里又不想放弃这个难得的与杜品见面的机会。我刚下课，要收拾下。金大成这么回答杜品，这个回答一方面显示了自己的持重，另一方面也保全了自己的尊严。

你实在不干脆！杜品在电话里急躁起来。

金大成听出了杜品的不满，不知不觉就有了退让，到哪里？说出这句话时，金大成发现自己是怕失去这次机会就再没有下次了。

中山支路，这里有一家叫"千里单骑"的休闲艺吧。中山支路你知道吧？一直往里走就看到了。我把定位用手机发给你！杜品声音此时放松下了，还传达过来一种急切和希望，我在这等你。

这像求人吗？金大成心里还是有点不悦和抗拒，但嘴上鬼使神差地说，好，我就来！

很明显，杜品终于满意地把电话挂了。

怎么就应答下来了？金大成在原地站了一会儿，一时反应不过来。

金大成往学校内走去，心思又涌了上来，只有一个疑问，杜品要自己帮什么忙？任凭金大成怎么想，也想不出一点道道来。要不先去了再说吧，去了之后，看看是什么情况，帮不了，还可以拒绝。想到这点，金大成就说服了自己，心情也轻松起来，杜品是受过高等教育的，又是个女子，这么直接约见自己，必然有电话里不便说明的原因。金大成边走着，还在心里继续自我巩固了一下。心安下来，金大成随即又莫名地生出隐隐的期待来。

重新走进教研室，里面已经没人了，金大成看了看表，已是傍晚五点半多，金大成赶紧收拾了一下，就出了学校。金大成第一次没有往公交车站走去，而是在路边拦下了一部的士，打车回到了家中。进门之后，金大成在衣柜里翻找了一下，挑了一套深色西装，穿上一件白色的衬衫，系上一条金黄色领带，并梳理了一下头发。对着镜子，金大成看到自己两鬓已经见白了，往后梳着的头发，把开始变灰白的发根完全暴露出来。

女儿曾劝过金大成，老爸，你染染发吧，如果一头黑发，你看上去至少会年轻十岁。

金大成当时说，人的变老是永远改变不了的，何苦那么想不通去遮掩呢？

现在，金大成有点后悔，当初听女儿的，染染发多好。不然，等下与杜品面对面坐在一起，看上去肯定会像秋叶与春花一般地不搭。有经验的人，一眼就会发现，这俩人单独在一起，好像比较奇怪。

来不及多想了，金大成出了门。傍晚是城市一天之中人气最足的时刻。下班的人流车流，几乎把城市的街道彻底地淹没了，各种声音牛气哄哄地扑面而来。中山支路离所居住的琴岛华庭不远，金大成是步行去的。

城市的气质和气派主要体现在大道上，小街则负责展示城里人真实的特色生活。中山支路其实是条小弄，仍然保持着闽南小弄的特点。这一带保存着一批比较完好的私人旧厝，这些房屋，有前庭，有后院，中间有厅堂，地面铺着条石，围墙用红砖砌就。每个私厝的门庭，看上比较雷同，门面较矮，门宽不大，门楣较低。金大成今天走得很快，不似往常漫无目的地信步。不一会儿，金大成一眼就看到了挂在一家私厝灶墙上的"千里单骑"休闲艺吧的招牌，边上还支着一个金属广告牌，上面竖写着"会友、聊天、发呆、疗伤"，下面用小字横写着"音乐酒吧，聚合心灵"，版式字体都经过一定的设计，看上去风格比较低调，但制作上让人感到相当随便和粗糙。

金大成久居小山城，这一辈子连歌厅都没去过，只听说过或在电视上看过酒吧，至于什么叫休闲艺吧，也搞不清楚。反正现在街上的许多招牌，经常让人不知所云，也没人去计较，作为语文老师，金大成经常也弄不懂。

到了门口，金大成停了下来，伸头向里探望，前庭的地面是用大块红砖铺成，两边还摆着一些鲜花盆景。金大成抬步走进里堂，里堂里的装修突变了，多是混搭风格的，中区是较低矮的三人软皮沙发，三张围着，里面有一个茶几，共有四组，可供多人聚会；两边靠墙各六张欧式的四方台桌，配着圆形的高脚椅；一些边角还摆着几张小藤桌，只供两人使用。吧台设在西侧，酒柜上放满了各种各样的洋酒，高脚玻璃酒杯倒挂在由钢管制成的挂架上。吧台背景灯光很亮，把洋酒映衬得贵气耀目，充满了视觉上的诱惑。厅堂正中有个小舞台，因为还没有客人，也不到正常营业时间，小舞台上调音器、架子鼓等都闲着，上面空落落的。客人座位区灯光十分晦暗，基本上只看得到人模糊的影子。

杜品从一角暗处起身走了出来。杜品刚一起身，金大成一眼就捕捉到了。杜品今天穿得很随意，一件开领白色 T 恤，一条紧身蓝色破洞牛仔，一双蓝白相间的球鞋，如此简约的基本装，是许多女人害怕的，因为如果身材体形气质不好，那么就是致命的"自残"了。但杜品真是与众不同，如此着装，反倒天然去雕饰，展示出挺拔苗条的本色身材，更衬出天然清丽的气质。

金大成突然想起了中学时代，作为学校学生业余宣传队的一员，曾经遇到的一个县文化馆的年轻的舞蹈教师。那个教师姓温，由学校请来辅导演出节目，第一次出现时的模样就是这样的，一件白色的圆领紧身衫，一条宽大飘逸的黑色练功裤。私下传说，这老师是从上海某舞蹈学院被贬来的，为什么，那时大家都还小，不清楚。金大成第一次见了老师之后，不敢再多看第二眼，那是金大成见过最美的女教师。金大成那时每每只敢趁排练之时，在老师不注意的时候，飞快地偷偷地瞟一瞟，心里充满了紧张，也堵满了一种奇怪的敬仰。难道是少年时潜伏着的深深记忆，让自己一见杜品，就有似曾相识的感觉？

迎过来的杜品低沉地说，你来了？跟我到这边坐。杜品走到了金大成的面前时，金大成就有了奇妙的反应，心脏快速地收紧，又猛然地舒张。金大成飞快地瞟了杜品一眼，整个感觉，有如时光倒退到了中学时代偷看那个舞蹈老师一般。当然，金大成现在知道这不是时光倒流的功效。

坐下的杜品拿起了一盒香烟，抽出一支，用打火机点燃。这个抽烟的动作，打断了金大成对少年时代的回想。那个姓温的舞蹈教师是没有吸烟的，金大成不得不回到了现实。

金大成与杜品面对面近距离坐着，虽然光线晦暗，金大成还是发现了杜品今天是素颜。面部没有任何化妆的杜品，脸色略显苍白，眼角隐现出几丝淡淡的暗纹，透露出了生活风霜的痕迹，也带着些许岁月留下的憔悴。今天的杜品，与那天在酒店里遇见的光彩耀眼的杜品，完全是两副面孔。

桌面上放着一个小烟缸，烟缸里堆着不少的烟头，看来杜品在这里已经待了些时间了。

一位服务生走了上来，问道，先生好，今天两位想喝什么？

金大成真不知道，但反应灵敏地说，你问这位女士。

杜品张口就说，两杯鸡尾酒，一个水果圣代。

服务生说，好呢。先生，你呢？

金大成在脑子里快速搜索了一下，给我一杯拿铁。还好，女儿给金大成说起过在国外喝咖啡的事。金大成记住拿铁，是因为当时觉得这名字好有意思。金大成又加了一句，再给我一杯苏打水吧。

服务生离开后，金大成就轻声地问，这段还好吗？

杜品眼神更加黯淡下去，又很直接地说，你第一次见我，就知道我没什么好不好，一个到这个年龄了，还要去酒店大堂里弹琴的女人，还能怎样。

不是这个意思。金大成解释说，我没觉得在酒店大堂弹琴没有什么不好，大家都是为了生活，都是生活需要！再说，那也是一份正当职业。

杜品用右手夹着烟，弹了弹烟灰说，你其实是更急着想知道，我找你什么事吧？

这个也正常！金大成有点尴尬，只能这么应道。

杜品吸了口烟，然后语气透出了点歉意，我今天是很冒昧和唐突，你不在意吧？

没什么，人遇到心烦之事，大多不会考虑很周全的。金大成想表达自己十分理解。

你这么说其实告诉了我，你在意的！杜品掐灭了香烟，我就直接说吧，我急着找你，是因为今晚我约到了一个人，约好晚上8点钟在游艇码头见面。这个人我是千辛万苦才找到他的，但我不能孤身一个人去见他，我想要有一个人陪我去。想了半天，不知道怎么回事，你是我第一个想到的也是唯一想到的人选。因此，我就打电话给你。

要去见个人，让我陪你去？金大成虽然奇怪但又有点释然了，原来杜品求自己帮忙，是这么个简单的事。这事倒不难，可以做到。但金大成转念一想，不对，这种情况，好像与感情纠葛有关，如是这类的私密之事，自己怎么能去？就说，如是这样，帮这个忙倒没什么。不过，这人应该是个男的吧？掺和到你个人的私生活里，不好吧？

杜品直接打断金大成说，你误会了，想多了。那人确实是个男的，但这同男女感情无关。他是个骗子，骗了我的钱，害我很惨。

你是让我陪你去讨债？金大成相当意外。这个判断，让金大成不觉地笑了，我这年龄了，哪能唬住人！

杜品说，我知道，讨债这种事，谁都怕，你可能更怕。他骗走了我很多的钱，由此也彻底改变了我的生活！我会来海龙屿，其中原因之一，也是为了能找到他。昨天，我费尽心思终于联系上他，他答应今晚见我。我一个人去，有点担心，也对他没什么压力，我把你当成亲戚，一个看上去有身份和有分量的人，你样子挺像，行吗？

金大成傻眼了，我扮成你亲戚？

杜品似乎不允许金大成拒绝，不容金大成再说下去，接着说，我会说求你，就是知道你会推辞的，但今晚对我太重要！你其实只要陪我过去就好了，可以什么都不说。

金大成沉默了，能助人一臂之力，这当然是应该的，作为老师，他上课时还常给学生讲要懂得帮人，乐于助人。不过，陪同一个女子去讨债，还要冒充是亲戚，这算不算帮人？金大成一时无法确定。金大成心里有着一种本能的抵抗，这种抵抗让他最后觉得这件事是不能做的。金大成还是回绝了，其他的事，还好说，这种事，我真的不合适！

不需要你做什么，只要你在一旁，陪着我就行！杜品说着不由得把头向前伸了伸，几乎是哀求，眼眶里已噙着泪水。

你别哭！金大成慌乱极了。服务生正好过来了，才把一杯鸡尾酒放在桌上，杜品就拿了过来，一口喝尽。

服务生把东西放好后，就离开了，走了几步，还回头看了一眼。杜品端起第二杯鸡尾酒说，如果你实在不愿意，就当我没说。这种事，确实为难你，我也是经过多次挣扎，万般无奈，才找你。不过，我也明白，你可能拒绝！

杜品喝下了第二杯，埋下了头，长发垂落在脸颊两旁，一副无比颓唐的样子。

我只是个老师，为什么选我？金大成见杜品如此，心中又有点不忍，端起咖啡，抿了一口，这才是他最想知道的。

我没有其他办法了！在这里我能见到的男人，没一个是可靠的或可帮这忙的！杜品抬起头，眼中泪光闪闪，直视着金大成说，这是一；二是因为我现在不想让人知道我过去的一些事，你不是我在海龙屿圈子里的人，也不认识我任何一个朋友，退一步讲，即便你不能替我守住一些私密，这事也传不到我周边人的耳朵里；三是你有经历，又当老师，有些事容易理解和接受，也许会把我当成一个失足的学生，给予包容，肯给点帮助。当然，重要的是我不知为什么，就直感你很通达和可靠。

这个说法似乎比较真实且有说服力，杜品显现出的无助感，也是十分真实的。金大成开始相信了，但还是有个疑问，想了想，干脆问清楚，你丈夫呢？这种事，应该是他和你一起去最合适。

杜品用一种奇怪的眼神看着金大成，我丈夫？丈夫有时更不可靠，不可靠的丈夫比敌人还可怕！杜品苦笑了一下说，给你说你会觉得耸人听闻。但我丈夫，对我来说，有和没有已无区别！我们几年没联系了，只知道他北漂了，在信息如此发达的现在，他可以杳无音讯。

看来，杜品身上藏着不便说的秘密。如此，金大成不想再多问了，这种事情没必要有过多好奇心。

杜品看了一下手机说，快到时间了，同意，我们就走，你想知道的，陪我去后，我会全部告诉你。你不同意，我就自己走了！说完，睁大眼睛看着金大成。

金大成回避了杜品的眼光，起身说，我先去结下单。

杜品站起来，用手拉住了金大成，不用结，今天是我请你来，这地方我常来，老板认识我，我平常都是挂账，差不多时间了再用支付宝转结。

金大成说，不用了。你一个女子去结单，人家会奇怪的，我这个男的是干什么的？还是我结吧。

不再等杜品说什么，金大成就走向了吧台，让服务生结账。

服务生问：先生，杜姐前面还有两个账单没结，一起结吗？

这太突然了。金大成也来不及掂量，淡淡地说，一起结。

杜品听到了，追到吧台前说，不行，一定要结你只结今天的。

金大成对服务生说，全结吧。

总共有2300元。服务生边说边迅速地递上了账单，先生，这是账单。

不用看了。金大成出门时还好带了一张银行卡，掏了出来，让服务生刷卡。

走出休闲艺吧后，杜品难为情地说，让你又破费了。

金大成又想到了那天吃自助餐时，杜品得知自己是教书的那一副惊讶的样子，金大成换上了无所谓的口吻说，不要紧，真不要在意，现在快点走！

四

游艇码头在环岛东路，这里原是个渔船的避风坞，如今，随着海龙屿的高速发展，这一带短短几年内就成为一片繁华的新区，国际会议中心、国际会展中心、温德姆酒店、金融大厦等高楼林立。从中山支路过去，路还是蛮远的。因为周末，路上有些堵，金大成和杜品迟到了一点。

杜品要见的那人已先到了，是个蛮年轻的男子，个儿中等，着一件中式的对襟衫，一条黑色便裤，脚穿一双锃亮的尖头皮鞋，头发快齐肩了，被海风吹得有些散乱，下颏留着胡子，整个打扮有前卫艺术家的范儿。那人站在暗处，嘴上叼着一个烟斗，一旁站着两个更年轻的男子。

金大成细心地观察到，那人右旁的裤袋里鼓着，好像裤袋里面放着什么东西。

晚上是不办理游艇业务的，码头有点冷清，海风很大，吹过来听得到呼呼风响。

那人把目光投向了金大成，歪头看了一下金大成，快速地扫了一遍，才转向杜品说，杜姐，我对天发誓，我也是被人骗了，真不是有意坑你。

杜品声音都发出了颤抖，你不必一脸装无辜了，现在说骗不骗没有意义了。我找了你那么久，你一直躲着不理，不是我向法院起诉，你过几天要出庭应诉，你会来见我？

那人吐出了一口浓烟说，我来见你，是想了许久，总要与你见面一次，当面向你说明一下，我也是被骗的。当时你不是也相信了吗？那些会议纪要我也复印给你了，你也没发现那是假造的。我和你一样，其实同是受害者，我被涉及的数额还更大更多。

不说这些了，杜品全身颤着，一直努力控制着情绪，今天好不容易见面，你告诉我，我的钱，你能不能还我？哪怕还一些！你知道不知道，我的生活彻底被这事毁了？我孩子还那么小，那些债主整天追着我，半夜三更打我电话，侮辱，威胁，恳求，哭闹，全都有，我在老家根本待不下去了，我日子过得有多惨？

杜品说到这，忍不住抽泣起来。

那人咬着烟斗，猛吸，浓烟喷了出来，我们事先讲好的，冷静谈。你也做了保证，我才答应见你。如果你这么哭下去，我们没法谈，我要走了！

杜品立即停止了哭泣说，好，那你说，你怎么还我钱，何时能还？

那人一副无奈的表情说，我现在真没能力，我也一样，妻离子散，公司破产，房子被封，一无所有，每天被人追着围着。我不是有意躲你，是我不得不躲着，让人找不到我。也不是不还你，是我真没办法还。

杜品几乎是喊起来，刘宇田，你还在骗我？至少你事先知道情况吧，你故意让老婆与你离婚，带着孩子移居国外，选择的是一个与中国没有外交关系的太平洋小岛国。这些我都了解到了，你不是早就计划好了，会做出这样的安排？如果不是被限制出境，你可能也跑了。

金大成这时才知道，那人名叫刘宇田。

刘宇田依然语调冷冷地说，如果我真的事先知道，那时我为何不一起走呢？你今天能见到我吗？

杜品被他这么一说，就噎住了。

过了一会儿，杜品才说，你和他是合伙人关系，你可以去找那人，钱不都在他那里吗？你可以去找他讨回来！

刘宇田一脸难色，我说杜姐，我今天来就是要告诉你，你一直以为我可以找到他。我怎么没找，我用尽办法找了，但他是假冒部队疗养院的人，出事后就被带走的，去哪里找？我后来知道被他骗了，他不仅骗了我们，他犯的事还不少呢，我只知道他被判了无期徒刑，现在在哪家监狱里待着，我怎么敢去找他？他原本就是当地的渔民一个，根本没有任何资产。这都是命！遇到了这么个情况，你让我怎么办？

你——，杜品无比愤怒，想冲上前去。

刘宇田见状退后了几步，你别冲动，事到如今，我也是没办法，没办法。说到这，刘宇田就把手伸进裤袋里。

金大成在一旁看到了，心里一紧，本能地向前走了一步，挡在杜品前面，身体护着杜品大声说，你想干吗？

刘宇田没理会金大成，从裤袋里掏出两捆钱，抓住举起来说，这是我七拼八凑的两万块钱，我只有这么多，你要你拿走！

杜品从金大成身后蹿上前，一把扯过了那两万块，我转给你的是 1000 万，你才还我两万块，你良心被狗吃了？

刘宇田换成一副赖皮样，杜姐，你脑子如果没进水，就明白我还是有诚心的。不然，我可以不见你，这两万块也可以不给你。

杜品大喊起来，这是我的钱！你不是还有豪车吗？你的宾利呢？迈巴赫呢？你可以卖了，先还我些。求你啦！

杜品哭出声来。

刘宇田嘟囔着说，你这样没法谈了，真是傻得没治！那几辆车，都是我为了装门面，向车行临时租用的。那个时候，我正需要大量的资金，我要让人看到我的实力，人家才会信任我。你向法院起诉时，不是提过我有这些车吗？法院去调查过了，那些都有租车记录！车是车行的，不是我的。我现在也是一无所有！

杜品瞪着的眼像张开的大嘴，几乎要把刘宇田吃下去。

你想知道的，我该说的都说了。我们没法谈，我要走了。刘宇田想溜。

杜品哭着喊道，你这样对我，毁了我，会被报应的，我不会放过你，我们法庭上见！

刘宇田怪笑起来，杜姐，你真没打过官司，法律见识太有限。这种案件，我是不会出庭的，全部委托律师。不错，你手中有我的借条，你肯定会赢。但是，我如今只剩下贱命一条，法院判你赢，我什么也还不了，属于无财产可执行！还好我们算是民间借贷纠纷，如果你告我诈骗，让我去蹲监狱，你不是更没法要我还钱？这就是我的现状，也是你的现状，我们都面对现实吧，都现实一点，别再到处找我，再威胁我，我也对你不客气了。今天来见你，我还想告诉你，你这么到处打探我，跑遍我的亲戚朋友家，这以后我还有什么面子和机会东山再起？你要我还钱，你得先让我有钱赚，能再去赚钱。

刘宇田说完，把烟斗的烟灰敲去，就快步走了。那两个随他来的年轻人，紧跟其后。

杜品大声嚷起来，刘宇田，不能走！都还没说清楚！

刘宇田没有回头，转眼就消失了。

杜品呆立一会儿，突然蹲了下来，抱着头，双肩剧烈抽动起来。

金大成在一旁不知所措，不是今天亲身经历，根本不知道这外面的生活已经变得让他无法理解和想象。

很安静，远处的海浪声变得格外清晰。

金大成靠近杜品，弯下身子小声问，你没事吧？

杜品一下扑向金大成，把头靠在金大成肩上，哭出声来。金大成从杜品抽动的身体中能感到，那哭声起于心底，很凄厉，撕心裂肺的伤心和懊悔。

金大成怕杜品瘫倒在地，只好用手抱扶着杜品。

冷静点。金大成一边劝慰着杜品，一边万分紧张，在这么一个空旷之处，抱着一个哭泣的年轻女人，被人看到了会生出什么想法？金大成四周望了望，还好，此时周边无人。

杜品把哭声压了下来，头埋在金大成肩上低泣着。

一会儿，杜品终于不哭了，从金大成身上脱了出来，站立起来。金大成放松了手。这时，杜品身子又软了下去，喊道，腿麻，站不住了。

金大成急忙伸手一把抱住了杜品，俩人相拥而立，杜品身体完全贴着金大成。

金大成本能地想推开杜品，却被杜品双手紧搂住。杜品真是站不住了，刚才的激动让她有些虚脱，整个人挂在金大成身上，好沉的。金大成不敢放开手，怕杜品跌到地上去。虽然此时比较懵，金大成仍然清晰地感受到了杜品的整个躯体。

这几十年下来，除了妻子，金大成从来没这么抱过一个女人。感觉到杜品可以站住时，金大成马上松开了手，局促不安地说，你，你好些了没？

杜品虚弱地站着，整了整被海风吹乱了的头发，拉了拉T恤。

回吧！杜品低着头，先迈开脚。

金大成不敢与杜品并排走，有意离开些，在后面跟着。

一前一后出了游艇码头，杜品恢复了常态，我用手机叫滴滴，很快的。

不一会儿，车就来了。金大成让杜品先上车，想到前面副驾驶位上去坐。杜品钻进车里的同时，用手抓住金大成的手，把金大成拉了进来，并排坐在后座上，手也不松开。

杜品的手，细长，嫩滑，软绵，温热。上车后，也没向一边挪，就挨着金大成坐着，肩膀靠着金大成的肩膀。金大成大气都不敢喘，轻声说，先送你回去吧！

杜品说，这是约的车，师傅知道去哪里，你坐好就行。

可能感到车内气氛偏闷，司机放出了音乐。

静听了一会儿，杜品伤感地说，这是柴可夫斯基的《天鹅湖》。天鹅死了，死得多惨多美。可惜，音乐不是生活，音乐可以把天鹅的死表达得这么美，生活却让活人如此丑陋。

杜品说得有些愤世，金大成默然。

车停下来时，金大成打开车门，下车一看，杜品让车开到了海边的一个海景酒店。酒店占地面积很大，右边是西式风格的城堡建筑，左边是中式风格的园林别墅，中间地带建有亭台楼榭，用曲折迂回的雕栏勾连着，特色很鲜明。

酒店叫海钻酒店。金大成偶然听说过，这是海龙屿最高级的酒店之一。

金大成有些惶惑，这么晚了，我们到这干吗？

杜品十分低落地说，我想喝酒，你好事做到底，陪我喝。现在才晚上十点多，不算晚。这个酒店什么都有，只要你有钱。

杜品把金大成带进了大堂，大堂是独立的一幢矮楼，通过一个电动扶梯，下到负一楼，来到一个环境优雅的餐厅，进了一个叫红树林的包间。红树林生长在陆地与海洋交界带的滩涂浅滩，是陆地向海洋过渡的特殊生态系统，具有保护生态多样性、净化海水、美化景观作用。海龙屿在岸线种植了许多品种的红树林，并正在建设红树林湿地公园。包间用了这么个大名称，却只放两个座位。包间里的空间挺大，面海的一边是落地窗，透过玻璃，外面就是沙滩，沙滩之外，就是黑乎乎的一片海。

杜品拿起一个遥控器，按下一个摁钮，电动窗帘把落地窗严实地遮蔽了。

晚上看不到海，只能听到海的声音。杜品一边坐下，一边用手对金大成做了个请，接着说，今晚我请你，算是谢你。我刚才不是有两万块吗，1000万变成两万块，不花干吗？我原先来海龙峙，刘宇田都是把我接到这里吃住。那时，我真相信他做大了，不差钱。

轻轻的敲门声，服务小姐进来了，手里拿着一本菜单和一个电子点菜器。

杜品直接要了两份鲍汁海参、两份虫草花炖乳鸽、两只清蒸小黄花鱼、两份石斛煲水鸭、四个闽南小春卷、两块香炸芋头糕、两份杏汁燕窝、四碟小菜拼盘、一个大果拼。同时，要了一瓶马爹利XO，并吩咐要冰块。然后，对金大成粲然一笑说，这些基本都可以吃吧？

杜品已恢复了正常状态。金大成点点头说，谢谢！不过，你点得太多了，怎吃得了？

酒送进来了，杜品挥挥手让服务生离去，向宽口大肚的酒杯里倒了三分之一的纯XO，举起杯对金大成说，今天真的感谢你，我先敬你！

金大成过去极少喝酒，就说，我不会喝，酒量不行，干不了。

杜品不管金大成喝不喝，自己举杯把酒全倒入了口中，没关系，你是老师，能喝多少就喝多少。

金大成只好举杯喝了一口，然后夹了几块冰块，放入酒杯里。

菜陆续送了上来，杜品大口吃起来说，我郁闷的时候特别能吃。

金大成只好动了动筷子。

又喝了几杯酒，气氛有点沉闷。金大成实在憋不住了，便小心地问，你怎么会被他骗去那么多钱？

杜品一下惨笑起来说，我真不愿说这事，说了心里太痛了！不过，去时我答应都告诉你，所以必须喝些酒再说。现在可以说了，还不是为了想赚更多的钱。杜品说到这，重重地把酒杯按在桌上，接着说，大学毕业后，我回到了老家，在市歌舞团里担任钢琴演奏员。我老公是同团里的美工。市级团平常演出任务不多，保个工资而已。我们就在市里各自开了工作室，招收学生，搞艺术教育培训。这些年学生的艺术考级很热，生源好，我们赚了不少。后来，我想提高一下自己，对我今后招生竞争有好处，就考回了海龙屿母校音乐学院，读硕士，一年要来好几次，接受面授和参加考试。在音乐学院里，我认识了刘宇田。他是作曲系的，那年正好毕业，毕业作品是一首钢琴独奏曲，曲名叫《春风在树梢》。他找到我，希望我在他们班的毕业作品汇报演出上，帮他演奏他的作品。我看了一下他的作品，真的有点独特，我喜欢，没多想，答应了。那次演奏挺成功，我与他就这么熟悉了，姐弟相认，他称我为杜姐，我叫他田弟。后来，我来去海龙屿，他都会开车到车站接送我。那时，他表现得很热情，很朴实的。

说到这，杜品深叹了一口气，谁知道，现在人心变得太快了。我硕士毕业后，开头跟他还有点联系，后来就少了，基本就不再联系了。前几年，学院院庆，我接到了邀请，就打电话给他，问他学院有没有请他参加。他说没有。知道我会去，他说会来接我。那天我出车站后，他开了一辆宾利来接我，吓我一跳。他告诉我，近年他在做生意，而且做得很大。我相信了。院庆回去后的一天晚上，他突然打电话给我，说有个好项目，是个好机会，要不要投资。我就说如果项目好，当然可以考虑。谁知，第二天，他就开了一辆迈巴赫到我老家来，夸张极了。他告诉我，海龙屿原来作为海峡前线，部队的地盘很多。后来两岸情形变了，部队撤走时，地方空出很多，特别是海边有几个原来部队的疗养院，已经闲置了好久，他准备与疗养院的一个哥们联手，那哥们负责拿用地许可，他负责投资，搞个别墅群外加几个楼盘来出售。他还带来了几份疗养院的会议纪要。

我和我老公商量了一下，我老公当时有点怀疑，说部队的地皮是军用的，怎么可能拿来开发？他当时回答说，这些年，部队已闲置的厂房、营房，还有一些疗养院等，都拿出来出租，年限都可达 15 年到 20 年，地皮是不能拿来买卖，但没说不可以租用。这次看中的这个地皮，因为在海边，战备早期军政没分那么清楚，谁也没在意。现在海龙屿城市空间扩大了，海边地皮一下值钱了。疗养院当年为保证安全，把海滩地盘圈得比较大，土地军地边界比较模糊，许多人并不知道，所以赚钱的门道就在这里。退一步讲，至少可以搞些小产权住房，就是那种可以住、但不能进场交易的房子，到处都这么做。这种房子价格低，买的人可多，利润看起来会少点，但因为土地不需要招拍挂，不要交什么各类税金，成本反而更低，赚头更大。我老公有个学生家长刚好是我们市里一个搞房地产的老板，我老公还专门打电话咨询，那个房地产商说，这种情况不是没可能，各种小产权的房子市场上有一阵子还是蛮多的。我们觉得可信，又看了他提供的疗养院会议纪要，红头文件，白纸黑字，动心了。但把钱交给人家，心里还是不放心。他又开出很优惠的条件说，杜姐，如果你跟姐夫担心亏了，这样，你们的投资就少分点红，我公司给你们写个借条，每月按3分的利付给你们利息，你们既可保本，又可赚利，既算股本，又算借款，双保险呢。

我听后觉得这办法好，就同意了。我把全部的积蓄，加上我妈和公公婆婆的积蓄，还向朋友借了一点，凑成了500万，交给了他。开头，他还是守信的，每月头的第二天就将利息打入我卡里。一年下来，我觉得真是赚得容易。这时，他说项目开始正式启动，需要增加投入，问我们要不要加股。我有点昏头了，就向周边朋友和学生家长以2分的利借款，又给他划去了500万。前3个月，他都如期付息，到第4个月，他就突然停了，给他打电话开头说是开始启动，用钱较多，有点周转不过来，后来电话也不接。我当时知道坏了，但又不敢对外说，怕影响到我的那些债权人，所以把房子、车子、工作室等全抵押，换成现金，用于支付向人借款的利息。

然而，很快，我撑不住了，无力再付息，更没法还人本金，我和老公几次来海龙屿找他，影儿都见不到。找到他的公司，他公司已经倒闭关门，人去楼空。折腾到现在，只好去法院起诉他，因为我手中有他公司的借条，我打给他的钱，全是从银行走的，有银行流水记录，法院受理了。但我请的律师告诉我说，他名下没有任何财产，银行不仅没现金存款，还欠银行贷款，可实施财产保全的账户冻结了。我与他签的是借款协议，他也付了一定的利息给我，这只能算民间借贷纠纷。

杜品说到这，又给自己倒了半杯酒，把酒喝尽，埋下头，有点说不下去了。

自己也差点被人忽悠。金大成想起几年前，县教育局中教股的一个退休股长，就来找过金大成，以2分的利息融资。那阵子民间这种事很多很疯狂，金大成有所耳闻。不是贪那点利息，主要是中教股股长原来跟金大成关系不错，又是刚退休，来找自己，不给点面子，金大成心里觉得有点过意不去。于是，金大成回去就给妻子说了，妻子马上表示反对，家里积下的都是辛苦钱，天下哪有这种好事，别去贪这便宜。

妻子在医院接触方方面面的病人，这种事见得多听得多。天下怎会掉馅饼？医院有几个病人就是钱拿不回来了，气得血压升高或心脏病发作来住院的。妻子说。金大成当时还有点犹豫，人家刚退休，不答应一点，是不是不好？妻子态度坚决，你就告诉他，我们都是拿工资的，就那些钱都花给女儿出国留学了，女儿还在读博士，还要花钱。再说，钱全部让老婆管得死死的，一分钱都拿不出，要钱让他来找我商量。妻子说的也是事实，教的这招还真管用，那股长没再找金大成了。没多久，金大成有天到学校听老师在议论，这股长的上家资金链断了，股长被人追讨，走投无路之际，上吊自杀了，据说县机关不少干部多年的积蓄全被这股长骗光了，连教育局几个退休或在职的领导、校里几个退休的领导和老师都被骗了。只是人死了，又怕影响不好，大家都不敢吭声，打掉的门牙往肚子里吞。

都是为了钱，都为钱疯狂，杜品本来好端端一个搞艺术的，就把自己弄成现在这样。金大成心生感慨，不觉地举杯自饮了一大口酒，然后劝解地说，其实，那个叫刘宇田的，从今天见了他的直觉来说，他不可能会还你钱了，你应该早有这个心理准备！

杜品抬起了头，眼睛里满是绝望和怨恨，这个人，为什么不会有报应？心理准备我早有，但怎么办？我无法说服自己放弃，哪怕心里再无望，我总强迫自己抱着一点点希望。我对自己说，他是一个如此有心机的人，怎么一点后路都没给自己留？我觉得他可能事先转移了财产，我希望他能动点善心，还我一些，能拿回多少算多少，不然，你说我怎么办？有几个学生的家长和同事，已经去法院起诉我了，法院判决了，幸好算是民事纠纷。我和我老公都被列入了失信名单，飞机、动车一等座等都不能乘坐了，高级酒店等一律不能消费。我想，如果他能还我个一两百万，至少能让我有个重新翻身的本金。于是，我来到海龙屿后就一直查找，我请过所谓调查公司、讨债公司什么的，都没用，反把来海龙屿后赚的钱，全倒贴进去了。

后来，我想起了，有次我来，他让一个叫霞子的女孩陪过我，我当时隐约感到他们之间关系不一般，我好像存过霞子的电话。我在手机的电话簿里查到了霞子号码，我联系上了霞子，但霞子一直不肯见我。我把真实的情况全告诉了霞子，求她告诉我刘宇田在哪里，霞子还是个善良的女人，终于见了我。那天她带着一个孩子来，我一看就像刘宇田。霞子告诉我，刘宇田也把她给骗了，她与刘宇田已经分开了，只偶尔有电话联系。霞子给了我一个号码。

离开霞子后，我就打了那个号码，刘宇田接了，无耻至极。我一气之下，就想到了霞子带的那个像刘宇田的孩子，我就威胁刘宇田，如果不来一见，我会不顾一切杀了他那个私生子！我这瞎猜的一说，还真把刘宇田给蒙住了，他才答应见我。今晚他那样子，我也预料到了，我真的想杀了他，他毁了我的一切，却仍然这么无耻，太过分了！

简直是匪夷所思，金大成如同听到一部新的《天方夜谭》。杜品所说的一切，如不是杜品亲身所历亲口所说，金大成根本不知道也不相信，居然还有这样的事情发生。

杜品显出了醉态，端起酒杯，手都在抖。金大成曾听人说过，要想一个人喝醉酒，只要让他喝酒的时候一直想着伤心的事，一下就醉过去。杜品当下如此绝望，再喝下去，必定要大醉。

金大成想到这里，也知道如今怎么劝慰杜品都没有用，就说，时间不早了，我们走吧！也许，让杜品回去，是最好的办法。

不走！去哪里？杜品把酒瓶拿了过来，把酒倒入杯中，举起杯子就喝干了，金大成想制止都来不及了。

这一大杯的洋酒喝下去，杜品身子晃了晃，就往桌子上靠了。

金大成决定，必须走，再不走杜品必定会醉在此处。金大成起身走出了包间，见门外站着一位服务生。哪里买单？金大成问。

服务生说，您稍等下。拿起对讲机说，红树林包厢贵宾买单。

一位领班模样的女子拿着一份打印的清单和一台刷卡机过来，对金大成说，先生，一共是3650元，菜金是1650元，XO是2000元。是付现，还是刷卡？如果手机微信支付，要到前台。

金大成说，刷卡。把卡递了过去。

金大成再进包间时，看到杜品伏在桌上，流着泪水，身体在抽动着。

还是晚了，杜品醉了。金大成轻声地说，我们回吧。杜品没有反应。金大成只好走近过去，轻推了一下杜品，杜品抬了抬头，又把头趴在桌上。

金大成看了看手上的表，已是深夜12点多了。杜品彻底醉了，只能把她强行带离，再送回去。金大成心里有点后悔，真不该答应陪杜品来。

金大成过去搀起杜品时，杜品稍醒，努力地配合，用手撑着桌面，勉强地站了起来。才走两步，杜品一个踉跄，差点跌倒，金大成只好一手架着杜品，另一手搂住杜品的腰，把杜品带出了包间。

上了扶梯，来到大堂。好在大堂没什么人了，只有总台两个服务员看过来，也许这种情况见多了，那两个服务员见惯不怪，淡定地站在柜台前。

金大成感到很不好意思，但也顾不了那么多，就往门外走。门外有个侍应生，金大成说，她喝醉了，你能不能帮我叫部的士来？

侍应生说，好的。就转身进大堂打电话去了。

外面的海风很大，直吹过来。杜品被风一吹，说了声，要吐。

金大成赶紧把杜品架到一边，那里正好有个公用垃圾桶，杜品对着垃圾桶，大口地呕吐起来。金大成全力撑住杜品，那些吐出的秽物，气味实在难闻。但金大成忍住了。

吐了一会儿，杜品有点小醒，嘀咕了一句，要送我。

金大成急忙问：你住在哪里？

杜品断续地说，梧村……梧村驿站……C幢101。

杜品说得很不连贯，还好，金大成听清楚了。

出租车来了，金大成把杜品扶进车后座，自己也上了车，坐在一旁。杜品一头靠在金大成怀里，睡了过去。

五

出租车司机用手机导航，找到了梧村驿站，并告诉金大成，这原是铁路机务段的职工宿舍，在岛外，比较偏僻。车到了梧村驿站，金大成借着车灯一看，这确是个很旧败的小区，门庭样式很陈旧，小区的传达室就是个低矮的小房间，像临时搭建的，外墙用水泥糊着，木窗有一边都脱落下来，窗上的玻璃很脏，沾着许多灰尘，让玻璃看上去都显得充满岁月感。

金大成让司机把车开到传达室前，放下了车窗。里面的保安正打着瞌睡，此时被车的动静吵醒了，睁开了眼。金大成说，师傅，能不能让车开进去，车上有个人醉了，C幢101。

这种情况保安见得挺多，就按下了电动遥控器，打开了电动门栏。

金大成原本还想问保安C幢楼在哪，想想，明显不妥，还是不说为好。

里面就3幢楼，前后并立。

金大成判断，C幢楼应该就是第3幢，那101室就是第一个楼洞。

金大车让出租车开到最里面的那幢楼停下，判断正确，果然是C幢。车停下后，杜品仍旧瘫软着，金大成无奈，就把杜品半抱着从车里弄了出来。

人一下车，司机就把出租车开走了。

金大成扶着杜品进了第一个楼洞，好在楼经过修缮，楼洞里的灯换成了感应的，有动静就亮了起来。金大成看到右边的一个门楣上，钉着一个小铁牌，上面写着101。金大成推了推杜品问，钥匙呢？你醒醒，没钥匙进不去。

杜品终于半睁开了眼，迷糊地指了指身上的挎包。

金大成从挎包里找到了一串钥匙，就一大一小串在一起。金大成想，大的应该就是开门的，就挑了那把大的钥匙插进了锁孔。门打开了，金大成借着外面过道照过来的亮光，在门边找到了房里的电灯开关，按下开关，屋子里亮堂起来。

这是小户型的旧房，一间大间，一间小间，客厅即是饭厅，连着厨房，有个卫生间，总共面积不会超过 50 平方米。大间房里有一张厚床垫，一个大衣柜，小间房门掩着，金大成看不到里面放着什么。厅里有一张老式小方桌，两张旧靠背椅。房间里还是很干净的，只是厨房有点乱，一些厨房用品和生活用品散乱地摆放在厨台上，可能因为旧房地下没有做架空层，房间直接连着地面，散发出一点潮湿的霉味来。金大成来海龙屿之后住在高楼层，这股潮潮的霉味，直钻进鼻孔，金大成很敏感。

金大成把杜品扶到床边，让杜品躺下。杜品此刻衣衫不整，小胸罩似乎有些松开，乳房的轮廓透过薄薄的圆领 T 恤，清晰地凸现出来。T 恤的下摆躺下后被提了上去，紧身的牛仔，裤腰又很低，整个小腹就都裸露出来。金大成看到那小腹很白皙、平滑，肚脐窝小而浅，肚脐四周有不起眼的妊娠纹。牛仔裤虽紧身，但没扎皮带，裤腰较松，往下掉了点，露出了里面肉色的内裤。那个拉链铜裤扣正好落在肚脐的下方，看上去让人容易产生联想。

金大成感到再留下不合适了，该走了。刚想跨出卧室的门，金大成就听到杜品干呕了几声，只好转身来到床边，扶起杜品，往卫生间去。

杜品半蹲着在卫生间里又吐了一会儿，呕吐物让卫生间狭小的空间里弥漫了一股酸臭味。

卫生间的灯装在顶上，灯光直接射进了杜品的圆领衫里，金大成不经意地看到了杜品的乳房，急忙掉开了眼光。

杜品不吐了，金大成把杜品扶进房间，让她靠在床上半躺着，见一边有个落地灯，把落地灯打开，出来到厨房给杜品烧点水。

金大成端水进来时，杜品已让自己平躺在床上了，圆领T恤、小胸衣、牛仔裤全扔在床角，只穿着一条小小的肉色三角裤，肚子上搭着一条小毛巾被，整个身体横陈在金大成眼前，基本上让金大成一览无遗。

金大成立即转过身想退出来，杜品却开口说话了，我渴，把水给我。

金大成只好转过来把水递给了杜品说，你醒了，我必须回去了！

杜品接过了水杯，从床上坐了起来，一手拿着杯喝水，一手抓住金大成，喝了几口水后说，喂，你还真是个君子，现在这种男人几乎是濒绝物种了！

金大成看到了坐起的杜品，双乳晃动着，慌乱地把眼光移开，我真要走了！

杜品把杯子往一边一放，抬起身子，一把抱住金大成说，我难受，你别走！我真对你没有一点吸引力吗？一边说着，一边拽过金大成，把金大成带倒在床上。

杜品全身发烫，一只手紧搂住金大成，软软湿湿的嘴唇贴了过来，另一只手开始褪去金大成的西装，扯去金大成的领带，又解开了金大成衬衫扣子，身子挨了上来。等金大成反应过来时，杜品已经赤裸地紧贴着金大成了。

杜品温热如火，金大成全身也燥热起来，如触电一般有了反应。一种久违的感觉像波涛似的冲了过来。等金大成感到不对时，发现自己已经进入杜品的身体里了。是杜品主动的，杜品坐在金大成的身上，头部仰起，闭着双目，秀发松散地垂落着，下巴翘起，嘴里发出呻吟，像是一种狂野的发泄，又带着一种恶意的放任。金大成连惊带吓，加上高度的紧张，一下就受不了，杜品感觉到了，伏下身子，温存地抱着金大成。

静止。时间似乎在瞬间静止。

金大成清醒过来了，慌乱无比地推开了杜品，急急地起身把衣裤穿起，语无伦次地说，怎么——怎么会这样？对不起！

杜品也起身了，斜靠在床头，双腿弓着，在蓝色的床单映衬下，姿态十分优美，像一幅人体油画。杜品被金大成的慌张弄得也有点不好意思了，对不起什么？你真是个呆子。

杜品这么一说，让金大成得到了点安慰，稍微平静了些，我也真的没想到，这——本来是不应该的！

杜品叹了口气，都这样了，还什么应该不应该。我又没怪你，你怕什么？如果你不喜欢我，你就当今天这事没发生，我不存在。

杜品似乎有点不高兴了。金大成不敢再看一眼杜品，我走！你好好休息！

杜品拉过小毛巾被，把自己遮盖起来，黯然地说，太晚，这里也太偏，不好打车。给你个建议，你不也是一个人吗，今天是周末，天亮了再走吧！

金大成嘴里嘟囔着，不行，不行！就逃跑似的走出了房间。外面的小区沉浸在夜色中，寂静如一块硬邦邦的铁。慌张出来的金大成，在离小区大门不远处，站住了，喘了几口气，深呼吸了一下，才走向大门口。经过门口的传达室时，金大成看到保安坐靠在椅子上呼呼大睡，这时才有点放心，步伐从容地溜出来。

下半夜了，杜品说得没错，这里真的打不到车。上次女儿回来时问金大成，老爸，我给你下载一个叫车软件吧，你学下，以后打车很方便的。金大成摇了摇头说，我又不赶时间，也没什么好赶时髦的，我每天坐公交，要那软件干吗？女儿说，老爸，你这是老土，不懂得运用科技。如果你都这么认为，科技进步还有什么意义？金大成现在又有点后悔自己当时的固执，没听女儿的。

金大成只好走路，疾步走着，决定走到哪里算哪里，总会遇上车的。

有风。肯定是海上吹过来的。海龙屿的海风没有那种海腥味，含盐分也较低，这使得海龙屿特别宜居。海风把金大成吹得很清醒，也很清爽。这时，手机响了，金大成以为是杜品打来的，犹豫着要不要接。掏出一看，结果是个陌生电话。电话里的人说，是金先生吗？有个杜小姐帮你叫了专车，你现在就在梧村小区等我，我几分钟就过来。

金大成心里浮起了一份感动，杜品还是很关心自己的，而且还很细心。金大成又往回走了，回到小区一旁，站在小区门边的一个暗处，等着专车过来。

金大成终于看到了远处射过来的车灯，一部专车很快停在了金大成面前。

金大成上了车，司机问，先生是到哪里？金大成说，琴岛华庭。说完就呆坐在车上，看着车

窗外飞快闪过的灯光，金大成头脑里一片空白，心里有着严重的不适之感。

深夜的道路很畅通，20多分钟后，车就到了琴岛华庭门口。金大成问多少钱，司机说杜小姐已经用手机支付了。金大成说，不，我用现金自己付。司机说，你要付现钱，要通过平台的，反正那边已付了，还是别麻烦了！

金大成搞不清楚通过平台是什么意思，但听司机说很麻烦，也就作罢了。

进了家门，金大成心里的不适感里，又多出了一份失重后的空落，同时交集着惶惑、不安、负罪的情绪，就一屁股坐在客厅的摇椅上，习惯性地给自己冲泡了一壶武夷岩茶，望着夜幕下的龙洲仔发呆。

活到现在，妻子是金大成唯一身体接触过的女人。金大成随父母到铁城生活后，高中毕业，就在铁城的一个山村插队了。那个年代，小学才读五年，初中两年，高中也两年。金大成去农村插队时，年龄才刚满16岁。上山下乡的日子更加艰苦，白

天要下田劳动，晚上没通电，为省蜡烛钱，早早就睡了。可能是那时没啥吃的，营养不良，金大成发育偏迟，那个时候见识也非常之少，金大成并不太懂男女之事。到农村不久，高考恢复了，金大成与同时代的许多人一样，觉得必须尽快离开农村，而离开农村当时最好的途径，就是考大学。金大成当时心无旁骛，开始挑灯自学，后来又被允许回城补课，金大成就上了回炉班，恶补了几个月，居然考上了省城师范大学中文系。

在那时的大学里，中文系是最活跃的专业，可没现在开放，学校里是明文规定不允许谈恋爱的。来自小山城的金大成，内心虽有朦胧的渴望，也羡慕个别年长一些的同学，敢半公开与女生恋爱，但是金大成内心却实在没有勇气，行动上也没办法，只好决定还是努力遵守校规吧。所以，金大成在大学四年期间，本本分分地做一名优秀学生。毕业时，父母也没什么门路，金大成就被分配回到了县一中当语文老师。此时，到了该成家立业的年龄了，本科毕业，加上1米78的身高，县一中的老师，有人立即很积极地给金大成介绍对象，金大成于是认识了妻子。

金大成清晰地记得第一次与妻子见面，是在山城的河边。山城那时没有公园，也没有咖啡馆、酒吧和茶楼。山城有一条横贯县城的溪流，叫富屯溪。小时候金大成在溪里游泳，捉过河鱼，摸过河螺。溪流与人不同，十多年过去了根本没什么变化，溪水向东流淌，日夜不息。那时起了变化的是河岸上，一排柳树已经长大，绿枝依依，岸边隔一段距离建有一张张水泥浇筑的座椅。金大成在其中的一张水泥凳上等着妻子，那是人生的第一次主题单纯、目的明确的约会。金大成早早就到了，心里有些紧张，又有些激动。妻子来得稍后一些，妻子身材适中，穿着一件深黄色的双排扣短大衣，内着一件红色的薄毛衣，可能是刻意的吧，都初春了，妻子还围着一条黄纱巾。那时代女子时尚是烫发，妻子把刘海烫得卷卷的，出现在金大成面前。介绍人事先给金大成介绍过情况，妻子比金大成大一岁，省医科大学毕业，出身一般的干部家庭，学历相当，经历也差不多，家庭背景也差不多，金大成与妻子相互感到对方条件尚可，就这么答应见面了。

那天妻子来后坐在金大成的身边，但保持着适当距离。金大成很拘束和紧张，与妻子说了什么，现在倒是想不起来了，妻子似乎更大方些，始终保持着一种知性的端庄。俩人当时是有一句没一句地聊了几个小时，从黄昏坐到了夜里九点多，妻子说，不早了，明天还要上班。金大城说，那我送你回去，妻子没吭声，默许了。这默许让金大城很兴奋，毕竟在小城，那个岁月年轻男女敢公开走在街上，不怕人看到，一般来说就是那种关系了。

到了妻子家附近，妻子说，就到这里吧。金大成调动了全身的力量，鼓足勇气才终于问了妻子一句，明天傍晚我们还见面吗？妻子说，明天我要值夜班！金大成如被雷劈了一般，一下充满了挫败感，觉得这是明显的一种拒绝。正当金大成准备转身走时，妻子又说了，明天值夜班，后天我休息一天，后天我们见吧！金大成一下全身鲜花怒放似的，心里长满了绿油油的青草。回家后的金大成，兴奋得一夜都没睡好。

经过一段时间的约会，金大成才在一个晚上送妻子回去的路上，趁着夜黑风高，打劫般地突然拉住了妻子的手。妻子没有拒绝，金大成明白，那次才算正式与妻子确立关系。金大成当时紧握住妻子的手，妻子说，你力气太大，手都被你弄痛了。金大成想松开，但妻子用手抓住了金大成的手。

与妻子恋爱的时光，金大成就是与妻子偶尔看看电影，夏天吃吃冰棒。半年多后，金大成才与妻子有了第一次拥抱。那也是在晚上，时节都入秋了，就在富屯溪畔，秋风吹了过来，妻子说有点冷，金大成在夜色的掩护之下，把手伸向妻子的腰部，妻子不仅没有回避，身子还软软地靠了过来，金大成搂住妻子，浑身发抖。反倒是妻子，可能是学医的，比较懂和沉着，主动地转过脸来，把嘴唇送了过来，虽然紧闭着眼睛，但平和宁静认可的神情，让金大成大胆起来，终于正面地拥抱着妻子，俩人接吻了。

那是金大成第一次接吻，妻子全身软绵绵的，一直闭着眼睛，金大成也不太懂，舌头还不敢伸进妻子的嘴里搅动，现在想来，那只是嘴唇与嘴唇紧贴着。许多年后，金大成才偶然看到一个资料，说异性接吻时嘴唇会分泌出许多种化学物质，相互刺激对方，并产生很好的感觉。难怪接下来金大成一下变得很大胆了，手伸进了妻子的衣服里去，妻子也没拒绝，脸上洋溢着十分享受的表情。只是看到这个资料时，金大成与妻子已经多年不亲吻了。

金大成与妻子是旅行结婚，去了趟上海。当时旅行结婚，一是比较时髦，二是为了省事省钱。因而，虽是新婚旅游，但金大成和妻子只找小旅馆住，只挑便宜的东西吃。唯一的奢侈就是在上海，去了一个冰厅，喝了几杯汽水。所以，新婚的幸福感觉有，但没太多诗意和浪漫。金大成和妻子很快有了女儿，金大成都来不及细细品味与妻子在一起的俩人世界，就一下进入了实实在在的三口之家的平凡生活之中。妻子做医生，工作的规律性强、刚性强，要值夜班。金大成做老师，工作弹性相对大，又有假期。因而，女儿小时，金大成带得多。除了上街买菜，妻子说金大成是男人，不懂讨价还价，其他家里煮饭做菜、洗衣拖地板等一应家务，金大成全都干过。

女儿渐渐成长，金大成才从生活的俗务中慢慢脱出。此时，教学上有经验了，如鱼得水，金大成于是成为全县的语文教学人才，被评为中学高级教师，春风得意。但是，在家庭生活中，金大成与妻子已是老夫老妻了，与妻子在一起也没感觉到太大的激情了，只有不离不弃的亲情。金大成完全习惯努力做模范丈夫和好父亲，都是学校和家里两点一线，没有任何想法、时间和空间去关注别的女人。学校虽然有不少女教师，但大家都生活在小城之中，相处还是比较简单，金大成与她们多是工作上的接触，心理上本能地保持着一种距离，连玩笑都开得少。

金大成很满足这种平和的生活，也很适应这种生活的平静。然而，今晚发生的事情，让金大成感到太不可思议。金大成想到这里，就恍惚地往房间的墙壁上看去，墙上原来挂着妻子的遗像，但现在的墙上只有一幅女儿不知从哪里弄来的油画，那幅油画画的是生机勃勃的春天田野风景。金大成才想起来，自己现在身处海龙屿，在小城故宅客厅里挂着的妻子遗像，已经被女儿收走了。金大成心里先是涌上了对不起妻子的内疚感，接着又产生深深的自责感。活了半辈子，金大成觉得自己一直坚守的某些东西，在一夜之间，甚至可以说在片刻之间，被轻而易举地击溃了。金大成想到这里，有点烦躁，就站了起来，又给自己倒了一杯茶，端着茶杯，呆立在落地窗前。金大成此时心中的阴暗如窗外黑夜的天幕，情绪的低沉让他感到心理压力巨大。

当然，现在妻子已经不在人世了，如今自己孑然一身。再说女儿不是也希望自己重新开始生活吗？想到这，金大成才自我排解，深呼了一口气，如释重负，一下就减轻了心理上的那点对妻子的背叛感。

只是这个如光速一般飞快的闪念，通电一般地激活了记忆的后台，杜品的身影就那么奇怪地从刚才的沉重感破壳而出，眨眼之间就转换出现了，洁白的肌肤，温软的胸脯，姣美的胴体，弓起的性感长腿，平软的小腹，尤其是那全油画般的斜躺，这时金大成脑海里，突如其来地堆满了杜品的身影。这些情景如有魔性一般，不由自主地驱使金大成去寻找与杜品在一起的感觉，那一段记忆就如此时楼下的琴岛夜景，满目闪烁一般那么突出，那么富有实感地呈现出来，充满了无法抗拒的诱惑和吸引力。

于是，一切开始转场，金大成满脑子里都是杜品，开始想努力找回与杜品在一起的记忆，但是怎么搜索，金大成发现，在感觉里都是一片空白，任凭怎么搜寻，怎么也无法找出什么回味来，是不是当时事情发生得太快，太突然了，根本就没有任何备份？

金大成猛然感到些许的遗憾，坐回了靠椅上，喝了几口茶后，金大成又发现自己的情绪只剩下了茫然和失落。这又让金大成吓了一大跳，自己怎么会这样呢？

金大成多年所待的铁城，虽然是个小山城，但却是个历史文化积淀深厚的古城。自南宋以来，也是个引人瞩目之地。南宋著名的抗金名相李纲，著名的诗歌理论家、《沧浪诗话》的作者严羽等，都是此地的名人。山城紧邻武夷山，武夷山可是南宋以后，中国古代圣哲朱熹一生中最重要的活动之地。朱熹14岁就因父亲朱松病故托孤，来到了武夷山的五夫镇投靠并师从南宋名儒刘子羽、刘子翚、刘勉之、胡宪，后来成了刘勉之的女婿。在决定潜心著书立说之后，朱熹就寄情于武夷山水之中，在山中开学授徒，品茗论道，在武夷山构建完成他庞大且精深的理学体系，四方学子，纷至沓来，武夷山由此成了南宋以来的理学重心，被誉为"道南理窟"，成为中国古代历史上的文化名山。

铁城与武夷山毗邻。金大成了解朱熹，是源起于当时教学课本中朱熹的那首《读书有感》："半亩方塘一鉴开，天光云影共徘徊。问渠那得清如许？为有源头活水来。"为了备好课，金大成找了些介绍朱熹的东西来看，后来不断反复给学生讲这首诗，金大成越来越对这首诗有更多的体会和感悟，越讲越喜欢上这首寓意深远、能够给人以多重领悟的诗，深感此诗说的不仅是读书的感受，其实更是人生的哲理。人生就是你自己的"半亩地"，如何让天光云影显示在自己生活的"方塘"里，如何让自己的成长"清如许"，如何找到个体生命精神和灵魂的源头活水，这都是要积极思考和认真求索的。金大成多次对学生这么说，每说到这里，金大成都能看到学生们投来的景仰的目光，很享受心里涌上的一份成就感，仿佛自己就站在了一个精神的高地上，四周是怡情怡性的景致。

喜欢上了《读书有感》的金大成，就此喜欢上了朱熹，就找了朱熹的一些著作来读，用丰富的关联资料和更精准的理解，把这首诗的课上得满堂精彩，大获学生好评。那时，中学教育正在探讨"课改"。在一次县教育局组织全县中学老师到县一中开展教学交流时，学校安排金大成上了这堂课。金大成此时厚积薄发，一鸣惊人，来听课的各乡镇中学的老师，都被金大成的这堂课折服了，县教育局确定该课为县中学语文教学示范课，金大成一课成名，成为县一中的语文"名师"。那时，金大成感到，如果此时朱熹尚在人间，定然会收自己为得意门生。

曾一段时间，地方文化热在各地兴起。铁城也不例外，加入了大力宣传地方历史文化名人的行列，李纲和严羽就成了铁城地方文化研究和推崇的人物。那时，铁城决定在原址上复建李忠定公祠。该祠始建于南宋淳熙十三年（公元 1186 年），史载是朱熹来铁城讲学时倡建的，并亲自撰写了建祠碑文，称李纲为"一代伟人"。县政协文史委听说金大成讲朱熹的诗讲得好，就专门邀请金大成帮写相关的文章，金大成答应了下来。为了写这篇文章，金大成更是大量阅读很多朱熹的著作，也研究了李纲。金大成的这篇文章，旁征博引，极具文采，在县政协的文史资料内部刊物刊登之后，又被省文史馆的《八闽文史》正式刊发，金大成由此在小山城里小有名气起来。

铁城的李纲纪念馆的正堂进门，可看到醒目的一句话："所不朽者，垂万世名；谁谓公死，凛凛犹生。"馆建成后，一般的游客没注意到这句话的来龙去脉。有一次，一位县领导陪同市里来的一位重要领导参观此馆，把这评价说成是朱熹专门为李纲手书的一句话。那位市领导文化素质很高，指出说，不对呢，这是辛弃疾在得知朱熹病逝后，朝廷下诏不准悼念朱熹时写下的悲愤之词。这位县领导当时脸就红了。市领导走后，这个县领导想了想，往后还会有领导来山城，山城没什么东西可以一看，李忠定公祠今后将还是必看的点，不要再出常识性错误了，就要求办公室找个人来给县里的领导讲讲李纲，讲讲严羽，讲讲朱熹。

毕竟朱熹是市里的一张文化名片，又到过铁城讲学，为李纲写过碑文。县委办公室的人想了半天，就找县政协文史委的人推荐，县政协文史委的人想了半天，就推荐了金大成。理由很简单，金大成可能不是县里研究李纲、严羽、朱熹最好的本土专家，但可以肯定是本地知道李纲、严羽、朱熹的专家中，课讲得最好的人。这样，金大成有段时间就被借到县教师进修学校，全心全意给县领导上本土文化课。

大约有半年时间，金大成给县领导课也讲完了。那时，县领导精力也开始转向招商引资拉项目了。有传言说，县里考虑给金大成任命一个进修学校副校长。金大成觉得进修学校太闲，也等不及任命，就自己提出回到县一中去继续当老师。很多人当时都不解，闲点不好吗？但那时金大成正和妻子谋划着以后要让女儿出国深造，进修学校收入不像在县一中做老师有更多的各类课补什么的，金大成其实是为了多点收入，决定回到县一中的。只是，此事不便明说罢了。另外，这半年下来，金大成为给县领导上好课，苦读了不少古代的典籍，已深受先贤们的清高自持的深深影响，金大成不好意思言钱，也不好意思求官。

回到县一中继续做老师的金大成，学问根基更深厚了，常喜欢对学生们说，非礼勿视，非礼勿听，非礼勿言，非礼勿为。告诫学生们，只要记牢这四条，只要守住这四点，就可以终身受益。关于这个"礼"，金大成还专门给学生们解释说，孔子讲的这个"礼"是周礼，他认为"周礼"是当时古代最能体现社会有序的理想制度，这个我们今天可以不去管它，用我们现代的语言来表述，我认为就是指社会公共秩序、道德公共约定和共同理想所认可的界限。

可是，昨晚呢？喝着茶的金大成这时又有些难过了，感到自己似乎从一块多年独占的高地上坠崖了。昨晚的越界，仅是一个片刻的时段，就越过自己上半生一直坚守的生活边界！这份自省，又让金大成揪心起来，心里有着一种难言的刺痛。

内心的平衡被彻底打乱了，金大成一夜都无法上床休息，一会儿是杜品，一会儿是妻子，一会儿感到深深自责，一会儿又自我排解。金大成在百般纠结中，在靠椅上睡了过去。等睁眼醒来时，金大成看到，落地窗外的龙洲仔已在蓝天之下，在碧波之中了，外面阳光灿烂，一派明亮。

金大成不知不觉地就去拿起放在一边的手机，完全是潜意识使然，查看了一下，手机里面什么都没有，金大成心里又有点空落，杜品没有再发来任何的短信和留言。杜品昨天醉得很厉害，现在应该也醒了，醒来的杜品会是怎么想的呢？

金大成心里瞬间又蹿出一股想给杜品打电话的强烈冲动，此时金大成不惧什么了，自然一抬手就给杜品拨了过去。

响了几声，杜品睡意未尽地终于喂了一声，这声喂，让金大成感觉，杜品那边好像昨天一切都没发生过似的。

金大成一下不知说什么，吞吞吐吐地问，你——醒了？昨天——昨天你醉了！

杜品含混地说，我知道，怎么啦？你这么早电话喊醒我，吵死了，有事呀？

没有！没有！金大成连忙应道，我担心，你昨天喝太多了，怕你出什么状况。

你还这么关心我呀？那你昨晚怎么不留下陪我？现在怕我出状况，要死了救都来不及了！杜品已经醒了过来，不过，昨天晚上，还是要谢谢你！

金大成不知道说什么了，嘴上应道，不说谢呢，说谢不就见外了？

杜品突然在电话里哈哈笑起来，喂，你这教书匠干吗那么文质彬彬的，绕来绕去的，你是不是对昨晚的事不好意思？不会想对我说对不起吧？

金大成被杜品的直接搞得很无语，拿着手机一句话都说不出来。

杜品声音柔了下来，好了，别不好意思了，都几十岁的男人了！你想我了对吗？想我就过来！这样吧，我知道你今天不上课，你立即过来，帮我带点水果来，我想吃，特别想吃。对了，我最爱吃那种大芒果，还有进口的牛油果。

现在过去？金大成心里一下被提了起来，像被拎着尾巴的鱼，无比挣扎，一方面想拒绝说不，另一方面又觉得无法拒绝必须去。

喂，你不想过来是吗？杜品又有点不耐烦了，你怕我吃了你呀？不说了，要过来就快来，不来我还想睡呢！

已经没时间让金大成多想了，金大成嘴里不由就冒出了两个字，好吧！

杜品不满地说了句，好像还勉强你了！就把电话挂了。

金大成却傻了，怎么会说好呢？怎么能说好呢？金大成待了一会儿，既然应下来了，不能不去了。

金大成就快快地洗漱了一下，下了楼。楼下门口正好有家水果店，金大成买好一大袋水果，上了一部的士。途中，金大成仍是十分不安，都这把年龄了，怎么还是这么把持不住？但现在已坐上车了，箭在弦上了。金大成又努力说服了自己。

很快到了梧村驿站，下车后的金大成，在大门外又犹豫了，这么与杜品见面，会不会很尴尬？进去后要说什么呢？徘徊了一下，金大成看到大门边的传达室已不是昨晚的值班保安了，这才进了小区。进了小区，金大成又放慢了步伐，还是不进去为好，不能一错再错了。就拿出手机，想给杜品挂个电话，说临时有事。但掏出的手机却响了，是杜品打过来了的，问，到哪里啦？怎么这么久？金大成忙说，哦，我已到大门口了。杜品说，我给你留门了，我要冲下澡！

金大成拿着手机站着，发了一会儿呆。天气很好，阳光照得人很舒坦。小区内不时有人进进出出，根本没人在意金大成。时间和生活都是这么常态流淌的，人生不过只是个片段，这个片段没人去关注你，你也就并不存在。金大成想到这里，觉得好像有了一点理由和勇气，就急急走到 C 幢 101 室门前。金大成的心跳得很厉害，第一次要作案的贼，可能也就是这样的心跳了，金大成拎水果的手都控制不住地发抖。深呼吸了几下，金大成暗暗对自己说，只看望一下，算送水果，就马上走人。

门掩着，金大成还是敲了一下，才推开进去。杜品用白色浴巾裹着身子，正在吹头发。通过镜面，金大成看到了杜品裸着的前胸上还挂着好些水珠，有如梨花带雨，模样实在清美诱人。杜品从镜子里看到了金大成进来，对着镜面给金大成一个诡笑，我就好了，你等下。

金大成不敢与杜品对视，移开了视线，把水果放在桌上，然后站在客厅里，显得十分局促，不知说什么。

杜品放下了电吹风，见金大成没关上门，走上几步把房门关上。那咣的一声，让金大成心脏如被狠命敲打了一般，狂跳起来。

杜品走到桌前，停住了，哈哈笑起来说，有这么买水果的吗？我一个人怎么吃得完，买了这么一大袋。把水果袋打开，杜品拿出一个大芒果，抽出一根筷子，把芒果表皮刮了一遍，接着拨开果皮，小口小口吃起来，嘴上还说，好甜，好香。

金大成站在一边，心里一直催着自己说走，但行动上却做不出来。

杜品吃完了一个大芒果说，我们到房间里去。

杜品用手轻轻拍了金大成一下，金大成就鬼使神差似的进了房间。杜品一进房间就往床上坐去，然后半靠着，见金大成还傻傻站着，就轻拍了一下床边，示意金大成坐下。

金大成不敢坐下，杜品抬身拉了下金大成，笑着说，你老男人怎么还挺害羞？

金大成坐下了，背对着杜品。杜品一下从后面抱了过来，手就伸进了金大成的衣服里。金大成终于被唤醒了，侧过身来，杜品的嘴唇又贴了上来，芒果味里挟带着金大成喜欢的那股气息，又扑鼻而来。

接吻了一阵，金大成扯去了杜品的浴巾，金大成看到了杜品洁白的身体，修长的腿。杜品盘着的头发也散开了，堆积在白色的枕头上，俏丽的脸上，升起了红晕，显得风情万种，又展现出一种明显的暗示，眼里透出期待，姿势充满了诱惑。

金大成终于控制不住了，杜品很顺从很愿意很享受，半眯着眼，眉目之间充满了柔情，盯着金大成，手轻抚着金大成的背，快说，爱我！声音透出了很真实的鼓励。

金大成彻底进入了状态，终于大胆地迸发了，嘴里说，爱你！

这一次，金大成终于有了很扎实很饱满的感受。

从杜品身上滑下后，金大成还用左手紧搂住杜品的脖颈，右手仍在杜品身上不停地抚摸着。

杜品偎依在金大成怀里，轻声问，你很久很久没碰女人？

还真是。

那天，金大成从学校回到家里，见妻子一人关在房里，饭菜都没煮，家里气氛明显一反常态，金大成很奇怪，立即意识到一定出什么大事了。金大成进了妻子的房里，还没问，妻子就一下扑进他的怀里，眼泪直流。从有了女儿后，金大成与妻子很少在一起了，有时是怕惊动女儿，更多的时候是妻子常值夜班，白天休息时，金大成又去学校上课了，俩人共处的时空太少。这种状态时间一长，金大成与妻子的亲密感就日趋下滑。女儿去读大学了，金大成与妻子本来有两人世界的空间了，但两人已完全习惯了原先的生活，且都到了一定的年龄，谁都没有提出过改变一下状况的要求，仍然各忙各的，如两座已成形的大山。

妻子多年没有再这么主动扑进金大成怀里了，金大成也已多年没见过妻子剧烈的哭泣了。妻子刚扑过来时，金大成还有点不适应，但妻子哭得十分绝望，金大成立即感到了。金大成问，怎么啦？妻子仍然埋头哭着。金大成这时才看到，地下掉落着几张纸，金大成低身捡起来一看，那是医院相关的检测单。检测单都是打印的，除了出报告医生的签名潦草外，其他的字，金大成都看得懂，尤其是"晚期"两个字，像两条巨大的蟒蛇，一下紧缠在金大成身上，寒气扑来，令人窒息，恐惧弥漫。金大成突然之间，全身的真气和能量被吸尽了，先是肌体在同一瞬间麻痹，然后背部的冰寒如化开一样扩至每寸肌肤，整个人僵硬在那里，无法动弹。

平静的生活被彻底地颠覆了，天与地错位了。金大成什么都来不及细想，就陪着妻子先到了省城，省城最权威的医院出具了相同的结论，有如高院核准的最后判决。妻子也不是没有期待过奇迹，但只在省城医院住了三个月，妻子就坚决地告诉金大成，我要回家！我们回去！金大成见妻子说得斩钉截铁，那已变蜡白的脸上没有一点商量的余地，就只能顺从妻子的意志了。

就是从妻子查出绝症那天起，金大成再也没有与妻子亲热过了。从省城回来后，妻子就死活要住在家里，金大成把除上班之外的时间，全都花在家里事务和陪伴妻子上。那段时间，金大成根本没有了自己，白天去学校上课，中午和晚上回来就照顾妻子，妻子夜里痛苦起来，金大成就陪在一旁，也没法入睡。金大成身心俱疲，睡眠严重不足，根本就没空想任何其他的事。

直到给妻子办完后事的半年多，可能因为确已接受妻子不在的事实，心灵在时间的抚平下回复正常起来，睡眠已恢复了正常。开始正常起来的金大成，在一个深冬的寒夜醒来。铁城是山城，冬天很冷。那夜，金大成醒来时，脚是冰冷的，身边空荡荡的，一点温暖都没有。虽然脚冰冷，一份炽热的渴望却慢慢地死灰复燃，悄然燃烧。那种感觉，像金大成在插队时在田里烧的稻草，先是升起几缕轻淡的青烟，跟着升腾起浓浓的黑烟，火苗从几处蹿出，一下就冒出灼灼的大火。

这有如一个标志性的开始，自此，隔上一段时间，总有那么几个夜晚，金大成被体内的一股如熔岩般的沸腾的热流炙烤着，在这个时候，孤独与空寂又变成了助燃的汽油，让金大成体会着一份说不出来的煎熬。金大成曾经把妻子、女儿等一切都拿来当灭火神器，但是，那种燃烧有如火山，是由身体深处喷发而出，根本压制不了的火势。金大成由此也才开始思考，自己是个正常的凡人，仍然还有需求，还有渴望。只是，这种事情能说出来吗？金大成很羞愧，羞愧之中又感到很无助和无奈，金大成只能强行弹压。

大概有些年了，我一直都是一个人。金大成回答了杜品的提问。之所以说了出来，金大成似乎是想给自己刚才的行动，赋予一个正当的理由。

杜品眼睛闪过一份惊奇，不会吧，有些年？难怪我觉得你像个快绝迹的老虎！杜品咯咯地笑起来，不过，你这个人，有可能。今天我不叫你来，你可能就不会来了！但是你又很想过来，对不对？说到这，杜品又感叹道，做你的老婆也真值得，你在她走后为她守了这么久，现在这种男人真不多，你也真不容易！

杜品边说边整个人缠绕在金大成身上，你最后还是抗拒不了我，对不对？

杜品得意地笑了，金大成又感到体内的力量再次被唤醒，翻身把杜品压在身下。金大成此时才感到，自己对杜品居然这么贪婪。

激情之后，终于有了平静。这种平静让躺在床上的金大成，有了一种久违的放松感，还有一种奇怪的满足感。

杜品附在金大成的耳边说，昨天真的很谢谢你。还有，在钻石酒店吃饭的钱我要给你，说好是我请你。

杜品此时才像个小女人。

金大成说，因为我是教书的？对吗？不过，现在还要算那么清楚？

杜品紧紧抱住金大成，你昨天有个行动让我很感动。刘宇田去口袋掏钱时，你以为他要掏什么，怕对我不利，就挺身挡在我前面，护住我，完全是一种本能的反应。我来海龙屿后，也有几个臭男人来接触我，都嗫嚅着表示自己很有钱，开头都是不择手段地想上我，但是一听我欠了巨额债务，是个被法院限高的女人，转眼就找各种借口，跑了。有次朋友请我去唱卡拉OK，一个自以为是的男人借着酒劲抱住我，我挣脱不了，就低声地说，你真想碰我？我在外面欠了人家一千万，所以是被迫跑到这里来躲债的。这一说完，他酒劲就没了，手就松了。杜品说到这，又哈哈笑起来，伏在金大成胸上，你看，现在人都这么现实。我成了一个男人见面就想上、知道实情就会跑的女人，典型的红颜祸水。其实也好，只要我讨厌的男人，不想多理，我就故意告诉他们，我欠了人家多少钱。这招真很管用，一听，准就跟我拉开距离，然后人间蒸发，再也不会追我。可能告诉他们说，我杀过人，他们还不定怕，但说我欠了很多钱，这些人就跟见了阎王似的。我在这里漂，反倒有了个护身符！杜品抬起身，用眼睛含情地瞟了金大成，我见你第一面，就感到你跟他们不一样！开头我还以为你是个华侨，后来你听我弹琴，告诉我是想到你老婆，我更感到你不太一样了！再后来，你怎么不怕？还真想保护我，像个童话里的骑士。小时候，我爸爸给我讲外国故事，我当时还不懂事给我爸爸说，爸，我以后就嫁给骑士。爸爸当时说，现在哪有什么骑士。喂，我以后就叫你骑士好吗？

金大成真有点不好意思，别开这玩笑，我都这年龄了，什么骑士！

好呀，那就老骑士，你做老师的，肯定知道大战风车的堂·吉诃德！杜品大笑起来，贴金大成更紧了，喂，你今天来，开头好像也挺矜持的，非常不好意思和紧张，但又想要我，不是我招你，你是不是就不来？也不敢再上我这床了？

金大成觉得心思其实都被杜品看穿了，但还是想维护一下自己可怜的尊严，嘴上辩解地说，我还真的担心，你昨晚醉得厉害，我怕你今天还没恢复过来。再说，昨晚我真的一点目的也没有，后面更是没准备。

你这人真是！准备什么？昨晚是我自愿的，算我勾引你！你现在后悔还来得及！杜品的直率让金大成目瞪口呆。好在杜品不在乎金大成的回答，接着说，我昨晚是喝多了，但没全醉。我喝酒再吐，其实还是有些清醒呢，不过我经常醉，但是从来没让人送我回来，连我女友都不知道我住在这里，这房间我谁都没让来过。我也不知道为什么会让你送我回来，你进屋后，也没乘机占我任何便宜，其实我都懂。我感到你这男人挺靠谱，所以，我一定要摆平你！

金大成想想有些明白，也对，杜品如果真醉了，又怎么可能那么快醒来，帮他叫专车呢？

金大成不适应杜品所讲的话题，更不适应再深入地在这个话题上谈下去，就转开话题，我主要是看，你一个女人也很不容易！

杜品说，你才知道呀？离开老家时，我那些债主都以为我跑路了，就一直打电话给我，我告诉他们，我不是逃避，欠的钱我都认，我出来是为了赚钱还。所以，至今，我都没换手机号码。你相信吗？

相信。金大成肯定地回答。

那你怎么不怕我？我欠了那么多钱！杜品幽幽地问。

我又不是有钱人，再说，我一个老男人，你能从我这里得到什么？金大成觉得还是要有所保留，就这么回答。

你真的有点像我父亲。我今生最不幸的就是早年失去了父亲，他在我上小学时，因车祸走了。我时时想念他，如果他现在还活着，我肯定就不会走到这一步，他一定会有办法让我成为一个不贪心也不贪财的女人。退一步讲，即便我走到了这一步，只有他一定不会责怪我走错了，他一定还会陪着我渡过这个难关的。这么多年，我遇到的人，好像只有你一定能这么对你的女儿。所以，你女儿会那么爱你，给你买那么多东西。杜品又紧紧抱住了金大成，你真的会爱我吗？

金大成真切地感到了杜品贴着的温柔和深深的依赖。这份温柔和依赖，让金大成的心有些融化了。这话该是我问你，我一老二没钱的，你会跟我吗？

你讨厌！杜品松开了金大成，你一直强调你没钱，看来你还是怕我！

金大成开始有点害怕杜品生气了，主动抱住杜品，别误会，我们不说这好吗？你在我生活中出现得太突然，突然到了我连做梦都想不到！你说的这些，不是我认识了你，我死了都不会知道，也不会相信现在生活中还有这些事发生。你得给我点时间，我得重新适应，包括适应你！

杜品坏笑起来，你还诚实！我现在不会让你离开我！然后又黏着金大成说，你会不会看不起我？

不会！金大成说，你不要看不起我就好了！

为什么？你也给我个理由。杜品这下眼睛里充满了认真。

因为你这么年轻又漂亮，却会跟我在一起，我相信你应该没什么功利性的目的！金大成说，另一方面，我做梦都没有这么个自信，能得到你！

喂，看上去一本正经的，你还真会哄人！杜品开心地笑了笑，你会聊天，一点都不像你外表那样——正人君子！

正人君子！杜品这话刺激了一下金大成，金大成这时想到了一个重要的问题，就问，你跟你丈夫真的分开了吗？

他？杜品有些意外，表情一下冷了下来，我当他不存在了。我们被骗后不久，他就跟我谈离婚了，因为事情是由我而起的，做决定的也是我，他是听我的，觉得是我造成了这个状况。他给我说，现在这样，只有离婚，或可保全一个人，这样对我女儿也会好些。明显地是想让我一个人担起来！我知道他是想让我一个人独自承受，心死了，也同意了。但是，去办离婚时我们才知道，我们办不了。我们就去找律师，律师说，因为婚内债务是共同的，债务无法分割，要把债务分摊协商清楚，才能办理离婚。并说，原则上，你们现在是协商清楚了，也很难办成。我们都太不懂生活跟法律了。他明白后，连孩子都不顾，留下张字条，就不告而别了，就这么一走了之。我理解，确实对他来说这一切很难承受，这个后果主要是我造成的。但我不能原谅的是，他是个男人，是口口声声说永远爱我的人，却在家庭和我最难的时候，就甩手不管了，玩消失了，这么没担当，这么不负责，让我来独自面对这一切。我在决定离开老家时，为了商议孩子寄放的事，去找他的父母。因为我妈一人生活，身体又不好，他父母算是通情达理的人，告诉我，他北漂了，具体在哪里，干什么，他们也不清楚。他父亲也很生气，还说就是从小把他惯坏了！我和他都是独生子女，他们家条件比我好，他思维很简单，又去搞什么艺术，根本不懂生活和责任，我现在当他不存在，或是生活在另一个平行宇宙里！

说到这，杜品坐起身来，双手抱住双膝，你是不是因为我还有婚姻在身，所以心里很不爽？我告诉你，如果我明天背叛你，我也许还会有点内疚。但是，我虽然与他生活了那么多年，现在我背叛他一百次一千次，我都没有一点负罪感！

杜品说得有点恶狠狠的。

这是什么情况？金大成听得有点呆了。现在一时半会儿也搞不懂，但不能就这个问题再谈下去了。金大成此时迅速地换了个话题，你现在还弹琴吗？

杜品神情一下黯然起来说，我不弹了。离开金世纪后，我就不弹了。弹琴根本赚不到什么钱。我欠的钱那么多，都是亲戚和好朋友的，还有就是学生家长的，我也知道都是他们的辛苦钱，我想还他们。所以，这段时间，我正想转做其他事呢，想尽可能拼命去做，争取三年后能够还清。

三年内？什么事能赚这么多钱？金大成问。

刚刚才开始，现在还不能说，对了，今天我叫你来，是因为明天我就要去外地了，要去好几天呢，回来后再告诉你吧！杜品说得有点神秘。

金大成不是那么有好奇心的人，也不是一追到底的人，知道这个问题也不能谈下去了。金大成有个遗憾，便直接说了出来，你不弹琴，真太可惜了！金大成说这话有两重意思，一是杜品真的适合弹琴，二是他喜欢弹琴的杜品。

这个心思，杜品不可能想到。杜品顺着自己的思路说，我现在根本不想这些了，弹琴肯定帮不了我还债的。你觉得我现在搞艺术还有前途和发展吗？我自小就喜欢钢琴，完全是莫名其妙的。我爸爸在的时候，家里条件还算可以。后来我爸走了，为了培养我，我妈省吃俭用。那些年，妈妈几乎餐餐吃馒头，就这么把身体吃坏了。当时为了考艺术学院，找一个名师授课，一小时是两百元，那时我妈的工资，一个月才千把块。现在要考艺术名校，你知道找个好老师一小时多少钱吗？两千块钱，没关系还找不到。而这些钱花出去了，有多少人后来靠弹琴可以赚回来呢？说起这些，想起我妈，我就想大哭！我实在对不起我妈！

杜品说到这里，泪水真的就这么掉下来。金大成伸手抱住了杜品，那种贫寒带来的身心的苦痛，金大成有切身的经历和体验。

你知道吗？刚到海龙屿，我一个晚上跑过好几家的场子，一天下来好辛苦。只要有钱，我什么活都接。有次，还到殡仪馆去，那个死者生前爱音乐，但那种场合海龙屿没人愿去，家属很有钱，出了个高价，最后是一个同行找我，说本地的人是不会去的，比较迷信。你是外地的，不会迷信吧。我问，到底出多少钱？我那个同行说，家属没办法，把酬金提高到了两万元。我说，跟什么本地外地无关，我现在一点也不信什么，我去！我真去了，第一次也是唯一一次对着一个死人弹琴。我当时弹着弹着一直都流着泪，我想到我妈含辛茹苦把我培养这么大，知道我落魄到去为死人弹琴，不知道会不会死了的心都有！杜品哽咽着说不下去了。

许久，杜品才控制住了情绪，那天我弹得十分伤心，那个死者家属太有钱了，见我一直流着泪弹，以为我是为死者伤悲，居然后面又包了个红包给我，出手很大，一个红包就是六千块钱。我把那天的钱，全从银行转给了我妈。弹琴，已经不是我的追求了，我现在最重要的是面对现实，我要尽快改变我的生活。

金大成再次被震动了，这是他多年在学校根本不可能知道的事情。金大成同时想起来，到海龙屿之前，有天傍晚，在铁城的公园散步，遇到了流浪到此的一男一女年轻的艺人，那男的艺人手弹着吉他，嘴吹着口琴；那女的艺人，手拉着手风琴，脚踩着架子鼓，表演着经典的老歌，听了让人颇感亲切和深受感染，很精彩的，围观的人很多。两个街头艺人很现代，表演场地前不仅摆着一个小铁盒供人扔赏钱，而且还在上面放了个二维码，没带钱的可以用手机扫码打赏。但给钱的人基本没有。金大成在那里站了很久，见此就十分庆幸，好在妻子当时没有听自己的意见让女儿去学钢琴，如果女儿当年去学琴，今日又会是怎样的工作和人生呢？

生活好像不是种瓜得瓜、种豆得豆这么简单，瓜豆种得有好坏，卖得也有价差，吃时也讲究季节，吃的人也有不同的口味，一个小小环节的细微变化，就会形成后来巨大的落差和变化。人生呢，虽然同在一片天空之下，每个人却有多少天壤之别。这命运到底是由个人自主呢？还是真由一种神秘的力量在冥冥之中安排呢？就如妻子，苦尽甘来之后，还没有享受多少时间的幸福生活，又突然撒手而去；就如自己，本以为可以坐享天伦之乐，坐望颐养天年，却又意想不到会变得形单影只，人生不能预测。人生无常，命运多变，现在已不是一个要思考的问题了。如果仅是思考，那可能比较容易想开。但一旦真的必须去应对，感觉完全不同。如果不是自己真正遇上并正在经历着，金大成觉得自己也不会明白的。就如来到海龙屿，他金大成怎么也不会想到；就如来海龙屿之后，他会遇上杜品！

见金大成略有所思地愣在那里，杜品说，我们不说这些了，明天我就要去外地有事，回来之后可能就很忙了，今天我好好地陪你！要不要？

金大成心里当然求之不得，便笑而不答。

到底要不要？杜品撒娇着追问，一定要说，一定要你说出来！

金大成只好十分小声地说，要！

杜品扑哧地笑起来，在杜品的欢笑中，金大成感到了一种从未体验过的温柔的亲密。

整整一天，金大成都在杜品的房间里度过，吃饭都由杜品叫外卖。

这一天，金大成觉得是自己活到至今，最特殊和难以忘记的一天。

六

杜品第二天就走了，也没说具体去什么城市。金大成原本说去送送，杜品说不要了，你又没车。另外，同行好几个人，不方便呢。金大成想想也对，就没有坚持了。杜品走前还给金大成通了个电话，特地交代说，这次参加培训，大家为省钱，是一起拼房的，可能会不方便联系，如果没有什么特别重要事情，回来再说吧。金大成哪能听不出弦外之音，虽然不明白什么培训会这么不便，但嘴上还是应承下来了。同时又想要不要买部车！

来海龙屿之后，一次去机场送女儿时，女儿就对金大成说，老爸，要不你买部车吧！据说人到一定年龄，开车还可以防止衰老呢!

金大成应道,我开始衰老了吗?

女儿嘟着嘴说,好好,你看上去年轻,开着部私家车,不就更新潮和年轻了吗?

金大成说,要我扮酷吗?买部车容易,但是停车、保险、油耗、洗车,还要保养,如果再加上罚单呢?那不是要耗去很多的钱?

女儿睁大眼睛说,老爸,你也想太多了吧,买部车都要想到这么多的关联,还要这么缜密,你就永远脱不出原来的生活套路。做事可以思考周密点,生活就奔放一些吧,把方便都当成一个负担,活着有多累呢?你当时跟老妈生我时,怎么没想过生下我后,养育、上学、出国,等等,后面有多少事要做?

金大成无语了。

女儿笑嘻嘻起来,你如果不舍得那点钱,本女可以提供赞助。不过条件是,你如果给本人找了个好阿姨,那小女子就慷慨大方送你们一部车!

金大成装作气鼓鼓地说,天下只有做父母的,担心女儿嫁不了,哪里有你这样的女儿,动不动就催老爸娶后妈的?你是不是为了逃避赡养的责任?

女儿吐了吐舌头说,你一直闷在过去的生活里,不是你情况特殊,我才给你特区一样的政策,不然你想给我找个后妈,门都没有,我不给你大闹天宫才怪呢!

金大成说,算了,我觉得坐公交好,现在岛上路也堵,我买部车来给自己添堵呀？每天开车，遇到路堵，血压升高，久了还得高血压呢！

女儿说，好好，你自己看吧！我坐飞机飞来飞去，经常遇到晚点，照你这么说，我早就得了狂躁病了！

想到女儿，金大成心里挺温馨的。

但女儿很快在脑里就被切换成了杜品，想到与杜品才刚开始亲密接触，就分别了，杜品就远出了，金大成心里有说不出的失魂落魄。

金大成又回到了原先的生活状态里，上班，教书，散步。不过，心境却怎么也回不到过去了，原来如枯井般寂静的心，似乎从井下生出许多新藤绿叶，枝枝蔓蔓的，挺斑驳热闹的。想念，成了最主要的情绪与状态了。

杜品走后，金大成第一天上班回到家中，就盼着杜品来个电话或是来条短信；第二天，上课都担心万一杜品来电话接不到怎么办，就破例把手机调成静音，带进了课堂；第三天，金大成的心开始收紧了，怎么一个电话或一条短信也没有？第四天，金大成的焦虑蜂拥而来了，心想，不管什么学习培训，总是要吃饭，总有休息的时间，来个电话，或是来条短信，分分钟的事情，杜品为何不做呢？第五天，金大成心思全乱了，吃不香睡不着了，杜品有如失联了一般。金大成实在忍不住了，几次拿起手机想主动给杜品挂过去，但最后还是控制住了，自己都这岁数了，别让她笑话自控能力那么差，还是等着她来电吧。

好在老天帮忙。就在第六天，海龙屿的气象部门公告，名为"银河"的台风将向本岛袭来，说可能将是历史记录上遇到的风速最高的台风之一，学校接到教育局通知放假一天。

台风来临时，金大成站在客厅的落地窗前，可以清楚地看到，雨如千万银珠从天而下，风的气势更猛，看不见，但可以感觉得到，尤其在这20多层高的楼上，风直击着窗，发出了巨大呼呼的声响，裹挟着雨点，恶狠狠地甩在钢化玻璃上，风雨齐心协力地想推倒整栋楼房，发力呼啸着，情形确实骇人。

长期在山城生活的金大成，从来没见过如此惊心动魄的台风。只是，这么凶猛的台风，也赶不走对杜品的挂念。外面在地动山摇，困在屋中的金大成望着窗外的风雨倒是终于找到了个充分的理由，杜品走时说明天回来，这边如此恶劣的台风天，必须让她知道。金大成很有理由地把电话拨了出去，出乎意料的是，手机是通了，响了许久，但杜品却一直没有接。金大成心里更发毛了，连拨了几次，话筒里仍是传来"您拨打的电话暂时无人接听，请稍后再拨"的提醒。

金大成只能放下电话，焦虑地等待，盼望着杜品能回挂过来。等了许久，杜品就是没有回音。

人机分离？不知怎的，一种钻心的担忧，夹带着一种无奈的焦急，爬进了胸腔里，如一只张牙舞爪的螃蟹，高举着蟹钳，在心里横走着，一钳一钳地钳着心头之肉。

这种难受同时让金大成后怕起来，毋庸置疑，只有深爱上一个人，才会有如此丰富和复杂的感觉，自己爱上杜品了，整个心思全被她牵着走了。但是，杜品爱自己吗？才相识后就分别了，六天，一条短信、一个电话也没有，这种情况发生在初识的阶段，按金大成的推论，这与过去自己对情对爱的理解和了解完全不同，杜品有没有和自己相同的感觉与感受呢？好像不仅没有，而且还根本不在乎他金大成有什么感觉与感受。

这么一想，金大成的心，就沉到海底里去了，黑暗，寒冷，无助。是的，自己现在算杜品什么人？恋人？情人？还只是萍水相逢的生活沦落者？杜品会如自己这么认真来对待这份关系和感情吗？毕竟相差了太多的年龄了，杜品会同自己一样考虑这些吗？想到这些，金大成又有点绝望，这也许本来就是一份不该有的畸恋！

会不会杜品还另有其他人，或跟其他人在一起，所以不便接听？所以临走前要那样专门暗示和交代自己别打电话？金大成想着想着有更坏的想法了，这个想法，让金大成更为绝望和难过。

手机声终于响起了，金大成迅速地看了下显示屏，不是杜品的电话，是一个十分陌生的号码，金大成就任由电话响着。凡是陌生的号码，现在金大成一般都不接。刚开始，金大成也接过，结果不是问你买不买房，就是问你买不买升值的店面，要不就问需不需要贷款，再不就是问要不要开通宽带或需不需要办套餐送你流量。

最荒唐的是，有一次金大成接了一个陌生电话，一个男人恶声恶气地问，你是金大成吗？金大成被吓了一跳，回答说，怎么啦？对方说，你知道我是谁吗？我是东北来的刚哥，你随便打听一下，东北刚哥的名头是怎么来的。金大成莫名其妙地问，我与你有关吗？对方说，你干了什么好事你清楚，现在有人找我，让我找你麻烦，你住在哪里，你女儿上什么学校，你老婆在哪里上班，我们都摸清楚了，你看看怎么解决吧，我拿人钱财，总要替人消灾。不过嘛，我也只是求财，你应该明白的。金大成又气又好笑，知道对方虽然知道自己的名字和手机号码，但并不了解自己更详细的情况，特别是对方说知道自己老婆在哪里上班，女儿在什么学校上学，整个就是瞎掰的。金大成于是说，你弄错了，我只是个学校看门的门卫，能有什么事，最大的事就是前几天跟一个送快递的吵了一架，难道是那个送快递的雇你吗？对方听后立即就把电话挂了，金大成这招还真管用。

手机铃声停下后，又再次顽强地响起。金大成从铃声里听出对方有些不打通誓不罢休的味道。想想，万一是杜品手机没电了，用别人的电话打来的呢。这个想法出现，让金大成摁下了接通键，一个女声传了过来，金老师吗？您知道我是谁吗？

金大成不喜欢别人在电话里让他猜，加上此时根本没心情，生硬地说，听不出来，有事？

对方说，金老师，我是您的学生宋水月，原来高三（三）班的，你不记得我了？

对方说是学生，金大成于是放缓了口气说，我年纪大了，记不清你是哪位。

对方急急地自我介绍道，我是2013届的，金老师可能不记得了，但我一直记得金老师，在校时我离家出走了几天，父母找不到我，是金老师找了我最好的同学，查到了我的联系电话，在电话里，金老师很生气地说，你知不知道你的父母就跪在我面前，求我给你打这电话？你父母这辈子可能从未下过跪，但为了你却跪在老师面前，你如果还有一点感恩之心的话，你就立即回来！金老师从来不骂学生的，这次的当头一喝，刺激了我，把我唤醒，我从外地回家了，金老师您还专门到我家里，把我带回学校，还和我谈了很久，有一句话我至今记得，天下的父母对孩子都是玻璃心，好好学习和生活。金老师，现在想来，真的谢谢您！

有印象了，是有这么个女生，高三时网恋，跑去见网友了。金大成后来找她谈过，问她为什么要这样，她的答复让金大成当时还有点傻眼了。她说，金老师，你不是写过一篇关于《聊斋》的文章吗？你不是在文章里说，从古至今，人们都把爱情视为人间至美至高的情感，以至孔子注《诗经》时也不排斥里面的情诗，七仙女下凡也是为了爱情，在《西游记》中，那么多可恶的妖精居然也有对唐僧动真情的，而《聊斋》更是写狐鬼与人的美好爱情，为了人世之爱，不惜付出生命和多少难得的千年修为，哪怕是万劫不复，也在所不惜，矢志不渝，用一种极端，造一种极限，以此来更突出一种极致之爱、极致之情、极致之美。我想狐鬼妖魔都这么不顾一切追求爱情，所以，我想也让他能感受和感动。

金大成是写过这样一篇文章，当时为了评正高职称，金大成缺了一篇论文。没有在核心期刊上发表过论文，就无法评上正高。金大成当时正为此事苦恼时，一天，接到了一个大学好友的电话。这个大学好友毕业后留校，不久就考上了本校的硕士，而后又考到北京一所学校读博士，后来成为一个挺知名的学者，那时正好担任一个国家级的文史类刊物的常务副主编。这个大学好友在电话里说，正好来武夷山参加一个国际朱子文化研究学术讨论会，希望金大成能到武夷山见上一面。

好多年没见了，金大成就去了武夷山。在与好友见面闲聊时，好友问起金大成方方面面的情况。听到金大成说还不是中学的正高，因为差一篇在核心期刊上发的论文，好友想了想就说，凭你在大学时天天到图书馆读书的功底，你就写篇适合我们刊物发的论文吧，我帮你看看能不能发。金大成问，写什么方面的比较好？好友说，武夷山是朱熹理学的大成之地，可以写写朱熹。金大成很高兴，回来之后，就开始准备。但是看了许多资料，越深入进去，金大成反倒不知如何落笔了，朱子理学体系太庞大和太深奥了，至今相关的研究成果也极多极高，金大成感到自己多年在中学教书，在学问功底和研究能力方面根本达不到那个水准了，写不了这方面的论文。

金大成那段时间心里还挺难过的，后来想想就这么做个普通人也不错，才静下心来。挑了个《聊斋》来写，也是相当偶然，那阵子正好上映从《聊斋》故事中改编的一部电影，学校不少学生都看了，私下热议，金大成当时正好布置一道作文题，让学生就自己喜欢的课外古典书籍写篇读后感，一来借此了解一下学生平常对古代经典的了解和阅读情况，二来也可以从中了解学生的一些思想情况和对一些事情评价尺度。结果全班学生大部分居然就这部电影来写关于《聊斋》一书的读后感，这让金大成很生气，什么捉鬼师呀之类的，一些根本与原著无关的东西，全让学生们在作文里津津乐道了。当然，金大成不是生电影的气，电影艺术是电影艺术，金大成是觉得学生如此把改编的作品当成原著来对待，这彻底背离了对传统文学的科学精神和认知态度，非常不应该。为了给学生好好讲《聊斋》，金大成就又认真读了一遍，有感而发地很快写下了这篇论文，一气呵成。写完之后，金大成也没抱什么希望，就寄给了那位大学好友。谁知那位大学好友收到后就打电话来说，大成兄，你不做学问真是个遗憾。文章真的写得不错，又有好友关照，金大成的论文很快就发了出来。金大成自费多买了一些，拿到班上给学生做参考，谁要谁拿走，30多本当场发完了，谁有拿谁没要，金大成也没注意，哪里知道这个宋水月拿去了一本，还认真地读了，并记住了里面的一些观点，活学活用，以子之矛，攻子之盾。

这次与宋水月的谈话，让金大成又有所触动，对今后如何教育学生进行了一些思考，后来还写了一篇教学文章，专门谈语文老师在高中学生思想品德和心理教育方面应发挥的作用问题，刊发在省里的教育杂志上，当年还获得了省教育厅的学生德育建设论文奖，这篇文章得奖让金大成完完全全成了山城教育界的名师。

宋水月在高考时成绩不理想，宋水月父母来找金大成，金大成怕宋水月没上大学再出什么问题，就通过一个在大学任职的同学关系，让宋水月去了一所很普通的本省民办大学上学了，宋水月的父母更加感谢金大成。

能够说出这么个案的一件事，金大成相信了，对方确实是自己的学生。

宋水月，有事吗？金大成语气温和多了。

宋水月说，金老师，我是前段回老家，听到一个同学说，您调到海龙屿来了，真是恭喜。我如今也在海龙屿，现在一家国际保健品养生公司上班，我这里有不少合适现代人保健养生的高科技产品，我非常感念老师当年的恩情，无以为报，刚好有几款产品适合像老师您这个年龄和这个职业保健养生用的，特别是我听说师母去世了，您是一人来到海龙屿的，心情肯定很不好，独自一人很寂寞，身体一定处在亚健康状态，所以想送几款给老师试试，希望金老师无论如何都不要推辞。

如果是在平常，金大成心里或许会很感动，有如此记挂自己的学生，真是难得，如今这师生之情算什么呢，有几个学生参加工作后，还会记住老师的？但现在金大成想接到的是杜品的电话，而不是学生的电话，正心烦意乱的，情绪很不好呢，哪里有心思去理这些。金大成客气地拒绝说，真不用了，我身体很好，从来也不吃或者用那些保健产品。谢谢你！

等等。金老师，这真是我的心意，您拒绝一个学生的谢师之情，这会让我很难过的。宋水月好像怕金大成把电话挂了，一点间歇都不给金大成，声音追了过来，要不这样，金老师，您能不能告诉我您家的地址，明天台风过了，刚好还是周末放假，我去您家坐坐，看望您一下。

金大成差点随口说出住址，但突然想到按原定时间，杜品是明天回来，不知道几时会到海龙屿，金大成希望能第一时间见到杜品。因而，金大成说，明天确实学校放假，但学校还有些事，我没时间。你好好工作吧，有空我们再联系吧！

宋水月那边也急了，金老师，您家地址能不能告诉一下，要不我这下就找跑腿公司送过去，现在有跑腿公司很方便，您很快就能收件的。

送个东西有这么急吗？金大成本能感到这个学生如此紧追着要自己的家庭地址很不正常，虽然没细想，主要是没有心情再聊下去，就随口说，不用了，心意领了。

宋水月感受到了金大成的冷淡，仍不罢休，声音又追了过来说，金老师，要不这样，知道您心肠好，送您您也不肯白收，那我寄些给您，用最优惠的价格，收点意思，一来表达了我的心意，二来您就算支持我，公司有给我们定任务，我也算完成业绩。再说，您如果出点钱，您是我老师，我还可以给公司通融一下，找主管走个后门，给您送些奖品，这些奖品有鸡蛋、大米、食油，全是日常生活要用的，您以后可以不要上街去买！只是需要您提供身份证号码，您身份证号码能报给我吗？

金大成一听，心里更不舒服，就直接说，我真的不需要！谢谢！说完就把电话掐了。

金大成把手机扔到一边，手机又响了，金大成以为还是宋水月，就不接了。过了一会儿，手机再次响起，金大成有点恼火，走了过去。一看号码，金大成心情飞快地转好，这次是杜品的电话。

杜品直冲冲过来一句话，你想我啦？怎么刚才不接电话？

金大成忙说，刚才正好去卫生间了。金大成只能随便找个理由。

杜品说，我明天就回去了，明天是星期六，你刚好不要上课，想不想见我？

金大成仍然不适应这么明了地说话，就把话题荡开问，这边是台风，明天你能回来？

杜品心情不错，笑着说，我又不能乘飞机，坐动车只能二等票以下，明天动车有通呀！

金大成说，那我明天去接你，你几点到？

杜品说，不用啦，你又没车！在我家那边等我，我中午两点多到海龙屿北站，那离我家不远，大概3点，我们就能见到！

与杜品通完电话，金大成原先的心烦气躁全没有了，神奇地回复了平静，想到明天就能见到杜品，金大成此刻的踏实感里还生出一些甜味来。这种心态，极像过去要去接回来的女儿。

自从女儿去外地读书后，女儿每次假期回家，就变成了金大成与妻子生活的头等大事。妻子会认真叮嘱金大成提前去买些女儿爱吃的菜，会连着几天，下班回家后，把女儿的房间收拾得干干净净。女儿出国之后，每次回国归来，那就更变成了金大成和妻子生活中最大的节庆，快到日子的那几天，就如儿时盼望过年一样，还加了更多甜香的感觉！

外面的台风停了，雨很大。金大成由女儿想到妻子。妻子走时，女儿没赶上。金大成发现妻子已经撑不住了时，想给女儿打电话，但是妻子坚决不让，说这种病很拖人，都是反反复复，你每次让她跑来跑去，太辛苦了，既要花很多的路费，又耽搁了她的工作。等到妻子真不行了，金大成才慌张地给女儿打电话过去。女儿立即往家里赶，毕竟从开普敦赶来，需要时间。可妻子已没有等下去的时间了。妻子拉着金大成的手，虚弱得根本说不出话来，金大成与妻子结婚30年，家里的一切都是妻子说了算。此时金大成发现，妻子显得十分柔弱和无奈无助，金大成说，你是想说，要照顾好女儿对吗？你放心不下女儿？妻子点着头，两滴泪珠从脸颊上落下。妻子的身体彻底枯竭了，体内水分基本干枯了，但那两滴泪珠却很大，掉落在床单上，洇开成一大块水渍。

金大成说，她是我的亲骨肉，你放心，我一定会照顾好她的。其实，金大成当时还想说，女儿都已长大成人了，早就在国外独立生活了，她真的可以不要我们操心了。但金大成知道这么说，妻子肯定会不同意和不高兴的，妻子从有了女儿之后，女儿就是她生活的全部。所以，金大成最后又加了一句，我们这辈子唯一的骄傲，不就是有一个这么优秀的女儿吗？这么一说，妻子嘴角突然露出了欣慰的笑意，就这样带着笑合上了眼，细如柴枝的手，在金大成手中渐渐地变冷变硬。金大成握着妻子的手，一直没有松开。金大成当时突然奇怪地想到了另一个问题，与妻子一起生活比女儿时间更长，为何妻子在临走时根本没想给他留下点话？为何妻子对他不会放心不下呢？连一句关于他的交代都没有？

妻子已是另一个世界的人了，女儿虽然同在一个世上，但是离得也非常之远。现在只有杜品，杜品就在身边，给他一种从没有过的感觉。金大成又想到杜品，杜品的身影又十分真实地出现了，金大成整个心如长满绒毛般柔软。

晚上，金大成早早就睡去。

七

金大成是被手机铃声唤醒的。昨晚一直想着杜品，手机就放在外面了，没有拿进卧室里来。金大成一跃而起，冲出卧室，自己都奇怪身段怎么还这么敏捷。

真扫兴，打来电话的不是杜品，是宋水月。金大成才发现，昨晚自己睡过头了，时间已是早上 8 点多了。

金大成不想接，想想宋水月是自己的学生，不接也不好，只好拿着手机喂了一声。

金老师，早上好！宋水月在电话里说，我昨天没来得及告诉你，公司这几天每天上午9点钟，在琴岛饭店的二层如意厅，开有中老年保健养生讲坛，其中安排我讲45分钟的产品分享，这对我是个自我提升的好机会，但讲课对我来说真不擅长，我又特别珍惜这个机会，所以，金老师能不能过来帮我指导一下？金老师在学校给我们上数学课，可以把那么枯燥的数学课讲得生动形象，趣味盎然，如天女散花，让学生那么爱听。我真希望，金老师您能指导我把产品分享课讲好，毕竟我是您的学生，名师出高徒嘛。

上数学课？金大成突然感到不对，自己明明是语文老师，上的是语文课，宋水月不会把这么明确的事弄错了吧？

金大成心生警觉，就随口说，我那数学课都是按教纲照本宣科，与你要讲的产品分享是两回事，哪里敢谈指导。宋水月，你觉得老师哪堂课给你印象最深？

宋水月那边明显有个短暂的停顿，可能是一下愣住了，但很快就回答，金老师的课我们学生印象都很深，但说哪堂印象最深，一时真还不好说呢！不过，同学们都说，金老师讲课如行云流水，我们都爱听。

金大成强烈地感到宋水月那边肯定有问题，又不动声色地问，宋水月，去年学校举办百年校庆，你们2013届还专门搞了个班里同学聚会，你怎么不参加呢？

宋水月那边又停了一下，才说，去年百年校庆，我临时有事，所以没参加。

金大成完全确认对方肯定不是宋水月，因为铁城是个千年古城，县一中建校较早，但百年校庆要到 2019 年，根本还没到时间。一中有个规矩，每个学生一入校就要接受校史教育，如果这点都回答错误，那么对方连县一中的学生都不是。金大成奇怪的是，如果不是宋水月，又怎么会知道宋水月当年在校时曾弃学出走被自己找回来这件事呢？

金大成来不及多想，就说，好，我这几天如有空，一定抽个时间去听听。

宋水月那边明显是装出的高兴和激动，金老师，太感谢您了，期待着您的光临指导。不过，金老师来时千万要带上身份证，为了搞活气氛，增加吸引力，凡来听课的人公司都有赠品，还有抽奖活动，但要登记身份证才能领取赠券和抽奖券。来时先给我一个电话，因为有礼品和抽奖，来的人很多，老早排队呢，您先告诉我，我就把最好的座位给您留着。

好，好。金大成应道。放下电话后，金大成细想了一遍，突然又想到对方的口音也不对，对方说的普通话十分标准，而宋水月是铁城人，后来考入的是本省的一般学院。一个人的口音是从小就形成的，一般情况下很难改变，即便是语言环境发生很大变化，一些口音还是改变不过来的。金大成一下坐不住了，宋水月那边太不对劲了，这个孩子原来就任性，不懂事到敢离家出走，如今完全可能又遇到了什么事。

金大成急了，决定立即过去看一下。

琴岛饭店，就在金大成住的琴岛华庭对面不远，步行过去只要几分钟。金大成到时，里面的讲坛还没开始。金大成看到如意厅外面，放着一溜的彩色广告喷绘，有保健养生常识介绍、产品介绍、养生达人介绍、患者养生效果介绍，最夸张的是主讲讲师简介，名头挂的不是世界什么学会，就是全国什么协会、教授、研究员、博士生导师，好似全世界的最重要的专家都会集于此。在会场门口两侧设有嘉宾席和报名台，一旁站立着好些年轻人，全部统一着装，配有对讲耳机，眼睛警觉如探照灯，四处扫射。有几个人的目光，已经盯上了金大成。

金大成心里有点恐惧，装着偶然路过一般，假意好奇地看着相关介绍。这时，一个年轻的女子春风在脸，笑吟吟地走上来说，先生，您是来参加分享会的吗？

那个"您"字，说得让金大成十分耳熟。金大成一下断定，冒充宋水月与自己通话的，就是此人。

女子身材丰满高挑，一看就不是南方人。女子着一套蓝色的职业套装，样式与在场地的那些工作人员一样，颜色却不同，那些人是深蓝色的，这女子的却是浅蓝色的。可以区分出来，这是个级别或地位更高的人员，至少整个外场是她在负责。

金大成本想说找宋水月，但现场的这种架势让金大成决定不说了。金大成故作淡定地说，我只是路过，随便看看。

那女子立即热情起来，靠上前来说，来参加分享会原本是要经过报名挑选，再由我们公司确认发出邀请，但今天刚好有一个嘉宾老总要与美国的一家公司谈一宗大生意，实在来不了。如您有兴趣，我可以把这名额给您，您可以进去感受了解一下。

又是这种忽悠人的说话套路，看来这些说话的路数，都是经过事先设计和培训的。金大成装着有点犹豫的样子。那女子趁热打铁说，进去了解，可以领到奖品。只是您带身份证了吧？

金大成说，我没带，我这年龄，不习惯把身份证天天带在身上的。

女子信了说，要不这样，您先填下我们这边的一张登记表，留下联系方式，我们报公司审定后再说。您没带身份证，按公司规定，是不能进去的。反正公司这几天都在办会，您等我们公司通知后再来。

女子递上了一张印制精美的表格，金大成装模作样认真地看起来，上面要填的东西很多，年龄、身高、体重、文化程度、婚否、住址、身份证和手机号码、从事什么职业、收入来源、月消费金额、资产、爱好、家庭关系、亲子关系、财政关系，这些是基本情况。离奇的是还要填写，是否服用过什么保健药品、有否参加过养生培训、日常采用什么保健养生方式、个人主要有什么不适、最在意身体什么部位、平常成交方式、禁忌话题、注重面部或身体或形体否等，上面注明，主要是为了一对一订制服务用。

金大成装出为难的样子说，这么多内容，我得拿回去慢慢填写。

女子说，公司规定，只能在现场填写，因为拿回填写，有些项目很多人不知道怎么填，填写也不会准确，还会打电话来询问，公司业务忙，没那么多人手。您可到那边报名处填写，那里有专人服务，会回答您的问题，并帮助和指导您填写。

　　伍总，怎么会这么巧，你会在这里？一个着深蓝套装的女子突然快步过来，一把抓住金大成的手，双手紧握着，热情地说，我是宋水月，伍总忘了，去年我们在酒吧一条街那边喝过一次酒，你今天怎么到海龙屿来，是来出差吗？还是专程来参加我们公司活动？

　　金大成吓了一跳，面前的女子容颜虽精心化过妆，但眼神黯淡，透出明显的忧郁。

　　宋水月，金大成看到了女子嘴角边有一个痣，一下就想起来了。宋水月叫他伍总，显然是不希望暴露金大成真实身份。金大成随机应变说，对对，我记得你那颗痣，那天还跟你开玩笑，说你这里长痣，嘴吃四方。你在这家公司上班？我今天来海龙屿见一个客户，他路上堵车迟了，等下才到，没事我就转转，看这里热闹就过来了。他快到了，我要下去接他了，改日再请你喝酒！

　　金大成感到手中有个东西，是宋水月夹在手里塞过来的，松开手后，就顺势把手插进了裤袋里，接着说，我那客人快到了，有空再联系吧。

　　金大成走开了，从楼梯下来，到了一层，进了卫生间，才急忙掏出来看。是一张被搓揉得紧成一小团的小字条，上面草草写着：救我，打我爸。张厝支路，天元小居 B1。

　　金大成掏出手机，想了一会儿，终于想起 2013 届高三（三）班当时教数学的是吴老师。吴老师与自己一直搭档教毕业班，时不时有联系，手机里有吴老师的电话号码。金大成打给吴老师，还好，吴老师立即就接了。

金大成急问，吴老师，记得宋水月吗，有没有她父母联系电话？

吴老师说，是金老师，真巧，有，前一段我儿子车被人碰了，去交警大队处理，正好是宋水月父亲具体负责，他还记得当年宋水月离家出走你帮他家的事，一直问你的情况，千谢万谢的，这个家长真的不错，记着你的帮助呢。那阵子联系比较多，我存着，就发给你。你到海龙屿后还好吧！

金大成说，这下没空聊，事情急。

吴老师听出了金大成的焦急，忙说，好。

金大成收到吴老师发来的短信，就给宋水月父亲打过去了。金大成同时也想起来，宋水月父亲是铁城的一名交警。电话一通，金大成就问，你是老宋吗？我是宋水月原来的老师金大成。

金老师，你好！太好了，你怎么有空给我打电话？我和月月妈妈还常想到你。宋水月父亲那边十分真诚。

金大成不让宋水月父亲热情下去，你先听我说，月月遇到了麻烦，给了我一张字条，我念你听着，救我，打我爸。张厝支路，天元小居 B1。

什么？宋水月父亲顿时没了声音，一会儿才说，前几天我打她电话，她还说在外地做毕业前社会实践，怎么会？……

金大成简要把情况讲了一下，宋水月父亲听明白了说，这孩子，肯定被人拖入传销了，被控制了！我知道了，张厝支路，天元小区 B1，这是位置，我立即就赶去海龙屿。我先忙了，事后再当面谢你！

宋水月父亲即挂断了电话。金大成理解，宋水月的父亲肯定心急如焚。

金大成心安了，宋水月父亲是个警官，把宋水月救出来，只是个时间问题而已。

台风刚过的天空是阴沉的，云层很低，灰黑的色块浓重，一大片或一大团地堆叠在一起，显得既厚又沉，似乎就压在人的头顶。不过，有几缕强光，从浓云里刺破而出，在天空的上方，开始现出一片明亮来。时间已到中午，金大成看到街边有家闽南小吃店，就进店点了一份面线糊，快快吃了，金大成就往家里去。杜品应该快到了，仅是这个念头，就激活了金大成心里许多的想念和柔情。

八

金大成换上一件深色的披风出了门。披风是几年前女儿从国外带回的，女儿说，老爸你个子高，穿披风很酷。金大成一直没穿过，今天却很想穿，在衣柜里一眼就挑中了。

金大成穿着披风，在梧村驿站等着杜品时，又有点后悔，穿着这披风会不会太醒目了，引人注意？好在没站多久，杜品就打车到了，金大成一眼就捕捉到了杜品。

杜品从车里出来时，是一身浅灰色的时装，十分合体。高腰的便裤笔挺宽松，两边裤脚处各有一个小开衩；上身便西紧身窄短，正好落在腰肢之上，里面是件白色的低领吊带内衣；足蹬一双金色的加防水台高跟鞋，脖子上挂着一条长长的蓝色围巾，围巾半遮半掩着前胸，直垂过腰，松垮随意，显得特别惹眼。这一身装扮，醒目又不失内敛，庄重又不失洒脱，飘洒之间，又显静淑柔情。

金大成心里涌出暖暖的感觉来，就迎上前去想帮杜品拿行李。

杜品看到走过来的金大成，做了个怪脸说，今天好帅。就与金大成并肩往小区走去。

金大成闻到了从杜品身上传过来的一股香水味，不是第一次在出租车上飘过来的那个味道。杜品今天换了一款，金大成对这香水味挺熟，女儿也爱用这款香水，女儿曾经给金大成说过，叫香奈儿邂逅柔情。

香味刺激了金大成，杜品背对着金大成开门时，金大成就忍不住从后面抱了上去，俩人拥着进屋。杜品进屋后转身搂住了金大成说，是不是很想我？金大成把嘴唇就靠了过去，湿润、柔软，杜品传达过来的气息，让金大成有种融化般的感觉。

俩人热吻起来。

一直到杜品说，口渴，去烧水，金大成才想到今天来，有个致命的疏忽，因为宋水月的事分心了，忘记给杜品带些爱吃的水果来。

杜品喝水时，金大成终于忍不住问，这次培训，很紧张吗？培训什么内容？

杜品好像猜到金大成想知道什么，拿着杯子说，你是想问我干吗不接你电话吧，也不回短信？我们那种上课，跟你学校的不一样，手机要上缴，不准录音，更不准录像。时间安排很紧。前两天要背下很多东西，包括公司理念、产品特点、领导人情况、营销构架等，还要学习话术，接下来是培养团队合作的课程，有好多互动的游戏。回到房间里，又不方便了，所以就没给你回。晚上老师下到房间做辅导，开分享会，都是要到深夜。结束时，谁都筋疲力尽，只想睡觉。秒睡。

杜品明显是解释，金大成虽然没感到理由太充分，但是，分别这些天了，一见面，金大成知道不能把气氛弄得不开心，心里虽有点不解，但也不再说什么了。

杜品把手中的杯子一放，我要换下衣服。说着，已无什么顾忌，就当着金大成脱去了外衣，露出了一套肉色的内衣。内衣紧身，把杜品半露的乳房托起得恰到好处。杜品又褪去了外裤，里面露出了一条紧身的肉色平角短裤，腹部上还绷紧着一件束腹的小内衣，精致贴身。

杜品在金大成面前转了个圈，好不好看？

金大成说，你身材好，穿什么都好看。

你先别管我身材好，先说这样穿好看吗？杜品又指着腰间的那件小内衣说，这叫塑身养腰仪，是专利产品。

杜品兴奋地秀了几个姿势，见金大成眼里闪出了欣赏的亮光，接着说，我告诉你，这是神古产品。我上的就是这个课。

金大成说，你想做服装？

杜品说，不是服装，是产品。简单说说，你就明白了。人最初是不是不穿衣服的？后来为什么穿了呢？因为人进化了，在遮羞的时候无意间发现，在身上穿点东西，不仅可以显得更美，而且可以遮风挡雨，防晒保暖，同时也可以体现性别的区分，还有等级和地位的区别。所以，可以说最初穿上衣服，是人类性别意识、等级意识、财富意识、健康意识和美的意识的最初呈现，这就是人类衣饰文化最早的觉醒，是来自人的实践需要和经验积累。

金大成愕然了，你是去培训这个？

杜品娇嗔地瞟了金大成一眼，你先听我说。随着人类的发展，人就把着装进一步衍化成了更多的标识，不仅有男女老少、贫富贵贱、职业职务等区分，而且开始更加追求服装的适用、精美、个性，等等，由此，服装成了人类的一大产业，不可或缺。后来呢，服装成了人类的重要文化，皇帝有帝服，官员有官服，演员有戏服，富人有绫罗绸缎，穷人当然是布衣。发展到现在，男人有正装，女人有时装，上班族有职业装，打工的有工装，各行各业都有自己的行服。有钱的人不管男人女人都喜欢名服名装。

但是，在整个服装的发展过程中，人却越来越忽视了着装的最初意义，那就是身体和生命的重要功能，就是养生保健作用，更多地去追求标识，追求身份，追求职业，追求展示身材、衬托气质，追求个性和时尚。名牌因此流行起来，这是舍本取末。神古产品就是利用现代科技成果，综合考虑现代生活节奏过快，以及多数人懒散或追求享受或无时间运动等特点，采取特殊材料，依靠衣服贴身的作用，采用特殊材料与人的肌肤相互摩擦，产生物理和生理效应，让衣服和身体形成一个有利于养生保健的特殊的磁疗产品，创造出具有保健、理疗、提升人体机能等功效的内衣。让人穿上保健，不受时间、空间限制，每天 24 小时都作用于身体，可以为生命延年，为肌体养生，每年 365 天都在调理身体机能和生命功能，同时也不影响人对各类外装的追求。

这不仅是当代养生科技的一大发明创造，更是填补了人类服装史上的一个空白。你看是不是人类着装史从过于注重外在标识意义向更加注重内在作用生命功能的一个伟大发展？它一定会带动人类服装文化划时代的转变，使衣服又回到了最初的本质，回到了对生命的关怀，身体机能的提高、改善和促进上，并且通过科技提升了这个本质。不用运动健身，不用进补吃药，只要穿上神古内衣，戴上神古帽子，围上神古围巾，套上神古袖套，穿上神古袜子，就可以达到美体强身祛病养生的目的。想想看，这将是个怎样的创造？

平常说话简单直接的杜品，此时侃侃而谈起来，口若悬河。金大成太吃惊了，几天不见，一周的培训，杜品变化也太大了。金大成知道，如此一通宏论，当然不会是杜品自己想出来的，肯定是培训时讲师说的，这通理论，乍一听观点还真的蛮独到，逻辑也挺严密，不能不说有点新鲜。只是，杜品说话时的口气、话语的路数，让金大成一下想到了那个冒充宋水月给自己打电话的人了。

见金大成不语，杜品更来劲了。神古产品的发明，源于我们公司的创始人王董。王董是古代春秋战国时期鬼谷子王诩的直系后人。鬼谷子，是个比孔子更神奇的人物，兵家称他为圣人，纵横家称他为始祖，算命占卜者尊他为祖师爷，谋略家称他为谋圣，名家称他为师祖，具有通天彻地之能。多数人不太清楚或没关注到，鬼谷子还是古代的医家和仙家，他经常入山采药修道，并在嵩山东南学仙，通过修真养生，服食导引，能够平地飞升，在道教里他也被尊称王禅老祖。

王董就出生在河南鬼谷子的家乡，秉承了先人的天赋，当过十年的特警。王董说，就是当特警时，他无意之间看到一个资料，几个大国都在研究一种特殊的战斗服，穿上这种战斗服的一个士兵，可以单兵成为一个现代战斗集群，无坚不摧。他当时就想，为什么要花那么多的钱去研究消灭生命的战斗服呢，而不能去研制出一种能够造福于生命的内衣呢？王董退役后，一直念念不忘这个大爱理想。一次，他又看到了宇航员太空衣的介绍，太空衣利用现代科学的最高研究成果，和对人体的最高研究成果，综合了太空学、物理学、材料学、现代医学、人体生命科学、现代制造业等科技结晶，让人在太空环境下可以生存，可以生活，可以行走，宇航员不需要运动，不需要进补，整天待在船舱里，仍然可以健健康康，高效工作。

特殊的经历，特别的禀赋，特别的菩萨心，尤其是鬼谷子智慧的遗传，王董灵感终于迸发，他认为，要消灭一个生命轻而易举，但要保护和延长一个生命十分不易，决定研究出一种让人穿着就能健康和养生的产品。他拿出全部的积蓄，并用全部身家抵押贷了款，开始组建团体，进行研制。他说，他曾对他的团队说，我是背水一战，不成功便成仁。正是有这样的决心，通过努力，终于研制出了神古产品，并且将产品产业化和惠民化，普惠天下人，这是多么了不起的大爱的创造和奉献，人类从此着装从防晒保暖、体现身份和气质，提升到保健、修真、固本、培元、养生。如果说过去穿衣是保护身体和生命，现在变为调理身体、提高身体机能、防病抗病、提升生命质量，这不是一个划时代大大的进步吗？既还原了穿衣的原有本意和本质，又进一步提领了穿衣的功效和作用，你说这不是太有意义的事吗？我们培训时，所有的学员都觉得诺贝尔医学奖，为什么没颁给王董，至少以后可能会颁给神古！

看着杜品说得眉飞色舞，金大成简直不敢相信，这是一个星期前认识的杜品。

杜品没注意到金大成表情的复杂变化，兴冲冲拿出了手机，调出一堆的图片说，你看，这是神古产品获得批准的直销牌照，这是美腰仪产品专利证书，这是国外相关专业协会优秀产品推荐证书，这是获得科技进步奖，这是神古使用的特殊制造材料，获得国家相关专业协会的合格证，这个产品还有国家医疗器械管理部门颁发的医疗器械证书。你看看，在国外的大城市里如吉隆坡等设有的品牌店，产品设计师是世界名牌产品的著名国际设计师，形象代言人是现在红得发紫的著名国内影星，神古走的是生活化、普惠化、传统化的路子，人人都可以受益。这次培训，王董说，准备在今年的 11 月，在巴黎的香榭丽舍大道开个旗舰店呢！

杜品如数家珍般地在手机上把图片一一放大，金大成看着看着，无话可说。但是，多年的人生经验，让金大成心中有着本能的抗拒，尤其是杜品说起那个如神般的王董，让金大成心里有着一种强烈的抵触，把个人背景与历史文化名人鬼谷子联系起来，再伪造一点很特殊的经历，再添点个人奋斗的励志故事，还有如今已是商界大咖的富豪色彩，目标确立面向世界等，这是如今一些巨骗公司采取的惯用包装手法。金大成小声嘀咕，现在许多东西是可以造假的，做到你无法考证和辨识，这些东西，你就确定是真的？

杜品这才注意到金大成有些不以为然，立即收起手机，有点不高兴地说，现在很多人都是按老眼光看问题。手机出现之前，包括出现的开始，有谁理解和相信，一个手机就能改变一个时代和人类生活？谁认识到了乔布斯的伟大？你看，现在一部手机，叫车、订票、购物、导航、视频、查询等，还有什么事情手机不能搞定？我相信，也许很快，神古就会推出一款高智能的科研产品，只要穿在身上，就能解决人类所有的保健养生等问题。这将是人的生命和人的身体的巨大飞跃，那时王董就是创造人类高智能保健养生的乔布斯。

才刚见面，金大成不想与杜品争论下去。杜品所说的似乎已都具备了自身的逻辑和创造的事实。金大成同时想到了早上见到的宋水月，金大成心里好凉，自己也是做教师的，教了一辈子书，为什么一个在校十多年受教育的学生，可以在几天之内就被彻底地洗脑？金大成心里有点恐惧起来，就多说了一句，你不要被传销洗脑了！

杜品狠狠地白了金大成一眼，脸色一沉，你怎会认为神古和那些骗人的传销一样呢？神古有那么多产品，我们这次培训还去参观了工厂和生产流水线，在公司陈列室也亲眼见到了那些牌照和证书，这可是代表着人类多好的希望和梦想！我们这次去参加的是 5000 人大会，神古已经举办过多次超过 5000 人的大会，就算我没脑子低智商好吗，那么多人，头脑都长在脚上了？

金大成见杜品真的不高兴了，就不再说话了。杜品好像想起什么，打开了行李箱，从里面拿出了几件东西，对金大成说，这是神古的四条短裤、两双袜子、两个袖套，听你说过，你有风湿，你穿穿看，神古产品是不说有治疗功效的，但如果你觉得好，你要告诉我。我送给你的，用一段再说吧。

金大成本想拒绝，但怕拒绝了让杜品更不高兴，就勉强收下了。

杜品似乎怕金大成收后不穿，就说，你必须穿，至少你来见我时，我要看到你穿着。这一条短裤要 666 元，袜子、袖套都是一样的 333 元，穿起来你就知道不一样，用事实说话。

666 元一条短裤？333 块钱的袜子，这太贵了吧！金大成不敢相信，拿起一条短裤看了看，短裤的布料的手感很好，穿在身上舒适度应该不错。

杜品不在乎地说，那算便宜的，我这美胸仪是5666、美腰仪是9666、围巾2666、安神帽是3666，全世界统一价，不打折。神古产品本来就是按奢侈品来设计、制造和销售。什么贵不贵，好当然就要贵，名牌不贵吗？更何况我们产品有科技含量，有特殊材料。你说一件航天员的航空服花多少钱？100多万至少吧，如果拿几件放在市场销售，搞不好排队的人排到长城去呢。信，你就会买；穿上有效，你就会觉得值。这跟算命一样，信则灵，不信则不灵。现在算命一次要多少钱呢？我最苦的时候，去找个大师算，整个下来花了我两万多块呢，还是别人介绍才插队先算，据说后面等约的人还有一个营以上呢。到现在，你说有什么用，我也不知道，他说的准不准，我要用一辈子来印证，快死时才知道。所以，我心理上从来没感到贵过呀。还有，好比谈恋爱，开头都是你爱我爱海誓山盟一生相爱，但是也有很多没到一生就不爱了的，你为此就后悔谈恋爱，就不再谈爱情？可能吗？做神古产品也是这样，你穿着吧，反正我又没让你买。

金大成根本无法反驳杜品了。

杜品贴了上来，抱住了金大成说，你别管我的事了，好吗？如果你真爱我，我这次通过培训，路上倒产生了个想法，你能不能支持我一下？

金大成问，什么意思？

杜品说，我这次去培训，终于明白了，做神古，卖产品并不是最合算的。神古讲大爱，王董提出了一个造福理念，就是百千万行动，计划用 5 年的时间，通过神古产品，造就出 100 个亿万富翁，用 3 年时间，造就 1000 个千万富翁，每年都争取造就 10000 个百万富翁。这叫财富共享。

金大成实在不解，也感到这是个实在荒唐的计划，还是忍不住了，就说，赚钱有这么容易？你那王董比政府还政府，想做救世主？

杜品说，你不懂别乱发表意见好不好？我参加几次培训了，最多一次是万人大会，上去分享的都是在神古得到了结果的人。你知道我这次去，5000 人的大会成交的那天刷了多少钱吗？我听说是几千万！所以，人先要梦想，要靠梦想，要靠个人去奋斗。神古只提供机会和平台，个人自己拼搏和努力。这次去，我在回来的路上，就形成一个想法，所以，我才说，这个想法要你帮助才行？你先说行不行？如果不行，我就不想告诉你。

金大成被杜品抱住，只好说，什么想法？我能帮助你什么？当然，如果能做得到，我帮！

杜品兴奋地亲了金大成一口，那我简单地先给你说下构架。神古的销售是直销，要进入这个架构里，你要先买个 5 万元的产品基本包，这个产品包的产品价值远高于 5 万，如果你全部售完，可回笼资金 10 万。认买了产品包，你就算是新人了，如果你在销售中能够拉入 3 个订买基本包的，你可升级成为加盟商。在做了加盟商后，你又成功地发展了 4 个加盟商，那么就升为准代理商，如果在成为准代理商后，你又发展了 5 个准代理商，那么你就成为代理商，这个时候你就成为讲师，可以在大会上给新人上课了。

再往上去，如果你又发展了 6 个代理商，你成为总代理商，总代理商就可跨界，多个城市组建和发展团队，如果有在 3 个以上城市发展团队，并且下面有 3 个以上活跃的总代，那就是领导人，可以进入公司高阶，可以参加公司领导人核心会议了。在做新人时，你买的产品增值部分归自己，公司还给直推奖励一万五千块，我们叫 1 代奖；变为加盟商后，你就升了一级，有了级别，形成了级差，公司还给你加份奖金，变成双奖，给你发推销奖，称为 2 代奖；再往下去就是依此类推，既拿层层奖励，还可重复拿奖，做到代理商时，你就可以叠加到 5 代奖，如果是成为总代，可以叠加拿 7 代奖。到了领导人，可享受全球分红了。

这些都是管理奖，因为直销奖励有规定是不能超过 26% 的。我们家王董是具有大爱的人，老师说了公司只留 30% 的利润做发展和公益，70% 拿出来做奖励。多出的奖励，只能变成管理奖金，这样才能返还给我们。这个奖金是直接兑现的，每月的 5 到 10 号根据具体业绩结算后，打入你的卡上。你知道，这样每个月能拿到多少钱？

这说起来像个数学题，但实质上要的是理解力。金大成教语文的，理解力当然可以。金大成一下就计算出来了，一个加盟商，下面是 3 个基本包，每个包 5 万，3 个就是 15 万；升到准代，下面有 4 个经销商，那就达到了 60 万；升到代理商，下面有 5 个准代理商，那就是 300 万；到了总代，下面有 6 个代理商，那么总额就是 1800 万；如果是到了领导人，那总额就是 4800 万以上，这是加入的门槛钱。如果返点高，再加上叠加拿奖，那么确实钱来得快来得多。这个远景真是无比诱人，只要你加入了，并有能力升级，你等于全部是用别人的钱，来快速使自己致富，而有说服力的是，这证明你有能力，你有价值，你值。

我懂，只要能够快速打开局面，提升层阶，也许一年内就可以赚到几百万上千万。金大成点点头说，而且，重要的是越往上越来越不需要投入成本，重在运作，发展各类加盟商、经销商、准代、代理商，如果能做到总经销商，就能赚到许多的钱。越往上走，获得的无本之利就越丰厚，这对手中无资金投入又想赚大钱的人来说，具有非常的诱惑力和吸引力，也可以贴个标签说这是资本运作。

哎呀，难怪我会爱上你！真是太智慧了，根本不像个教书匠。杜品兴奋起来，我是通过这次培训才恍然大悟，你怎么一听就懂。公司讲产品，其实对我们来说重要的不是卖产品，而是要通过形成一个直销构架，实现财富快速积累，这就是它让我着迷的地方。如果我有能力搭起这么一个框架，我不就能立即赚钱还了债务？

金大成还是希望能劝住杜品，就说，问题是，这每冲一关，实际操作起来是越来越难。你要说服那么多人成为你的下线，并且有效控制他们，同时还要积极拓展业务，让他们也水涨船高，通过发展下线，提升自己层阶，从中快速获利，这里面的难度可就多了。再说，利益是建立在最底层人的身上的，只有不断拉入新人，不断扩充新人，才能达到这个目的。

对，太对了！杜品如遇知音一般高兴，没想到你一点即通即透。我还怕你是个教书匠，头脑固执不开窍。这样，我想要你帮忙的事，就简单了，不需要说那么多了。

金大成无比害怕起来，你不会是拉我成为你的下线吧？

杜品哈哈大笑，你怕了？你一个教书的，当然是有很好的资源和人脉的，现在那些学生家长都是你的关系。但我自己办过班知道，现在教育管理很严，你又要面子，也没空，规定也不允许，你做不了神古的。我也不想让你为难。我现在是想立即布局，搭起构架，这也是我们这次培训的重点，我想通过布局，立即升到比较高的层阶。你知道吗，这次新人大会，有几个人，就是快速找到下线刷单，一刷就是3个64万的，立即成为代理商。我也想这么做，我找到了，我在岛内认识了几个小妹，这几个虽然是在海龙屿打工的，但都是后面有很多社会关系，而且都是能人。一个在一家大美容院里做高级主管，一个是在大婚介所里当红娘领班，还有一个是在瑜伽馆做形体教师。她们都有人脉和平台，只是，她们都遇到了一个共同的问题，就是拿不出更多的钱来做投入。这次我们四个人商量好了，她们推我做头，她们快速成为经销商，而我带着她们成为准代，这样，一开始返还的起点就高了。

是差钱！金大成立即明白了，杜品是想要钱。

果然，杜品接下去就说了，我自己投个 16 万我有，但是她们都还差点，是不是真差点，我也不好说，但她们一个说缺 3 万，一个说缺两万，还有一个说缺 4 万。她们跑出来打工，肯定都是缺钱，又想赚钱。我明白，她们推我，以为我有钱，我也不能让她们知道我的实际情况，因此，我决定先替她们垫上这些钱。我是这么想的，第一批神古产品一到货，我们都有办法推销掉，钱很快就可以转回来，等于我们用 5 万赚回了 10 万元；如果她们成为我的下线，我从她们那里还可以赚到一些，一起步我就是准代了，返点就多了。她们说了，反正如果她们做别人的下线，钱也是被别人赚去，那还不如挂我名下，我比她们多出的返点，就算给我的借款利息。做这个事情，一开始，靠一个人去推，煽动性不够，也很累，不容易推开，必须要有 ABC 至少三个角色来帮忙烘托、助力和推动，就如演戏，你唱独角戏效果就差太多了，要有配角；又如唱歌，最好有伴唱伴舞的，舞台热闹，才能吸引人。这样我就可以顺理成章地成为她们的老大，能大胆地促她们去拓展业务，推她们快速升级了，我也再上层阶，还可以把她们牢牢吸引到身边来。你懂吗？

　　金大成当然懂，点点头。

　　杜品显然是趁热打铁，现在我钱不够，你借些给我，凑齐 9 万给她们。

　　金大成发现此时已被杜品逼到了一个死角上，根本没有退路了。不借，可能杜品就有理由认为自己不爱她；借了，这等于支持杜品去做一件根本不好说是好还是坏的事。杜品要的数额只是 9 万，说自己没有，也实在说不过去。金大成有被套住的感觉，很不情愿地说，你真的有把握？万一投进去没结果呢？

杜品不再贴着金大成了，松开了拥抱，坐飞机你会不会想万一掉下来你就不坐，走路你会不会想万一跌倒就不走？人活着最后都会要死的，你不会想到反正要死就不活吧？

金大成直接被说得无语，不敢看杜品。

杜品放低了声调，柔柔地说，我是向你借，又不是向你要，你也就别管我干什么，我保证一回款就还你！

金大成实在没话了，明知故问，要多少？

杜品说，就 9 万，行吗？

金大成又问，什么时候要？

杜品说，最好今天，这样明天我们碰一下，后天我们就可以向老师打款。这次培训上，公司有通知，正在做优惠活动，如果在回来之后一周内打款，可以每单奖励一个包，里面是两条内裤、两双袜子、一条围巾，前 100 个名额才有，谁先谁得。当然，关键这样就可以让她们在现在正心热时，立即拿钱出来，不然过一阵子，她们热情劲一过，心凉了，不肯出钱了，那么我的计划就不能实施了。

金大成还是有些犹豫，一时又想不出什么理由来回绝。这时，杜品靠了过来，一边解开内衣，一边说，我们做爱吧，这么久没见了，我想了。

说完，杜品舌头伸进了金大成的嘴里，轻柔地搅动起来，鼻子里喘出的气息，如芬芳的油气一样，迅速点燃了金大成的身体。

与妻子做爱，从来都是金大成主动。特别是有了女儿之后，妻子对金大成的要求基本上是尽义务般似的，俩人总是在夜半之时，黑暗之中，闷声不响地直奔主题。到了后期，金大成与妻子更像例行公事似的，如日常吃饭一般的平淡、简单。金大成仔细想来，同妻子只在恋爱时有过热吻，从什么时候开始，再也没有与妻子接吻过，金大成怎么回忆也确定不下来。金大成只记得，在与妻子最后几次的做爱时，妻子是闭着眼，脸偏向右边的，而他把脸埋在妻子的左肩上，深扎在枕头里，草草了事。

柔光之下，杜品的胴体洁白如雨后的花瓣，金大成面对面地与杜品相拥着，口与口相互轻吮，唇与唇彼此热贴，舌尖对舌尖相顶相搅，杜品嘴里的湿滑，让金大成有一种从未有过的体验。金大成时不时地与杜品对视交融，杜品半眯着眼，眼角如放电的追光灯，射出无限的煽情。杜品今天很投入，这使金大成亢奋和疯狂，但是，金大成在疯狂之中又感受特别的细微和切实。活到现在，金大成有新体验，原来做爱，还可以这么做。

新奇、刺激、自由、放松，金大成有如青春重现，欲望和活力被再度唤起，与杜品缠绵了许久。这次的缠绵，似开窗见到美景，久渴遇上了甘露，让金大成心动神飞。

金大成醒来时，外面已是夜晚。杜品已经起床梳洗过了，正对着镜子化妆。金大成走上前去，抱住杜品，杜品任由金大成抚摸，并没有停下化妆。

金大成情不自禁地吻了一下杜品的脖颈，正想亲吻杜品的脸，杜品闪了一下喊住了，我化过妆了，别碰我的妆。

杜品如此平静，金大成有些失落，松开了双臂。

杜品边描着眉毛边说，等下我就要去与那几个小伙伴碰面，你送我过去时能不能顺带就去取款，回来路上我和那三个伙伴就约好了，晚上商定。从今天起，我要开始工作了！

这么急？金大成情绪更跌落下来。

九

金大成身上带着一张银行卡，是来海龙屿后，这边学校办的工资卡，工作已有些时间了，金大成又没什么大开支，工资卡上有多少钱，金大成没查过。但海龙屿是特区，工资比山城工资高得多，卡里肯定早就不止 9 万元了。因此，金大成在路过一家银行时，让出租车停了下来，进去取钱。

金大成刷了卡取现时，才发现自动取款机有最高取款限额。这才想女儿告诉过他，自动柜员机提现是不能超过两万，如大额取现，要到柜台去取。

杜品坐在出租车上等着，金大成只好把杜品喊下车来。金大成说，只能取两万。杜品想了想，从包里拿出一张卡来，递给金大成，这是用我妈名字办的卡，要不剩下的 7 万你转到这张卡上。现在大额转账要 24 小时后才能到账，明天这个时候才能到我账上，还来得及。

还有这规定？金大成不懂。

为了防止客户被诈骗，大额转账都要等 24 小时后才到账，有个时间差。杜品说，你真的有很多东西不知道。

年轻时，金大成没钱，那时穷。与妻子结婚后，家里的钱，全是妻子管。日常生活开支，全是由妻子说了算，并由妻子亲自支付。也许是从小穷怕了，妻子对钱管得很紧。金大成刚开始为这事与妻子还吵过，后来也忍受了，习惯了，再后来，也接受了。妻子从来没有让金大成身上放过超出百元的零花钱，金大成生活中也没有什么特别的嗜好需要花钱。

日子越往后，收入越高了，但金大成更少需要花钱的地方，更习惯了。有时，单位同事或熟人家里有红白喜事，要不要去，都是由妻子拿主意。如果去，妻子也会把礼钱用红包装好，封上口，交给金大成。里面包了多少钱，金大成也不清楚。妻子是个爱面子的人，包的钱不会太少。这种事，说来也不多，一年就几次，有时人家还会退回来。这些年，钱都可以用手机支付，一切更简单了，金大成却没有办手机支付。铁城没有机场，金大成记得几次去省城接回国的女儿，往返车票，都是由妻子用手机订好并支付。有几次，航班晚点，金大成需要住宿，妻子也是用手机帮金大成订好宾馆，并支付了住宿费。

料理妻子后事，主要是由妻子单位和女儿协商操办，金大成没有心情也没心思去管。也就是在妻子后事料理之后，女儿有天把金大成带到银行去，拿出 3 张银行卡，递给金大成说，老爸，我把我妈的所有存款，全部改为了你的名字，包括我妈单位发的一些善后的钱，我妈的住房公积金我也领出了。我妈的户口也注销了，两套房子全部换证，归你单独所有了，我能帮你办的事，我都办好了。这里3张卡，分别是建行、工行和中行的，建行的卡上有50多万，工行的卡上有20多万，这是我妈的工资卡，中行的卡上有50多万，这是你的工资卡，合起来大概有120多万元，你要保管好。我知道这么多年钱都是我妈管着，你很多东西也不太懂，连银行卡都不知道怎么使用，所以今天带你来，是教你一下。

确实，金大成连银行的柜员机，都不知道如何使用。如果不是妻子走了，女儿这次教他，金大成也许永远不会使用。

女儿把银行的一些规定要求一一告诉金大成，还让金大成在柜员机上操作了一遍，确定金大成基本都懂了会了，拿出一张纸条给金大成说，我把银行卡的密码都写在纸上，你最好存入手机里备份一份，不然会忘了。当然，密码不要再改，我也记了一份。实在碰到什么意外忘记，你打电话给我。女儿如此心细明理，总算从小没白疼她。接过银行卡和记着密码的纸条时，金大成不太相信，妻子给他留下了这么多钱。他从来不问妻子家里存款的事，他不问，妻子也就没说。这么多年，家中的钱都是花在女儿身上，先是上大学，后是出国留学，金大成原以为家里并没剩下多少积蓄了。不过后来，金大成想想，应该也差不多。

这些年来，日子越过越好，工资一再提高，他与妻子都是高级职称的工资，他除工资外还有一些教学补贴，都是打入工资卡，到底多少他也不清楚，但肯定不会太少。妻子在县第一医院做副主任医师，当了好些年的牙科主任。有一阵子，牙科很是火爆，是医院里收入与妇产科相同的高收入科室。妻子曾有几次透露过，医院让牙科、妇产科实行较灵活的机制，实施单独核算，这样每到年终，妻子都能拿到很高的科室绩效奖励。

对妻子来说，如今是钱在银行，人在天堂！这些年，日子是越过越好，再也不用为温饱和女儿留学国外操心了，妻子几次主动与金大成规划，一退休就一起去国外，先去南非看女儿，再去欧洲开开眼界，然后去澳大利亚玩一玩，去好好地花上一次。可惜，上天没给妻子这个机会。

从银行回来，到家之后，女儿把一堆东西交给了金大成，有房产证、土地证、银行存折和银行卡，还有妻子仅有的几件首饰等，老爸，你自己保管好。金大成接过来时，当场泪水就流了下来。女儿说，老爸，别难过了，面对现实。金大成哽咽地说，我与你妈结婚了那么多年，有了你以后，你妈就再也没有和我出去旅游过。去年，她突然告诉我，等我今年暑假，要陪她去趟香港。我当时说，你现在想开了？你妈说，不是现在想开了，而是现在才有条件。今天在科室里聊天，那些年轻的医生和护士都笑我，主任，不会吧，你连香港都没去过？你女儿可是在国外的！你妈还说，以后每年我暑假，她就请年休假，没去过的地方，一个一个地补上。女儿泪水也夺眶而出，我知道，老妈一辈子就是为了我。

确实，原先是日子紧，后来就是为了女儿。妻子省吃俭用了一辈子，所节省下来的钱，就是想留给女儿的。在病床上，妻子一次与金大成聊起了女儿，先是很欣慰地说，我们总算对得起女儿，她现在出息了。过后又叹了口气说，不过生活在这小地方，还是有欠女儿的，我们都是普通人，不能给女儿更好的条件，让她远离我们，远离家，要去那么远的地方工作。金大成安慰着妻子，在这小地方，女儿算是很出息的，她在外面不是生活得很好吗？妻子说，怎么好，现在对象都还没找到，以后结了婚，她工作那么忙，我原来还准备退休了去帮她带孩子。金大成说，你想得也太远了吧？女儿真有了孩子，还不一定会让我们带呢！妻子有点不高兴了，你别这么早就想着清闲。我们医院的老院长你知道吧，女儿在美国，生了个孩子，他们夫妻退休了，知道女儿、女婿在外面忙，就去帮着照顾。听说是签证什么规定，俩人还不能同时去，就只能轮着，上半年他老婆出去，下半年他出去。看看，到老了反而两地分居，天各一方呢。你女儿可能没这个命了，万一我不在了，以后女儿在外面成家生了孩子，你若退休了，一定要去帮助照顾！

　　金大成想起这些，当时就给女儿说，你妈一直说，这些最后要留给你的！

　　女儿摇了摇头说，老爸，我现在收入比你们原先俩人加起来还高得多。我在国外学习工作了这么久，人家父母是父母，孩子是孩子。谁在成年之后，还依赖着父母生活，那是很不成长和很不好意思的事。我从小，你们其实还很穷，就把我富养。

现在我自立了，我不能也不需要再靠着父母了。妈走了，这些东西现在就是你的，就归你，你应该给自己好好安排一下今后的生活。

妻子永远地离去了，给自己留下了百万以上的现金，还有两套房产，这些都是金大成从来没想到过的。金大成记得，年轻时也曾有过一生的财富梦想，读大学的时候只希望能有个1万元成为个万元户就好；参加工作当了个教师之后，最大胆的狂想，就是能拥有10万元了。后来，生活越来越现实了，不再有什么梦想了，有妻子贤惠持家，作为一个中学教师，金大成觉得日子越过越好就心满意足了。妻子走得让人猝不及防，而妻子留下的多年积攒下的百万资产，也让金大成的获得无比突然。

想到妻子，金大成又有些迟疑了，该不该借9万给杜品？

这前半生一路走过来，金大成遇到过很多事，面对很多情况，也处理过很多问题，但真的从来没有独自处理过9万元的钱，这是全新的难题，对他来说十分复杂而没头绪。

杜品就在一旁，有些着急，你不会操作是吗？要我教你吗？

金大成来不及再思量了，反正杜品说的是借。金大成有点笨手笨脚地终于把钱转好了。

你要不自己过去，我走走，自己回去！金大成把杜品的卡还给杜品时，心里有些乱。

杜品说，也好，我时间来不及了，有空我再联系你。

杜品说了一声谢谢，把手上带着的一个袋子塞给金大成，这是送你的神古产品，你都记不得拿了，说完上车走了。

金大成接过袋子，站在银行门口，迈不出步伐，不是心疼那9万元钱，而是在钱转出去的那一刻，一股对妻子强烈的内疚感直冲心房。

手机响起了，屏上显示，是宋水月父亲的电话，金大成才平静下来，不能不接。

宋水月父亲在电话里千谢万谢，告诉金大成，宋水月已经获救了，他们一家准备明天下午回铁城去，希望在走前能面谢金大成。

宋水月获救了，这是意料之中的事，给宋水月父亲打完电话后，金大成就很放心了，现在社会的治理体系越来越好，只要有具体线索，公安的反应是很快速的。当然，放心是一回事，听到切实的消息又是另一回事，金大成此时心情好起来，毕竟作为老师，又为学生做了一件事。

不客气，我是应该的！金大成不想接受宋水月一家的感谢，就在电话里推辞。

应该是宋水月就在一旁，听到了金大成的推辞，抢过了电话，金老师，我不是想感谢，大恩不言谢了！我想见您，是想当面向您道歉，不然，无论如何，我不走了。

金大成感受到了宋水月那边传过来的坚决，明白宋水月的意思，只好答应了。

于是，宋水月父亲在电话里与金大成约好，明天中午在动车站附近一家闽南宾馆见面。

金大成接完电话，才迈开脚步，往家里散步回去。这时，金大成想到，应该给杜品说下，就拿起电话，拨了出去。

我明天中午要去吃个饭。金大成说。

嗯嗯，明天再说吧，你先忙你的！杜品在电话里说得很快，我到了，现在有事！

杜品就把电话挂了。金大成有点反应不过来，明天不需要上班，本来想与杜品商定一下，明天见面的时间。

金大成情绪又受到了点影响，怎么杜品也不问下去和谁吃饭？杜品的语气明显有点搪塞。

手机又响起来，金大成一看，是女儿的电话，立即接听。

女儿电话里关切地问，老爸，还好吗？前几天忙，没注意到海龙屿遇上了百年不遇的大台风，今天才看到消息。没事吧？

金大成应道，又不是地震，台风怕什么，放心，放心！

女儿说，我专门看了一下电视，好像损失蛮大的，大树都倒了很多，高楼玻璃都被风砸碎了不少，一些地方断电停水。

真没事，我不是好好的。现在这台风是给政府带来很大麻烦，但对我这样的普通人来说，真没什么。政府要抢险救灾的，一大堆事，但我没受什么影响，生活一切正常，真的，城市恢复很快，我这下在散步呢。金大成有意表现出一种轻松，让女儿放心。

女儿相信了，真的呀，现在海龙屿抗御能力这么超强！

不然海龙屿怎会是特区呀！金大成说，没亲身经历，我也不敢信。但你看，我什么都没受影响，一如平常。

那好，老爸，多保重！女儿说，不过，以后遇到这种情况，你要打电话给我报个信。

好的。这次是我忘记了！金大成说。

女儿终究是女儿，金大成心里很暖。那几天，心里只想着杜品，确实忘了给女儿打个电话，报个平安了。金大成突然想到，台风来时的那几天，杜品难道不知道这次台风很严重？那几天杜品不仅没有挂电话来问问情况，连自己挂过去的电话都没接。现在的资讯传播这么快捷，网络如此强大，按说杜品应该知道。想到这里，金大成心情又坏起来了，杜品那几天心思可能全在神古上，还有什么能让她注意到的呢？

金大成回到家里时，时间挺晚了，一夜，杜品没有给金大成电话。

第二天上午，杜品也没有联系金大成。

中午，金大成在闽南宾馆3楼餐厅的一个包间里，见到了宋水月。

宋水月看到金大成进来，立即起身鞠躬，带着哭腔说，金老师，实在对不起，我感激您救了我，但更要向您道歉。

你这次做得很好，也很机智，是你救了你自己。金大成说，没事就好了，还道什么歉。

不，金老师，我真是被骗来了。我是在网上看到了招聘启事，就过来应聘，没想到一下车就被控制了。宋水月说，他们来了几个人，说是来接我的，又说按规定没收了我的手机，警告我，不允许告诉家人。带到那个地方去，就强制对我进行封闭式洗脑上课，连上厕所都有人盯着。我不服从，就会被骂被打，只好先认了。培训一个星期后，他们就急着要我们找人头，上业绩。我说这地方我人生地不熟的，他们就不让我吃饭，让我饿着想，说一定会想起来的，要我无论如何找到5个下线。我饿了几天，撑不住了，只好到处打电话找同学，结果只找了4个，还差1人。3天里，我每天只能吃一个馒头，喝两杯白水，终于想到上次回去，无意间听到一个同学说您调到海龙屿来，我挣扎了很久，实在忍受不了，只好把您上报了上去。他们分析后认为你是蛋糕，要求一定要把您拿下。

我告诉他们，我是您好些年前的学生，这些年又没联系，不一定能说服您。他们又讨论了半天，决定让我的导师亲自出马，装成我，与您联系。他们要我提供一个能让您立即相信我是您学生的特殊事情，这样可以快速消除您的戒心，提升信任度，我只好说了我离家出走的事。我已经知道，他们那些全是骗人的，一个团队的老人偷偷告诉我的，那个什么高科技药用钙粉，说是可补钙，可改善睡眠，提高免疫功能，抗衰老，其实是普通奶粉加上一些豆粉，再加点食品添加剂和香精混成的，成本就十几块钱，卖999元；那款什么国外进口秘制养生鲨鱼油，在外面就是普通鱼油，卖20美金，这边却说降压降糖降脂养颜，卖到1999元。所以，我决定逃出来，说您是教我们数学，您教我们语文，这个细节他们不会太注意，但我想您一定会发现不对，会想到我是不是又遇上了什么麻烦，您很爱护我们学生，就一定会过来探个究竟，这样我才有机会把纸条递给您。

宋水月把情况给金大成说了一遍。金大成听明白了，但有个东西不明白，就问，为什么称我是蛋糕？

宋水月说，他们把销售对象重点定位为老年人，对象里面分了等级，主要通过资产情况、收入情况、消费情况、家庭情况、个性情况等几十项呢，来分出最理想的客户、理想客户、一般客户、潜在客户等类型，最理想客户，称蛋糕；理想客户，称甜点；一般客户，称热饮；潜在客户，称冷饮。这算是行话，只有我们自己听得懂，便于在不合适的场合，我们仍然还能讨论。您年过 50 岁，有资产，高收入，妻子患病过世，女儿在国外，孤身一人，是最理想客户，这类客户是最优质的，所以叫蛋糕。

金大成又问，为什么我妻子患病走了，女儿在国外，孤身一人，会成为最关键的条件呢？

宋水月说，导师在培训我们团队新人时特别强调，如果是夫妻一方有人因病而亡，那么活着的一方心里最容易对病痛或死亡产生恐惧感，只要在检测时故意把身体情况说严重点，客户就极为容易被吓住；女儿在国外嘛，这养生保健品最难让年轻人相信，年轻人也比较自私，不希望老人多花什么钱，比较喜欢关注老人的开支，那么如果有子女在身边一同生活，子女极易反对，成交就很困难；至于孤身一人，导师说，单身的老人心理特别脆弱，意志力差，只要建立联系，在平常多陪聊、嘘寒问暖或生日时送点礼物，这类老人很容易就被感动，就会产生心理依赖、情感依赖，甚至是行为依赖，到时就容易被操控。凡是这种类型的，有多少钱都会来买产品，没钱都会向子女开口或借钱来买。

金大成有点惭愧了，做了一辈子老师，育人无数，都还没能做到这么精准地去分析学生的情况，这么有针对性地因材施教。

金大成不知怎的，鬼使神差，在头脑里一下冒出杜品。杜品现在所做的事，会不会也是这样？于是，继续问，买卖产品有很多因素是随机而为，为什么要求你要有5个下线？

宋水月说，这是加入的门槛。导师说，一是检验你的人脉和能力，你能拉到，说明你有关系，合适做这个事，证明你有才干，不是庸人，是可造之才，公司才会给你提供条件，创造平台，你值得公司培养造就；二是管理制度的需要，我们不是为了赚钱吗？有5人加入，我们就可以升级，就能拿到更多的提成和奖金，这是为我们利益着想；三是事业发展需要，有了5个人，就能形成一个小团队，这5个人里平均再有3个人每人再拉5个人，你团队不就变成了15个人？这15个人平均有10个每人发展下线5人，你的团队不就壮大成50个人吗？如此循环下去，事业蒸蒸日上，个人连连升级。导师说，过去搞地下工作不就是这样壮大组织的吗？连拉山头的土匪也是这么把队伍拉起来的。等有了10个层阶的下线，就可以成立自己的分公司，就是总裁了，人上人！就是成功了，这叫快速打造，快速成长！

原来理想是被这样描绘的，激情是可以这么煽动的！简直是匪夷所思！金大成不想再问了。那餐饭，宋水月的父亲点了许多菜，但金大成根本就不知道吃了什么，金大成一直想着，杜品是不是也是这样，被神古调动起来的。

和宋水月一家告别后，金大成闷闷地走了一段路。海龙屿是个开满鲜花的城市，街道中间的绿化带种了许多的三角梅，此时，三角梅正兴奋地绽放着，红色，白色，蓝色，橘黄色，紫色，还有鸳鸯双色等，构成一道绚丽之景。生活肯定是多彩的，但金大成没想到的是，现在展现在自己面前的，还有如此吊诡的一色。

金大成忍不住拿起电话，挂给了杜品。杜品问，有事？我正忙着！

金大成不知道自己想说什么，就问，你在哪里？

杜品说，在休闲艺吧，正谈正事，等下挂给你吧！

杜品把电话挂了，金大成拿着手机，听着手机里传出的嘟嘟声，很难把昨天柔情似水又热烈不羁的杜品与现在高冷漠然的杜品联系起来。

十

金大成是快傍晚时分，在家里接到了杜品的来电，杜品声音里透出抑制不住的高兴，我终于把那三个小伙伴搞定了，只等晚上钱到卡上，打过去，我就成为神古的准代了。昨晚在休闲艺吧，我已经开始工作了，她们各带了两个对象来，我们基本都搞定了。上午，我们一起谈休闲艺吧的老板，是个女的，我铺垫的，好开心，她被我们说动了，很有兴趣，交了下个月去神古商会的门票。你看，这事真的合适我，业绩开始有了，我要坚决做下去。杜品自说自话，说到这才似乎想起来问，打电话给我，想说什么？我昨晚回去时都深夜3点多了，太迟了，我就没给你打。今天上午10点就开始铺垫邀约，现在才有点小空。

杜品电话里又回到正常状态说话了，金大成本来心里还有点小堵，但被杜品这么情绪高涨地一说，那些怨气说没就没了。

金大成说，没什么，我原来想问你，有空见面吗？

杜品嘻嘻笑起来了，是不是很想我，想我就直说，快点说！

金大成实在无法招架，只好很小声地说，这还要说！

杜品笑得更欢，就要你说出来。

金大成说，那就算是。

杜品说，你就是不好意思！现在时间不好排，我要安排一下，可能要晚上迟点！我现在要拼，必须尽快有结果。所以，以后你如打电话过来，我不方便接，你不要不高兴哦！你等我电话！

杜品又把电话挂了。金大成无可奈何，心里又涌上一股焦躁。金大成走到厨房，烧了一壶矿泉水，决定给自己泡武夷岩茶。

金大成没有其他嗜好，就喜欢喝茶，这是在铁城生活时养成的习惯。铁城是武夷山的隔壁县，在武夷山脉的南面，有"南武夷"之称。这些年，武夷岩茶名声大振，铁城人受影响，也就渐渐兴起喝武夷岩茶。原先，金大成并不挑茶喝，什么绿茶、红茶、白茶、黑茶、乌龙茶，只要是茶即可，金大成都能喝，更不认茶产地了，什么闽南铁观音、闽北大红袍、闽东大白茶、闽都花茶、云南普洱茶、台湾冻顶乌龙……

但是，有年暑假，正好教研室里有个老师的孩子考上了上海的一所名校，请了几位老师一起在家吃饭庆祝。饭后，大家一起在客厅泡茶。喝了一会儿，一位老师拿出了一泡茶，说是武夷山顶级的武夷一号，另一位老师见了也拿出了一泡，说是今天带了一泡空谷幽兰。喝茶同喝酒一样，好茶一个人喝是很没意思的。喝酒的人爱闹酒，喝茶的人经常会斗茶。所以，凡是嗜茶的人，有好茶肯定都爱拿出来分享的，并希望听到称赞声。金大成是当场才知道，这武夷岩茶大有名堂。这两位老师今天带来的两种茶，都是一斤要卖十多万以上的。

金大成开头也感到不可思议，怎么连茶都要炒到这么高，还一定要用价格来衡量，就好奇地等着喝。茶冲泡出来了，先是闻到了沁入心脾独特的茶香味，再端起茶杯看到了茶水显出的澄亮的琥珀色，等茶汤入口，茶水嫩滑，徐徐咽下后，唇齿留香，满嘴回甘，感觉实在有说不来的口感。金大成就在这瞬间，爱上了武夷岩茶，同时想起来了，相关记载说，朱熹在武夷山授徒讲学之时，常与前来访学问道的同道之人，煮水品茗，坐而论道。自己在了解朱熹时，只注重朱子的论道，那可是思想，而没关注到当时的品茗。

古人品茗从来没有记录过它值多少银子，这里面可是文化，也让金大成觉得这会不会是个关注的盲点？喝着这上好的武夷岩茶，金大成有点醒悟，品茗论道之中是有微妙关系的，这与曹操的煮酒论英雄异曲同工，论英雄需要眼力、胆气和魄力；论道是个见微知著的活，智慧的事，直接效果可能是说话多了要润喉解渴，深沉的原因可能在品茶闻香，就气定神清，然后心存高远，精骛八极。

金大成那晚喝茶喝得有些迟才回去，一路上想着，要不要写篇《品茗：一个文化的盲点》。金大成到家后，仍然有些兴奋，所以妻子问吃什么饭要吃到这么迟？金大成就说，喝茶，喝到了最好的武夷岩茶。妻子就说，你们男人实在爱折腾，过去讲喝酒，现在又多了个喝茶。金大成对妻子说，这你错了，喝茶自古有之！传统文化之谜呢！这文绉绉的话，让妻子听得不着边际。金大成赶紧给妻子讲，今晚意外地喝到多么多么贵的好茶。妻子根本不屑一顾，什么金汤银汤哪要那么贵，一斤不就可以买下个卫生间或车库了？

妻子瞪着眼说，真不懂你们这些男人，喝了会成仙？我告诉你，酒后再喝茶，对身体可没好处的！金大成一下就没了感觉，只好叹气，这些东西跟妻子讲没意义，妻子是个医生，吃东西只讲是否对人体机体与机能有利与否，完全是解剖学的眼光，怎么会有文化考量呢。不过妻子好像说得也有道理，相当实在。金大成一下就没了先前的兴奋，同时决定放弃写那篇有点思路和角度的文章。

金大成极少在妻子面前兴致勃勃地称赞过什么东西好，妻子见金大成神情有些突变，好像被自己的话打击了似的，有些于心不忍，想了想就转身进了家里的储藏间，一会儿从里面翻出几盒茶说，这里有些茶是几个让我帮忙做牙的老板来找我时送我的，你看看有没有你说的那么神的茶？我真不知道茶卖这么贵呢，就奇怪那些人多么有钱，做颗牙一定要挑进口上万块一个的，怎么这么小气就送这一小盒茶。

金大成一看，妻子拿出来的，有马头岩肉桂，有牛栏坑水仙，有流香涧的半天夭、天心村心头肉……大多都是小盒装或小罐装，他有点吃惊。这些茶，金大成晚上正好听到那几个老师论茶时说起，金大成一下又高兴起来，如获至宝。我怎么不知道家里有这些茶？妻子白了金大成一眼，家里有什么你会知道？我放一门大炮在家里，你也不会注意的。金大成说，那是那是。不过，以后有这类茶，你就不要放在储藏间里，直接给我。妻子嘀咕着，看来你也开始变得时尚了。

自此，金大成喝起了武夷岩茶。一段时间下来，再喝其他的茶，金大成怎么喝都感到口味不对。小山城民风淳朴，妻子在医院也算专家了，有人来找妻子做牙的，不时带点茶给妻子，只要送武夷岩茶，妻子真的就带回来直接给金大成，这个时候，妻子总会说，喂，你的心头肉又来了。金大成每次都很开心，拿着茶先看商标，再看厂家，冲泡的时候会自得其乐地品尝很久，有时还会想，当年朱熹品茶到底是什么个样子呢？会不会讲究是正岩呢，还是洲茶？

　　海龙屿的人大多喝的是传统铁观音工夫茶，金大成从铁城带来的武夷岩茶，大多是从妻子拿回来后慢慢攒下的。武夷岩茶不怕久放，久了可变成陈茶，还有驱寒消食的作用呢，只是口感变成了一个样。金大成一般不喝陈茶，放久的茶有点返青，金大成就会在冲泡前放进微波炉里，焙上30秒60秒再冲泡。今天，金大成泡的是鬼洞的肉桂。往常，泡上武夷岩茶，金大成都会先深深地嗅下茶盖，闭眼闻香，让神清心静下来；茶水冲出后，用嘴啜一口，再享受着嘴里的化涩而甘的过程；水嫩汤滑，咽下茶水后，金大成还要用手把玩着德化白瓷的小茶杯，细细品鉴着杯底挂香。一泡茶下来，金大成至少要冲泡8道至10道，一直到茶水已变成淡黄色，入口只留下淡淡的甘甜，才会停下来。

　　一般到这个时候，金大成额头微汗，感觉通身舒泰。不过，今天泡茶，已经喝了几杯之后，金大成还是静不下心神，品不出茶味。把着茶杯，金大成也感受不到茶的香气。俯瞰着对面的龙洲仔，金大成头脑一片空白，但又好像填满了东西，心里不时起伏着不安的焦虑和烦躁。

　　金大成不时会看看手机，当然是等着杜品的短信过来，晚上到底要几点见面？

　　来海龙屿这么久，金大成第一次觉得在房里待不下去了，连平常享受武夷岩骨花香的那份逍遥心境，也彻底没了。

　　金大成决定出去走走，透透新鲜空气，实在不行，就直接给杜品打电话。

金大成是顺路走到中山公园。公园边上有块小空地，低低的音乐声传来，有一群妇女在陶醉地跳着广场舞。金大成完全是无意一瞥，看到了一个熟悉的身影，那不是杜品吗？杜品一身黑色的紧身舞蹈服，脖颈上挂着一条蒂夫尼蓝围巾，舞姿轻盈，舞态曼妙，在那群舞者中，鹤立鸡群，十分醒目。

金大成如看到了不该看到的东西似的，立即闪到了比较隐蔽的一角。杜品正跳着，身体的弹性很好，整个动作连贯自然，挥洒自如，尤其是节奏踩点十分精准，身形挺立，如一棵修竹，在微风里婆娑。但看得出来，她的腰腿还是偏生硬了些，如果舞蹈动作难度高点，或专业的要求高点，那么她可能就会一下穿帮。杜品自小是学音乐而不是学舞蹈的，金大成会有这种感觉，主要是把杜品与当年学校宣传队那位舞蹈辅导员相比了，那位女老师，随便一个一字腿，一个下腰，如风卷云舒，优美如画一样印在金大成的记忆之中。当然，广场舞实际是大众的健身操，没有那么高的专业舞蹈要求，求的是个体的身心放松，以杜品的舞姿舞态，一般人看，还是足够迷人了。

金大成胸中沉积的负面情绪，在杜品优美的舞姿中，一一化开了。杜品那脖颈上的围巾，随着身体翻动飘荡着，轻拂着金大成软软的心，有那么几丝清晰可辨的刺痒。

不知过了多久，曲终了，跳舞的人群开始散去，但有几个人围站在杜品的身边聊着。金大成听到杜品的哈哈笑声，那笑声有意抬得较高，有着一种做作的肆意，让人感到亲和与爽朗。

杜品一边同那几个人说笑着，一边相互加微信和互留手机号码。等人全离去了，杜品才拿起放在一旁石椅上的大挎包，从里面拽出一件外套披上，向另一个方向走去。

　　金大成本想叫住杜品，或是快步追上，但想想这是公共场合，被人看到很不妥，又没了勇气。于是，金大成掏出了手机，给杜品拨了过去。

　　金大成看到杜品接通电话。金大成问，你晚上有空吗？

　　杜品说，哦，刚才正在忙。你在哪里？

　　金大成说，我没事出来散步，正好走到公园这边，看到你在前面。

　　杜品停下了步伐，转身回头看过来。

　　金大成快步走了过去。

　　杜品见到金大成说，我正好跳舞跳得一身汗，要回去洗下，你送我回去。

　　金大成兴奋地说，好。

　　在对面的一个的士停靠点，金大成拦住了一辆车。

　　进了屋里，金大成就从后面抱住了杜品。杜品很顺从地与金大成热吻了一下，然后推开金大成说，我一身汗，要洗一下。说完，就脱去了衣服，把衣服扔到客厅的椅子上。

　　杜品进了卫生间，没有关上门。金大成站在那里，可以直接看到淋浴头的热水，冲向杜品的肌肤。那透明的水珠从杜品的身上滚落下来，在雾气的腾起与灯光的照映下，杜品的身子真如出水芙蓉般。喷水下的杜品，性感极了，也美极了，充满了莫名的诱惑，金大成欣赏地看着，万分遗憾自己不是个画家，不然一定会画一幅淋浴中的女神。

在生了女儿之后，妻子进浴室洗澡从来是紧闭房门，而且出来一定是穿着衣服的。金大成知道，妻子是个比较保守的人。再说，生完孩子后，妻子腰身出现了明显变化，肚皮上出现很多妊娠纹，腰部也出现了游泳圈般的脂肪堆积，从臀部到大腿也长出了不少赘肉，身材有些木桶化趋势，本能地更不愿意在家中与金大成私密地裸身相对。特别是家里还有个女儿，也十分不便和不合适。但老实说，即便妻子裸着身体在金大成面前走来走去，金大成相信，自己也不会产生现在见到杜品身体的这种感觉。

人在实际的生活中，道理总是比较容易明白，但是感觉总不按照道理走。这些深藏在内心暗处私下的感受，不是遇到了杜品，金大成也不敢让这些念头冲出牢笼，可能连想都不敢想，也不会去想。谁知道，现在偏偏遇上了杜品，这个杜品，不知道为什么就在这短短的相遇里，用魔术般的力量，把金大成在一生中从不知道的内心暗房，就这么轻易地打开了！

喂，我好看吗？杜品可能发现了金大成不够专注，喊了一声。

金大成回过神来，又不好意思称赞，只好嗯了一下。

杜品擦干了身子，从卫生间走了出来，笑哈哈地说，都这年龄，你还害羞，你过去和你老婆在一起，从来都不交流这方面的事吗？

金大成脸有点小热起来了，他和妻子，一个是老师，一个是医生，俩人相互之间更多的是尊重，真的从来没有交流过这方面的事。

谁会把心里这方面百分之百的想法全说出来？金大成说。

杜品开心地扑向金大成，笑得更大声，你这辈人，就是不懂，这也需要交流的。

说完，已经把金大成逼退到了卧室。

金大成在脱衣服时，杜品一直看着，看到金大成并没有穿上神古的短裤和袜子，杜品生气了，你没穿我给你的神古短裤！

金大成急忙辩解，我今天是出来散步，没想到遇到你。我原来准备散步完，回去洗澡后再穿上的！

这个解释还算合理，杜品半信半不信地说，我看你并不想穿！

金大成说，没有，你送我的，我一定会穿的。

杜品说，反正我不会说第二次了，你如不穿，就还给我。

刚开始进入状态，杜品的手机响了起来。杜品如赛场教练喊停似的说，我必须接电话，你要等下。

金大成只能停了下来，躺到一边去。杜品调整了一下气息，与对方在电话里叽咕地说了起来。说了好一会儿，感到不妥了，才说道，那算了，如果条件不好，现在又死机了，你就转下个开机吧。我这下有点事，等下见面了再帮你分析。

金大成的兴奋有点掉落下来。但杜品靠上来时，金大成又被很快调动起来。

已经到了挺关键的时候，杜品电话又响起了。杜品伸手拿过手机一看，又把金大成推开了，说道，这是刚才一个跳舞的阿姨来的电话，看来她有兴趣了，我要接下。

杜品戴上了耳机，与那阿姨聊上了。用了耳机，金大成就听不到对方说什么了。但从杜品的话语中，金大成听出来了，那阿姨是在咨询神古产品。

杜品说得很投入，手还不停地比画着，好像忘了身边的金大成，忘了刚才的一切。金大成看着挂着耳机的杜品，心里浮出被冷落的不满。

通话足足有 20 分钟，杜品拿下耳机时，已经感到了金大成的情绪强烈的不对。

杜品说，你现在知道我忙了吧。培训时老师有要求，我们每周至少要陌生拜访 5 个客户，邀约 10 个人，铺垫 20 个以上。我们神古每月都要举办一次大型选商会，都是 5000 人以上，每个团队都要带上新人，所以，我真的没时间！

这什么要求？一年 52 周，那你不是至少要陌拜 260 人、邀约 520 个对象、铺垫 1000 个以上的人？金大成话里带着明显的不快。

杜品认真地点点头，是呀，老师说开始必须是这样的，所以你要有心理准备，我现在很忙的。

金大成此时有些恍然，这么说，你去跳广场舞，就是为了陌拜？

杜品说，对呀。海龙屿我也就来了几年时间，前面都是到处弹琴演出，真正认识的人并不多。我想了很久，觉得晚上去跳广场舞，可以认识很多人，那些人群里，多数都是看重养生保健，而且都有一定的经济能力，特别是群体的带动性很强，是神古产品的优质对象。我去跳舞，就是为了铺垫，为了邀约，你以为我真锻炼身体呀，我哪有时间。

　　说到这，杜品看了下手机，面现内疚，先不说了，有机会我再给你说吧。等下我还要出去忙呢，我们在一起没多少时间了！

　　杜品说完低身用舌轻舔着金大成，又用牙齿轻咬金大成胸部的敏感部位，一股如通电似的热流一下传遍金大成的全身。

　　与妻子做爱，从来都是金大成感到生理上实在憋不住了，才主动向妻子暗示。妻子从来都没主动过。记得有几年时间，金大成有时去外地参加课研交流或教改座谈，有时暑假去省教育学院进行新教材或新课纲培训，特别是被抽去批改全省高考试卷，一去都是好些日子，回到家里后，每次仍是金大成主动，妻子在这方面似乎没要求似的，总是深秋般的天高云淡。

　　杜品却带来了从未有过的特殊感觉，金大成飞速地亢奋起来。

　　显然有事，杜品为了赶时间，很快就让金大成受不了。

　　这时间真的掐得很准确，才刚激情过后，杜品手机又响了，杜品轻拍了金大成一下，起身接起电话，杜品捂住手机话筒说，是我那三个小伙伴的，约好了今天早上9点，她们每人都要带两个以上对象来铺垫的，可能她们都到了。

杜品又把耳机戴上，金大成只听见杜品嗯嗯地说着，一会儿问，是苹果 8？一会儿说是三星 6？还说那个笔记本今天要想办法升级。

金大成根本听不懂，但想到宋水月中午说的，判断那应该又是话语术里的暗语。金大成突然感到痛心，中国汉字如此伟大独特的创造发明，现在居然被用成这样了。

杜品告诉对方，你们先开始，我马上就到。以后谈都这样，形成一个规则，我不先到，既然我是老师，你们先谈我后谈会更有利的。

金大成耐不住了，神古还做通信产品吗？

杜品一愣，然后大笑，神古不允许做别人的产品，这也是同传销不同，神古只推自己生产的产品。我说的那是一些话语代号，方便我们自己通话。苹果 8 是确定已加盟的客户，三星 6 是可能加盟的客户，笔记本代表较好的对象，电脑说的是有兴趣的对象，如果是不太理想的，就称手机。不好谈的，我们放弃了，就说死机了；不想谈的，就说停机。这是我们话语系统的特别用语，我不是告诉你，我们培训要背很多东西吗，老师说，这不仅方便我们随时随地对话，而且还让人不会知道我们是在谈生意。神古产品不是一般产品，我们还是要做得文化些，养生保健本身就是生命文化的核心内容。

其实，这还是传销！金大成冒出这句话时，心里充满了悲哀。

又来了，我说过我们有直销牌照的。杜品开始穿衣服了，神古是创新发明的，有科研团队，有系列生产产品，有品牌，这个传销有吗？神谷培训和选商会都是自愿报名，又不强迫人进入，更不变相限制人身自由，住的全是五星级高级宾馆，每次培训都有传统文化讲坛、养生课程，这个传销有吗？神古从来强调产品只有保健功能，没有治疗功效，只改善人体机能，特别是通过内衣特殊材质传感人体神经系统，提高身体免疫力，这早就被医学科学证明是可能和可行的，这骗人了吗？神古还教人行善，捐资做公益事业，这个传销会做吗？我们王董每年都要捐助边远地区贫困儿童，神古还把产品做到国外去，在国外开专卖店，这个传销做得到吗？对业绩优秀者，神古每年奖励保送50名神古人的子女出国留学，给直系亲属再做一份社保；对业绩特别突出者，神古每年奖励10人在所在城市一套住房。我又不是个没文化的人，会那么好骗吗？

杜品一连串的反问，让金大成语塞了，做了一辈子语文教师，金大成第一次陷入了语言困境里。

杜品穿戴好后，从床头柜的抽屉里拿出一张字条给金大成。金大成接过一看，是那9万块的借条。杜品说，这是我昨晚回来时写的借条，你拿着。我和小伙伴打过去的钱，按神古规矩和流程，一般12天至15天后就能回款总额的四分之一，款一回，我就一定还你。

金大成没有伸手去接，既然与杜品都是这种关系了，金大成内心里抗拒接这张借条。

金大成面露难色说，真不必了，我们之间还需要这个吗？

我也不习惯。

杜品很正式地说，不行。一码归一码，说好了，钱是我向你借的，你也别不好意思！

金大成干脆把借条拿了过来，边撕边说，你真不还我，我还能去法院同你打官司？

在钱给杜品时，金大成其实心里就没想过再收回来，也没有准备再收回来。虽然自己是毫无准备地与杜品发生了关系，但既然发生了，金大成觉得与杜品的关系应该就是不分彼此了，如果不是杜品还有婚姻关系，金大成觉得，他与杜品就是爱情关系了。

你这人虽然年龄大点，还真是有点特别。我就喜欢你这特别。杜品相信金大成是真心的，拉着金大成急急就走出来说，我叫了滴滴打车，先送我到休闲艺吧，再送你回。对了，我还不知道你住哪里？

金大成纠结了一下，迟疑了一会儿才说，我住在琴岛华庭。

杜品喊起来，那是土豪大宅，一平方米听说现在要 10 万块以上，你还真是有钱人呢！

金大成解释道，那是我女儿买的，我真不知道现在这么贵，是我女儿的房子。

杜品笑了笑说，也是，你不像那么有钱。说到这，杜品停了一下，似乎怕金大成误解，接着说，男人有钱就变坏，你不坏，还很好。说话之间，车到了，上了车后，杜品很依赖地靠在金大成身上。

金大成很想问杜品明天有空见吗？但有司机在前面，金大成就说不出了。

杜品下车说，来不及了，就急急地走了。金大成坐在车上，想了想，只好用手机发了个短信：明天呢？

杜品回复得很快，不好说，我真没时间，再约。

金大成收到短信之后，心情又很不好起来，就让司机停车了，想走一走。

海龙屿的夜晚本来就很美，金大成看本地电视新闻了解到，金砖国家领导人会晤这次要放在海龙屿召开。海龙屿正全力以赴为这个会议顺利召开展开各项筹备工作。如今，沿街的建筑都专门按整体的景观工程要求进行改造，各式各样的灯火交替辉映，夜幕之下，城市如披着一件多彩的光衣，在快乐地欢舞着。金大成行走在其间，心情不佳，所以没有受到感染，反倒是一股淡淡的哀伤袭来，在绚丽的光影下感到强烈的孤单。这种孤单感，在铁城时，金大成只是在春节的时候，看着家家户户忙碌进出采购年货，听到除夕的焰火和鞭炮欢快的响声，才会莫名地产生。到了海龙屿后，城市过节的气息没有小地方那么浓烈，金大成也渐渐适应了，日子就那么如流水般静静流过。但是，自从有了杜品后，金大成发现短短时间，自己越来越容易多愁善感起来。

是不是城市越大，人越感到孤独呢？是不是有了爱，人反而多情起来？金大成想，难怪古人总是智慧地强调，要清心静思，朱熹不是爱写"静我神"？

十一

连着几天，金大成每天都给杜品挂个电话，但杜品有时掐了，有时就说一句在忙呢。每次金大成开头都很生气，心里很不舒服。但第二天的早上，杜品又会找个时间来电，杜品在来电里总是保持着兴奋的状态，告诉金大成昨天又谈了几个，有的开始铺垫了，有的开始邀约了，有几个可以确定去参加选商会了，已经卖出几张选商会门票了。在金大成面前，展现出一派繁忙来。最后，杜品总会说几句私密话，有没有想我？是不是很想我了？等等。金大成接听了这些电话，心里的怨气又烟消云散了。如此这般，几次下来，金大成总是在前一天生气，后一天又气消，然后在杜品掐了电话时心生怨气，又在杜品打电话过来时心情好转，在这种循环状态里沉浮反复，难以自控。

一晃又到了一个周五，一个星期没见到杜品，金大成实在控制不住想念，下课后就给杜品发了个短信，问还在忙吗？杜品一直没回过来，金大成很是郁闷，只好怏怏地回到家中。到了家中，金大成心想，都好些天没见了，今天杜品总该与自己相见了吧。金大成很精心地开始准备，杜品不是说过，下次见面时，必须穿神古裤袜。于是，金大成就冲了个澡，换上了神古短裤，穿上了神古长袜。说实在的，那短裤穿上后真还很有舒适感。金大成又挑了一件深蓝色的衬衫，穿上了一件米黄色的裤子，对着镜子照了照，感到配搭满意了，找出了剃须刀，把胡子又剃了下，把头发梳理得一丝不苟，这时才拿起手机，看了看，杜品仍然没回短信。

金大成只好决定再等等，等杜品回短信或回电。但待在屋里，金大成又待得难受，就下楼去买了些杜品爱吃的水果。一直等到快晚上9点了，杜品仍是没有一点音讯。渴望与杜品见面的金大成，这时才深深体会到了，什么叫如坐针毡和热锅上的蚂蚁。自己对杜品来说，是不是真的不如蚂蚁？金大成心里升浮起这个疑问。这是个致命的疑问，像个引线，一下就衍生出了一连串的疑惧出来，杜品真的爱自己吗？这是一份真实的感情吗？杜品需要自己吗？如果这样下去的话，自己用什么来维系和维护与杜品的关系呢？现在自己是不是太依恋杜品了，自己是不是莫名其妙太投入了？这些想法如充气的气球迅速鼓胀起来，以致金大成突然有了个更可怕的念头，杜品有没有欺骗自己，外面是不是另有他人了？鼓胀的气球爆了，心头上现出了一个欢跳的魔鬼，魔鬼嘲弄地对着金大成微笑，那微笑让金大成有着一种剜心裂肺的痛。

金大成再也忍受不了，拨通了杜品的电话。杜品的电话通了，但传来的是杜品对别人讲话的声音：看吧，这对夫妻就是这么在最艰难的时候进了神古，短短的两年，就从一无所有，差点自杀，奋斗成了千万富翁，我听了他们在万人大会上的分享，我感动得都哭了，他们说是神古给了一个平台和机遇，造就了他们的成功，是神古再造了他们的人生。

杜品在讲课呢，推销着从培训里学来的速成致富的范例和经验。金大成挂了电话，心里更加难受，杜品还是个音乐硕士，一个文化程度这么高的知识女性，居然在短短时间里，就这么快地被人洗脑，相信了那些奇怪的速富神话。金大成下决心，今晚一定要见到杜品，一定要与杜品好好谈谈。金大成发了个短信给杜品，今晚我一定要见你，不管多迟。

在难熬的等待中，金大成意外地接到女儿的来电。

女儿说，老爸，这么晚了，你休息了吧？

金大成说，我正在泡茶呢，还没准备休息。

女儿说，那好，正好给你说个正事，布置你个重要的任务。明天是星期六，上午9点，你务必到马仔厝那边一个叫欢喜月老的公司去，准确地址等下我会微信发给你。你去那边见的人，名字人家公司按规定保密，只有个代号，叫大A。基本情况那边都发给我了，我研究过了。这人今年41岁，是外省人，老公原先在岛内搞房地产，做得挺大的。后来，老公在外面包养了好几个女人，这女的发现了，就坚决离婚，现在自己开了个大花店，自己不打理，包给别人做。疗伤了几年，如今特想找个伴。这人毕业于北方的一所大学，专业是艺术主持，做过市级电视台的综艺主持人，身高1米63，气质很好，身材也好，人很漂亮，有两个子女都在国外读书。公司发给我的是一段她的视频剪辑，我感觉跟你挺配的，你一定要去认识一下。

女儿这是要给自己介绍对象？金大成一下心里发慌了，急忙说，照你这么说，人家条件那么好，怎么会看上我一个教书的，不要让我自讨没趣。

女儿说，老爸，我怎么会让你难堪呢。我认真研究过了，这人征婚的条件正符合你。要求年龄 51 岁至 58 岁以内，身高 1 米 78 以上，身体健康，职业稳定，有专业高级职称，本岛户口，在岛内有 100 平方米以上住房，最好是丧偶的，子女不在身边，无其他负担，性格温和包容。你看，好像就是针对你提的要求一样。我把我们一家人在一起团聚时我拍的手机视频，发给那家公司了。公司的联系人反馈给我说，人家也看了，对你非常非常有好感。公司联系人说，这个人因为经历了一段伤心的婚姻后，只想找个有文化懂体贴的男人，最重要的要求必须是绝对忠诚可靠。还说，知道你是做老师职业的，知书达理，为人师表，人品优质，无不良嗜好和恶习，非常认可。其实，我想，关键还是你也长得帅，看上去多年轻，青春外表，智慧内心，专一忠诚，很有杀伤力。这点当然是我加的。老爸，我同公司联系人一来二去地联系了一个多月，你不许推辞！

虽然女儿一直鼓动金大成再找一个，金大成也不是真的没想。但是，这人海茫茫的，在海龙屿，自己又没有生活圈和朋友圈，每天到校上课，下课回家，回家泡茶，去哪里认识人呢？日子这么下来，金大成心里也就不多想。谁料女儿还会有这么一手，背着他，亲自出马，帮他物色。

但是，现在自己的生活中，杜品无比偶然地闯了进来，且已有实质的关系，女儿早不早、晚不晚的，偏偏在这个时候给自己介绍一个对象，金大成左右为难了。敢把与杜品的事如实告诉女儿吗？金大成太了解女儿了，女儿肯定不会喜欢杜品这类有如此复杂情况的女人，且杜品目前还没离婚，也根本无法办理离婚，欠着近千万的债务，就冲这点，金大成就没有一点底气告诉女儿实情，女儿会怎么想自己、看自己？直接回绝女儿的安排，金大成觉得也没有任何理由，而且于心不忍。从妻子去世之后，女儿在国外工作那么忙的情况下，仍然一路下来尽心为父亲谋划今后的生活，这么良苦用心，现在的孩子有几个做得到？

金大成不知道怎么给女儿说。

女儿见金大成在电话里不说话，就有些急了。老爸，我想了许久，这肯定是最佳的办法，像你这样的人，爱面子，又放不下内心的清高，怎么可能去自己找对象？只有通过婚介，当然是最好的。你担心什么？去见见又没什么！

这太突然了，我真没做好准备，能不能先缓一缓？再说，岛内的房子是你的。金大成想用拖的办法，先把女儿这事情应付过去后再说。

老爸，你如果能在海龙屿找到个中意的，那套房子我就过户给你。现在可以告诉你了，我买这套房子时，还差了点钱，当时打电话向老妈借，老妈当时转给我100万，这笔钱，老妈病重时，我回去看她，她趁你不在时交代我说，她当时没告诉你，这笔钱原本就是她多年为我存下来的，准备我出嫁时给我当嫁妆的。她说现在她可能等不了那天了，这100万就算给我了，让我也不要给你说了，要我必须答应不能告诉你。

如果是这样，我更不能——金大成说。

老爸，这没关系的。过户给你，就变成你的婚前财产，按国内的法律，婚前财产是你单独所有的。到时，你还不是留给我，房子还是我的。那个大Ａ，那家公司联系人还偷偷透露说，她很有钱，根本不差钱，要求有100平方米以上的房子，是为了防止一些没有财产的追求者，冲着她的财产去，这个门槛是为了减去一大批可能居心不良的见面对象。女儿真是把很多事都想好了。

但是，我还是不能接受。金大成继续推。

是不是还是因为我妈？女儿不知道金大成不想去的真实原因，长叹了口气说，这是你自己要解决的问题，你必须把妈妈雪藏到你心里最深处，不然你永远不会有自己后半生。你还活着，永远怀念是一份美好的情感，但不是人的实际生活。这份凄美，我不想你要。每个生命都是一个完整的个体，都应该有让生命在法律的范围内美丽绽放的权利。再过几年，你很快就要退休了，该尽的社会义务和人生责任，你都差不多完成了，更多的时间开始纯粹地生活。此时，你真正是为自己的生命活出品质来的时候，更需要一个同你相伴的人，一同走过。

老爸，你从我小时，就那么爱我，我现在是因为深爱你，才会为你想到这些。妈妈走了，你送了她最后一站，就对她是最完美的交代了。再给你揭秘一下，老妈那天还向我交代了你，告诉我说，你爸身体好，还会活很长时间，以后的路他要自己走了，如果我走后三年，你爸仍然没有找个伴，就去帮他找一个吧。她流着泪说，这种事，我无法对你爸说，对你爸说了，他肯定也不会同意的。我同你爸说心里也很难受，这么多年走来，已经习惯他的陪伴了，习惯他属于我和你，我再开明，也不想把他让给别人。不过，你爸是个好男人，我也想通了，不能那么自私，既然不能陪他走完一生，那也不能误他的后半生。他如能在我走后三年里为我守着，也证明他对我这辈子真心了。你爸这人，传统，刻板，固执，不是那种灵通的人，不给你交代，他面对你，可能会不好意思给你找个后妈。我和你爸都曾经苦过，现在条件好了，我希望他晚年幸福。

女儿在电话里说着哭了。

你妈真这么交代你？金大成感动之余又突然万分惭愧，现在的自己，是不是开始变化了，而且变化得很大？特别是鬼使神差地遇到了杜品，如今整个生活和整个人，都不像过去的自己了？但来不及多想了，女儿的泪水浇湿了金大成的心，金大成说，好，你别哭了，我明天一定去。我原先是想，这总是个大事，想给自己多留点时间，不要太急。

金大成说到这里，恨不得地下有条缝隙钻进去，这是一辈子第一次说了假话，第一次对女儿撒了谎。

女儿不哭了，老爸，去见下，又不是马上就真的成了，不会影响你什么的，我还真希望你认真一点呢，先认识一下，看看彼此眼缘如何，合不合适，另外还要深入了解下，能不能共同生活呢。最后，还要经我验收呢，没我亲自验收，我还不放心呢！你还是有相当长的时间调整准备的。见金大成答应下来了，女儿在电话里又高兴起来，老爸，千万不要出错哟，给我找个我不喜欢的后妈来。女儿在电话那边坏笑起来。

你自己的个人事呢？现在有没有情况？金大成转开话题。

这点你就别操心，相信你女儿的魅力。只是，我现在经常满世界飞，很不稳定，再说，你不知道我想给自己创造一个优越的生活条件呀？我钱还没赚够，我希望我今后经济能独立，想怎么花就怎么花，当然，你别插嘴，我肯定是有限度的。在外久了，我更知道一个人生活不容易，不然哪有女儿会一直劝老爸给自己找后妈的？让我妈在天上还怪我偏心？说到这里，女儿明显有些黯然，稍稍停了下。不过，女儿还是很快就解脱出来，又换上了轻松的口气说，好了，我的事你别操心，我现在也真没有时间去谈恋爱，就感到缺觉。有时间只想好好睡。老爸，对你女儿有点信心好不好，你女儿绝对不会是个被爱情遗忘的角落。我这辈子，投胎投得这么好，遇上你和妈，上天肯定自有安排，一定有属于我的人，现在正在一个地方等着我的，只是我目前还没到达而已。

又是个说没时间的！金大成想到了杜品，女儿一说话，跟杜品挺像的。

那你自己多保重。金大成想到杜品，就有点没心思与女儿聊下去了，想着杜品怎么还没回音。过去是一直为女儿担心，现在怎么总担心杜品，金大成深感自己变化太快了，对女儿又产生了一种负疚感。

老爸，我有话在先，你不能晚上睡了一觉醒来明天又反悔。如果你明天不去，以后你想给我找个后妈，那可门都没有，我就坚决不同意！到时你别来求我！女儿在电话里又用威胁来撒娇。还有，为了帮你找个合适的，我是特地挑了这家公司。这家公司跟别的婚介所可不一样，很特别很有特色，是一对一服务的，我为你缴了1.8万元，给你办了VIP。缴款后那是不能退钱的，时限3个月，你总不能让我这单生意血本无归。

要收这么多钱？金大成好不吃惊。

人家可正规和要求严格呢，手续挺全面费劲的，要你的身份证、户口簿复印件，近三年内县级以上医院体检报告复印件，身高、体重、兴趣、爱好，反正多着呢，就差要你和妈生我的准生证了。好在上次回去时，我就把你的身份证、户口簿等全复印了几份，包括你来海龙屿时人家学校让你体检时医院的体检报告，相关材料那次我就全带出来了。我先咨询过了，在离开国内时，就把那些材料给寄过去。我是委托人，那边连我的相关资料也要了。你知道吗？办完你的，他们发现我还未婚，一段时间老是有人给我打电话，不停动员我也报名，说可以帮我也介绍一个，世界视野，全球选择，绝对没有问题。见我推了，又反过来说，他们那边有几十万客户，像我这条件，只要经他们平台推荐，保证应征的很多，只要我交5000块报名费就行，说可以让我们父女在他们平台两全其美，传出一个婚介佳话，顺带提高他们公司的知名度。笑死人了，还想把我们变成他们公司的品牌产品。老爸，你要有心理准备，我感到现在为了赚钱，国内的一些服务机构都疯了似的，把应该提供的服务都变成一种生活骚扰，你到时忍忍，别嫌烦。女儿又给金大成留了个提醒。

金大成说，既然这样，那不就算了，何必花钱买烦恼呢！金大成借机又动摇了。

女儿说，老爸，我了解过了，现在国内像你这年龄的人再重新找个对象，有很多，成的也很难。现在连大龄一点的都不好找，所以婚介成了一个大市场和大产业。我听说，现在每到星期六星期天，公园什么的一些地方，有自发集合一起的婚介活动，许多都是父母帮子女找合适的对象，也顺带帮自己找的。你现在不进这个平台，没有其他渠道，上单身网，那更不可靠，你连手机都玩不溜，肯定不行。让你去公园里那种自发的婚介场所，你这人会去吗？这家公司我还比较认可的，他们提供的材料显示，是采用分级跟的服务方式，保密措施严密，程序相当规范，服务十分周全，不会让你为难的。不过价格是太高了，最贵的高端客户要四万八，他们一直说服我办呢，说这样保证帮你找到优质人选。你是我老爸，我不能含糊；我多花钱，你又会心疼。所以，我折中一下，就给你上了个VIP。怎么，这样细致的报答，你还不情愿不感动吗？女儿说得好调皮。

女儿真的用心，金大成心里暖着呢。

放下电话，金大成纠结了，既然答应女儿了，明天是要去的。但明天去见那个女的，去婚介所相亲，怎么同杜品说呢？

杜品知道了怎么办呢？说实在的，如果没有遇上杜品，金大成还是会比较轻松地前往。女儿如此精心策划，对那个女人又如此认可，那个女子去认识一下，相机行事，倒也无妨。但是，如今有了杜品，虽然与杜品从没有深谈过未来，相互之间也没交流过什么具体打算，更从来没有明说要什么结果，就这么离奇地遇上撞上了，杜品带来的是完全陌生的全新气息，不管是喜是忧，是乐是愁，是祸是福，已经如天外之物撞击地球，撞得自己生活和人生一片混乱，自己完全离不开了。去见那个代号大 A 的女人，要不要同杜品说？怎么同杜品说？这边已经答应了女儿，如果杜品不同意那怎么办？

金大成遇到了一生中从未体验过的烦恼。

杜品终于来电话了，我刚忙完，你打个车过来，到我这边来，我们今晚就住在这里吧。

金大成问，哪里，具体什么地方？

杜品有些回过神来说，对了，地址我微信定位给你，比较远，格来登海景大厦，今天我们在这里办了一个专场分享会，明天还要在这里一天。

金大成犹豫了，去宾馆呀？那合适吗？

杜品回了句，什么不合适？可能想到了金大成为什么会有顾虑，杜品接着说，我们在这里办会，你别老古板了，都什么时代，你怕什么！就这样，明天我可没时间。

杜品很快就把地址定位发过来了。

金大成只好带上了先前就买好的那袋水果，下楼打上了的士。

格来登海景酒店离城市中心比较远，都快到海边了。金大成花了些时间，到酒店时已过晚上1点了，夜很深了。金大成下了车，还是没有足够的底气，就有意躲到酒店外面的吸烟区，给杜品打了个电话。这次杜品接电话很快：我就下来。金大成心里还是很紧张，就在原地等着。一会儿，看到杜品匆匆地从酒店里快步出来，金大成才迎了过去。

金大成第一句话还是说，这方便吗？

杜品瞟了金大成一眼，你担心什么？金大成听出，杜品的声音都全哑了。杜品接着说，你过来，你就知道我在忙什么了，有多忙！我们还在开会，这个酒店上楼要刷房卡的，我不下来接你，你上不去的。

金大成仍然抑制不住紧张，跟着杜品进了酒店。大堂里根本没人，总台那边只留了一个值班的男服务员，正埋头在忙着什么。金大成见状才安下心来，与杜品进了电梯，杜品用房卡在电梯里的刷卡区刷了一下，电梯升动起来。

到了2703房间，杜品用房卡开了门，插入取电牌，房间亮了起来。这是一张大床房，里面的设施很高档，杜品说，你先在房里休息，这次总部的老师专门过来，我这下要去老师的房间里开会。金大成不解地问，这么迟了，还要开会？杜品说，都是这样，这是会后会，小会，老师进行点评指导。现在不能跟你多说了，她们都在等我。杜品说完就走了，金大成把房门关上。

金大成把手中拎着的水果放在茶几上，看到了床头边的地上，放了一块白色的脚垫，脚垫上并排放着两双一次性的拖鞋，床上的被子被掀起一角，这表示开床，这个金大成知道。金大成换上了拖鞋，就把房间察看了一下，卧室和卫生区域被两扇活动的木拉门分隔开，金大成走到卫生区域，有两个盥洗池居正中，左边一个用三面玻璃钢隔成一个小洗手间，靠左墙一边用一大面玻璃钢隔出一个小冲洗室，右边用整块的大玻璃钢隔住，里面放着一个白瓷的大浴缸，浴缸靠着落地窗，白天可以看到外面的海景。金大成进了洗手间，坐便池上的盖子自动打开，这把金大成吓了一大跳，认真一看，才发现这是自动感应的，还可以自动冲洗。

金大成第一次入住这么高级的客房，心想，怎么要在如此高档的酒店里开会呢？金大成转回卧室，来到了房间里的吧台前，见吧台上放着两瓶水，上面挂着小纸片，免费赠饮，金大成确定这是不用钱的，就打开一瓶，用电壶烧开了水，给自己倒了一杯。拿着水杯，金大成走到房间的窗前，见窗帘紧闭，就用手想拉开，没想到手一拉动窗帘，窗帘就徐徐拉开，窗帘也是自动的。玻璃窗是封闭的，外面黑黑的，看不到什么。金大成就在茶几边的一张沙发软椅上坐下，喝了几口水，半偎在沙发上，等着杜品。

等待是无聊的，金大成什么时候迷糊了过去，自己也不知道。直到杜品开门进了房间，金大成才惊醒过来，看了一下手表，已近 3 点了。

杜品一脸的疲惫，进房就说，你没先睡？然后走到床头调暗了灯光，开始脱去了衣服。金大成说，我不知道你要这么迟，所以等你。杜品的嗓音都快发不出声了，你去浴室帮我往浴池里放些水，我想泡一下，好累。金大成就往浴室那边走去，又听到杜品说，那里有一袋浴盐，你全部倒进浴缸里。金大成应了声好。

金大成在往浴缸里放水时，杜品走进来，到冲洗间里先去冲澡了。杜品打开喷头冲了一下，就开始往身上抹浴液。此时，杜品说，我们做培训、做会议，都是要忙到这个时间的，下个月选商会，要求我这边至少要完成20张的门票，明天就要打门票款了，所以，今天必须全力以赴。

金大成听不懂，20张门票？什么意思？

杜品说，就是至少要带20个新人去参加选商会，每张门票是1080元。

金大成说，门票都这么贵？

杜品说，里面含一人晚上住五星级酒店的住宿费，还有一天半的课程费用。

为什么要住在五星级的酒店？金大成问。

住在五星级酒店里，感觉完全不一样，想过人上人的生活，你就必须努力！再说，神古选商会每次至少都是5000人以上，一般酒店没有这个接待能力。我这次留住的这个房间，是在这里办会，事先酒店说好的给我一间3折的房，本来是我们几个姐妹一起拼住的，我今晚让她们都辛苦各自回去住。杜品边说着，边从冲洗室里出来，就直接走到浴缸前，泡进了水里。

金大成站在那里，看着水中的杜品，感到又被深深地诱惑了。

杜品双手放在浴缸两侧，半闭着眼说，带新人去参加选商会，最重要的是要刷卡、踢单，每个月都要办一次选商会，每次都要带新人去，还要完成刷卡、踢单，你想想看，我是不是没有时间？我是不是要天天都要拼了？所以，你现在知道我是真的在忙吧？

金大成正想应道，一眼看去，杜品居然头歪在浴缸边，睡着了。

金大成不知道该怎么办，想了一会儿，这么睡肯定是不行的，就推了推杜品，杜品被惊醒过来，脸上微露歉意，太困了，我太困了！金大成说，你这么睡会感冒的。就给杜品送上了一条浴巾，杜品起身接过浴巾，披着跨出了浴缸，随便擦了一下身子，就往卧室去了。

金大成放掉了浴缸的水，脱去了衣裤，进了冲洗间冲了一下澡，围着一条浴巾进了卧室，杜品已经发出微微的鼾声，睡过去了。

金大成上了床，把房灯全关了，躺到了杜品身边，杜品没有任何反应，仍然沉睡着。金大成碰到了杜品柔软的身体，无法控制地伸手轻轻搂住杜品，这个动作弧度大了点，杜品似乎有些醒来，很柔顺地动了动身子，紧贴了过来。

好些天没见杜品了，金大成忍不住了。

整个过程，杜品都是在半睡半醒中。金大成虽然不甚满意，但见杜品真是太疲劳了，也不好说什么，因此，不满之余心中又升起一股怜爱。

金大成是被手机的闹铃声惊醒的，闹铃肯定是杜品睡前设置的，杜品也被闹铃声唤醒，金大成说，才6点半，这么早就要起？杜品侧过身，手放在金大成胸上，我也想多睡，可是，我要起来了，还要洗漱、化妆，还要到会场再看一下，上午是老师帮助我们提升。

金大成含蓄地说，你们总这么开会，比公家单位会还多，这有效吗？

杜品闭着眼睛说，这会跟那种行政会议不一样，我们是分享会，流程就是要这样的，就是要种种子，钓欲望，下危机，给出路。你不多邀约，不多办，怎么种种子？种子种不到心里去，怎么能把欲望调动起来？算了，给你说这些你又不懂。

金大成突然有些烦躁，你这样都不要命了，不是等于用健康和生命去换业绩！你不是说神古是搞康养产业，是为了健康，你这样耗神费力，穿一百件产品也没有用。

杜品伸手捂住金大成的嘴说，不要说，让我再眯10分钟。

杜品真的又睡了过去。金大成一点睡意也没有了，轻轻拿开杜品的手，悄悄地起床，上了一下卫生间，然后又烧了一壶水，在卫生间刷牙、洗脸，心里很堵。

手机闹铃又一次响起，金大成从卫生间转入卧室，看到杜品已从床上坐了起来。杜品还是睡眼惺忪的，你怎么先起来了？

金大成回到床上，拽过枕头，把枕头叠垫得高高的，半靠在上面，面色有点严肃。

杜品像一枝花似的伸过来，半个身子都趴靠在金大成身上，是不是在生我的气？

金大成没吭声。杜品打了个哈欠，知道你不爽了，但现在真没办法，我真的没时间！

金大成心情更不好，我本来昨晚过来，就是想和你谈谈的。你总是告诉我没时间，那这么下去，你觉得我们之间靠什么来维系关系？我们之间你是怎么想的？

杜品好像彻底清醒了，坐了起来，你叫我怎么办？还有比这能让我快速来钱的吗？再说，我原先只会弹琴，现在不做这个，我还能做什么？靠什么来还债？在债务没有还清之前，在我没有财富自由之前，我想什么有意义？我现在觉得连谈恋爱的时间都没有，我知道你想谈什么，我一是没时间跟你谈，二是我现在同你谈这些有意义吗？你帮我还债？还我自由之身？我知道你反感我做这个，但真的没办法！

不断拉人头，从中获得抽成，我上网查看过了，这可是传销！金大成说。

杜品从床上蹦了下来，开始穿上衣服，边穿边说，你不要说了，我不爱听这些。那些小伙伴都是自愿跟进来的，我觉得神古给我们梦想，给我们平台，给我们结果。就拿我来说，我本来都绝望了，如果不是进了神古，不是有了团队，我还有什么希望？每个人都想拿到自己的结果，我现在只想快点在神古拿到结果。如果你真的爱我，你应该是帮助我，而不是打击我。

杜品的反应挺强烈，金大成沉默了，再说下去会直接争吵起来的，必须刹住了。

也没时间争吵了，杜品的手机响起了，杜品接听了一会儿就说，你要先摸清楚，她到底需求什么？什么才是她的点？抓不住点，你谈再多当然也谈不了她，她心里的欲望是什么，你要能钓起她的欲望。

这个电话刚接完，又一个电话进来，杜品听了一会儿说，像这样的对象，暂时不要把她带进来，明显你们铺垫不够，还是抓紧铺垫一下，现在不成熟，就放在下次再看看有没可能带去大会。这次老师亲自来，昨晚刚给我们讲了，铺垫做得很多，刷卡还是太少，重点是来教我们如何谈单、踢单，确实，得到结果才是最重要的。你这个对象等我们这次会办完了，我们再一起好好分析一下，点在哪里，找准她的点很重要，要找准，挖出内心的需求和欲望，谈一个成一个。

杜品说话的语气，已俨然成为一个领导人或导师，金大成在一旁听傻了。

又一个电话打进来，杜品干脆按成免提，这个电话是来说会场布置的事，请示杜品要不要安排茶歇。杜品正往脸上贴着面膜，这个事昨晚不是说了，不安排怎么行？必须按照规矩来，费用我是想要不几个人各分摊一点，如果不能统一，那就我一个人出吧，你先安排下去。还有音响，你们一定要注意，音效会直接影响分享环节的效果，绝对要保证好。

说话之间，又有电话进来，杜品说，就这样，我还要接个电话。来电说，神古总部那边要求确定选商会门票的事。杜品说，不是说好了今天下午最后确认吗？对方说，那边说这次门票可能很紧张，必须上午就要确认，而且还要立即打门票款，不然临时增加门票，无法保证给我们。杜品有点不耐烦起来，今天上午我们分享会后才知道具体有多少人参会，又要求带新人，现在怎么好确定会有多少新人？这样吧，你就说确保10张，另外下午再说，这门票款交了是不能退的，新人不够只好老人顶，老人去了又不能成交，去多了干吗？

杜品撕下了面膜，去洗了下脸，自顾自地对着卫生间里的镜子，化了一会儿妆，进了卧室。金大成斜靠在床边，杜品走向前来，亲爱的，你都看到了，是不是很忙？我要走了，你自己去下面吃个早餐，今天你自己安排，我可能要等到晚上才有空，到时联系吧！杜品说完完全是安抚似的轻吻了一下金大成，拉开门就走了。

房间因杜品的离去，空荡下来。金大成眼睛盯着低矮的吊顶，一个人发着呆。手机传来短信的提示声，金大成打开一看，是女儿的，就一句话，老爸，地址发你微信了，今天上午9点！金大成这时才想起，昨晚忘了给杜品说说今天不得不去欢喜月老公司的事。

此时已是上午7点多点，金大成赶紧起身，简单地洗漱一下，关上了房门，走出了酒店，打了个车，回到了琴岛华庭。

答应了女儿，也不能辜负女儿，金大成在路上决定去见见那个大 A，反正又没干什么，因此，回到家，金大成就拿起剃须刀，准备剃去胡子，但也就是在镜中，见到因昨晚没有睡好胡子长满整个下巴的自己，金大成在一念之间，搞不清楚，怎么会冒出了一个奇怪的主意。于是，金大成就放下剃须刀，不剃胡须了。

　　金大成走到衣柜前，把衣柜打开，里面大多数衣服都是女儿从国外给他带回来的，只有几件是妻子给买的，金大成在来海龙屿整理行装的时候，想做个纪念，就带了过来。金大成特意挑了一件妻子在铁城商店里买的，那是件暗色的老款棉布衬衫，质地很一般，经几次过水，开始变形了，衬领有些卷起，衬面有点发皱，色彩显得暗旧。金大成拿着衬衫，又走到镜前，贴在上身看了看，就决定穿上这件。

　　不知道是天性，还是医生的职业，反正妻子过早地看透生活，妻子自有了女儿之后，根本就不注重打扮了，衣着上也比较随意，一件内衣可以穿几年，几件外套 10 年以上都还穿着也是有的。女儿开始在国外边读书边勤工俭学，开头经常给妻子带些时尚的衣裙回来，妻子基本不穿，说穿那么招摇怎么上班，到单位只能穿白大褂，下班回来又没几步路远，小地方穿给谁看呢，让女儿别再浪费乱买回来。几次之后，女儿就开始转向给金大成带了。金大成是老师，喜欢每天穿戴齐整地出现在课堂。妻子开头有些不解，曾问金大成，你怎么那么爱穿新衣服，爱赶时髦呀！金大成告诉妻子，一个老师，如果衣着整洁高雅出现在学生面前，给学生鲜亮明丽的良好感觉，这对学生的心理将起到一定暗示引导作用，有助于学生提高生活信心和热情度，有助于学生将来生活情趣和审美趣味的定向与提升。

金大成这点感受自然是来自亲身体验，做学生时，每每见到老师哪天穿着好看，金大成就会很舒服，很有感觉。妻子听后，估计也是想起自己当学生时的感受，就不再多说了，只交代一句，女儿在外面赚钱也不容易，你不要让她乱花。

小城没什么衣服可买，加上妻子根本就不懂得买衣服，或者根本就不在意衣服的款式和色彩，金大成穿好衬衫，走到镜子前面，人一下老气了好几岁，看上去不再那么精神和有气质。真是人靠衣裳马靠鞍，衣着对人太重要了。金大成又联想到杜品说得神乎其神的神古内衣，从逻辑上来说，杜品说的似乎也没有什么不对。

就这么去见大 A 吧，金大成还故意把头发弄得有点乱，脱去了杜品说的那块玫瑰金的名表。如此不修边幅，以一个穷酸的教书先生面目出现，就冲这副模样，那个大 A 肯定不会喜欢自己了。

虽然金大成觉得这样有点愧对女儿，但金大成觉得这样对得起杜品。女儿说大 A 是个富婆，现在富有且漂亮的女人，会喜欢一个普通的教书匠？如此，下次有机会给杜品说起，也可以问心无愧！

金大成为自己能想出这么个解决办法，还有点沾沾自喜，心情也稍微好起来。

十二

按照女儿发来的地址，金大成顺利地在9点之前，来到了马仔厝的欢喜月老公司。

马仔厝一带，是一块新开发的文化创意产业重地，这里有好多家新业态的创意公司，软件园、科技园、创业孵化中心、红木家具一条街、中西画坊、艺术品交易所、名家工作室等坐落于此，聚集着大量的外来创业和务工人员。刚毕业不久的年轻大学生，硕士、博士这类高学历、高层次的人才，离乡的打工人员等，各层阶的单身汉估计不少。这些人或忙于创业，或工作流动性强，或刚刚走向社会，生活的范围有限，想找的对象层面也不同，所处和所需各异，确实非常需要相关的中介服务配套，把月老公司开在这里，看来也是这家月老公司经过深思熟虑的选择。

月老公司在一片旧的建筑群内。看得出来，过去这里应该是海边的一个渔村，原有的民居群落，在划为新兴产业园区后，仍被地方政府很好地保护起来。房屋的古朴外貌完好地保留着，且做了大量锦上添花的修复，让历史岁月的风霜既得以展现，现代的气息又扑面而来，很有特色。

金大成走进月老公司时，里面人很多，挺热闹的。金大成发现，除工作人员外，大多是些中老年人，心想，怎么会有这么多中老年人？

一个披着醒目绶带的引导员，热情迎了上来，问金大成是为自己来还是为儿子或女儿办理报名。金大成才想到女儿说过，现在很多父母忙着帮子女寻找合适的对象，看来这里面有不少人是为子女婚姻而来。金大成低声说，我找李杰经理。那女子反应很快地说，哦，您是去"特服部"，请跟我来。就在前面带路，把金大成引到一个挂着"特服部"牌子的房间前停下，轻敲了一下门，听到里面回应了一声请进，小姐推开了门，躬身对金大成恭敬地说，您请。

金大成进了房间，一个30多岁的男子，从办公桌后起身，为金大成端上一杯茶说，您好，我是李杰，很荣幸为您服务。请坐，喝杯热茶。请出示一下您的身份证。

男子戴着一副金色细框眼镜，上着一套浅红色便装西服，下穿一条黑色的西裤，系着一条金色领带，头发上了发蜡，油光发亮，挂着配有照片的工作胸牌，显得精明干练。

金大成在双人沙发上落座，从口袋里掏出身份证，递了过去。

李杰接过身份证看了一下，声调很热情地说，您就是金大成先生，很高兴认识您，我现在已成为您的责任经理，将为您提供一切力所能及的服务。

金大成被对方的热情弄得有些不安，不客气。

李杰在金大成的一旁坐下，语气很正式地说，那好，金先生，我们就直奔主题。我们是家正规的公司，按照相关程序，我要先向您介绍一下我们公司的服务规则，请您谅解。

请说吧。金大成应道。

一是从现在起的 3 个月之内，我们将向您推荐 5 个我们认为较合适您要求的对象，您从中只能选出 3 个交流对象，就是说您可以有机会见到 3 个人选，当然，如果第一位人选见后就相互满意，那么不再往下见是可以的。二是您跟每个对象的单独交流只有 3 次，每周 1 次。当然，第一次交流只要有一方不满意了，提出换下一个，也是可以的。三是您与对方第一次交流，只能在我们指定的地点，为了确保各自的人身权益和隐私，双方不得相互问姓名、住址、具体工作单位名称，不得索要对方手机号码、微信号码等任何联系方式，更不得主动把自己联系方式以任何形式和方法有意留给对方。四是任何一方有权拒绝回答另一方提出的认为不方便回答的个人敏感事情和问题。五是如一方满意对方，而另一方不满意对方，满意对方的一方不得在交流结束后，以任何方式方法纠缠对方。六是交流结束后，双方不得当场自行约定是否继续进行下次交流的想法，个人的决定意见均要通过公司指定的责任经理，由责任经理向另一方反馈。七是如果 3 个月内，公司履行完了应尽职责，仍无法达成结果，当事人不得要求公司退回所缴费用。以上条款，不知道金大成先生同意吗？李杰说完后，看着金大成，那是一种有穿透力的观察，金大成感受到了。

都是这么奇怪的条款。金大成沉吟了一下，本想再问问一些细节，但想想反正自己不抱着什么希望来，也不想有什么结果，算了。他心疼的是女儿花了 1.8 万元，这不打水漂了？

我其实事先并不知道，是我女儿帮我报的名。我想了解一下，如果现在我提出退出，费用能退吗？金大成问。

李杰不解地看了金大成一眼，敏捷地起身，从桌上拿出了几份材料，走到金大成身边说，金先生，我们确实是受您的女儿委托来办理这项服务的，从接受您女儿委托的那刻起，我们就开始了正式工作。我们比照您的情况和您女儿提出的要求，在成千上万的档案资料中精心挑选出五位基本匹配的对象，您要知道，这五位人选的情况和所提的要求，还必须同您的情况符合，要两头基本匹配，这比照挑选的案头工作量有多大？您现在看到我们公司只是前台一部分，后台还有很多员工在辛苦地工作。公司接受您女儿的委托，一切都是按相关法律程序进行的，您今天到来时，前期的工作我们已经做了很多了，算全部完成了，是依照委托进行的合法流程。

现在，您如果要求退出，不是不可以，但成本的费用，这里面包含报名费、手续费、信息服务费、案头工作费、资料比对费，还有退出手续办理费等，我们都是要结算的。正如您乘飞机，快到时间了，临时退票，您不是拿不到多少退款？同样，您现在要退出，也拿不到多少钱了。我们知道您女儿在国外，因为是接受您女儿的委托，委托合约是与您女儿签的，按合同条款规定，解除合同必须要您女儿从国外回来亲自签字才有效，您女儿从国外回来，也是要一笔费用的吧。还要提醒的，您是单方面提出解除，按照法律规定，因单方面原因违约，公司要追究违约的责任，您还要支付违约索赔。我建议，金先生您认真考虑一下，核算一下，不划算呢！

这么复杂！金大成一下死心了，哦，就算我随便说说吧。

李杰见金大成态度转变了，坐回沙发，一副自信的样子，但口气却极为温和诚恳地说，金先生，我们公司是婚介创新的一个先进模式，与其他传统的婚介机构完全不同，我们的从业人员都是经过严格挑选和严格培训的，整个流程设计科学，运作规范，服务专业周全，您后面享受到的服务，一定会令您满意的。您是个中年不幸丧偶的人，对情感生活和婚姻有很深的体会，如果您在我们全力以赴的努力下，找到了一个能陪您度过后半生的伴侣，您一定会觉得花这点钱真是太值了。这大千世界，人海茫茫，在现在这个人与人越来越隔阂的现实生活中，只有靠我们来帮您寻找符合您要求的对象，这是最便捷最有效的选择。开个玩笑，还真是千金难求。

现在的这些服务公司的人员，怎么个个如此能说会道？金大成有点慌了，连他一个语文高级教师，这些话都无法对答。

李杰这时把一份协议摊到了沙发中间的茶几上说，金先生，你看下，这是我前面跟您说的公司服务规则。按照公司的规定，您必须签字同意，这是个必须程序，我们依法办事，省得以后节外生枝。您签完字，我们就可以提供优质服务了。您的见面对象比您早到，已经等了一会儿了，来这里的女人都有个共同特点，就是比较不愿意等太长时间，她等得不耐烦走了，那也算您违约了。我们必须保证客户宝贵的时间不被浪费，这是我们的服务承诺。如果对服务规则没有什么疑议或歧异，请您抓紧签字吧！

金大成拿起协议，瞄了一瞄说，这还要签字吗？

金先生，您现在去医院做全麻胃镜，或是动手术什么的，再急医院不是也要您个人或家属签字，朋友签字还不行。现在是法治社会。李杰边说边把一支签字笔塞了过来。

金大成非常不情愿地接过来，签下了名字。一生之中，金大成第一次签字签得这么别扭和难受。

李杰见金大成签好，把协议收起一份，起身放进了办公桌的抽屉里，另一份递给金大成，金先生，一式两份，这份请您收好，如您不想带回，也可以放在我们公司代为保管。

金大成沮丧地说，我不想带走了，这个放在你们公司，这不收费吧？

李杰微笑了一下，那就由我们保管，感谢金先生对我们公司的信任，这个不收费。接着说，现在金先生签了字，我们就必须开始提供服务了。金先生，为了体现对您的负责，我必须指出，您今天来见面，您的穿着不合适。您知道第一印象对一个人来说，有多重要。所以，建议金先生，您必须更换着装，必须刮干净胡须，必须梳理头发，完成这些，您才能跟那位女士见面。据我们掌握的信息，您要见的那位女士，比较喜欢穿戴整洁的男人，这也是对人家的一个尊重。

剃胡须，换衣服？金大成没好气地说，我没带其他衣服来，回家换衣服再来，那不就浪费更多时间了？就这样吧！

李杰抬手按了一下办公桌上的呼叫铃说，这点，金先生不用操心，我们已经为您想到了。您不用回去换衣服，公司这里有现成的，这是我们提供的优质服务内容之一，您可向我们借穿。只有 VIP 以上的客户，才能享有。

这里有现成的？金大成很好奇地问。

按照我们的研究和分析，第一次见面是最重要的，经常是成功与否的主导性因素。西方学者雅波特教授认为，在人与人的互动行为中，别人对你的观感只有 7% 是注意你的谈话内容，有 38% 是观察你的表达方式和沟通技巧，但却有 55% 是判断你的外表是否和你的表现相称，也就是你看起来像不像你所表现出来的那个样子。因此，公司特别设计了这个服务项目，让一些不擅长打理自己，或因时间关系匆匆而来，或特殊原因来不及换装的客户，能够享有这项特殊服务。我们会根据情况建议客户换上最能体现自己气度形象、又能基本满足对方日常喜欢款式色彩要求的衣服，以助力提高见面的成活率。接下来，公司的形象设计师马上就会进来，将根据您的情况和对方的喜好，帮助您改善一下形象。

李杰话音才落下，门就被推开了，进来一位非常时髦的女子，头发染成深黄，墨绿色的拉链牛仔连衣裙，搭配白色的开衩袖衬衫，裙子的拉链拉到高腰位置，脚穿一双方扣短鞋，简单清新，又很有韵味，让人看不出实际年龄，对金大成深鞠一躬说，贵宾，上午好！下面由我为您提供服务。

金大成哪里经历过这架势，慌忙抬了抬身算回礼，不必客气。

李杰说，介绍一下，西丁娜小姐，毕业于纺织大学服装设计学院，新锐的形象设计师，参加过多个国际时装节，曾为国内多个明星和大企业老板担任过形象设计。

金大成有些惶恐地说，就一个相亲见面，要这么大牌的形象设计师？

西丁娜接上了话，金先生有所不知，这恰恰是我们公司与其他婚介公司的不同与优势。许多客户都有一个认识的误区，以为反正换上整洁的服装就可以了。其实不然，这里面的讲究可深了。如今，社会生活和活动中，人们有越来越多重要的会面，比如说，就业面试、商业谈判、与上司的第一次见面、第一次出席重要活动和会议，等等，在这类重要机遇和重大挑战概率相同并存的关键时候，以一种什么形象出现，就将产生什么样的第一次形象吸引力。外在着装的款式、色彩等方面给人可靠的感觉、良好的感觉、新颖的感觉、独特的感觉，至关重要。

我们正在加强这方面的研究，不仅是理论上的，力图从科学实证上找到依据与答案。相亲见面对普通人来说，是不是人生中一次重要的个人活动？只有从这个高度，用这个态度和这份认真，才能提高成功率。明星为什么要形象设计，无论是演出或是日常生活中都讲究穿戴，那就是为了能在每次露面时，给人最好的形象、最深的印象，产生吸引力风暴，让自己拥有越来越多的粉丝。有时，冲击人们的视觉，不惜采用大胆的怪异着装，乃至反时尚潮流的方式，以此取得更大的吸引效应。

这种案例比比皆是。同理，在相亲见面时，第一次相见，能体现自身最佳状态，又暗合对方的喜好，这太重要。一见钟情，不仅是心理学的问题，也是有物理学依据的，个人穿戴，起了非常重要的作用。有时就是一条领带，一双皮鞋，有如孔雀开屏，就可决定一个男人给女人印象的好坏。现在的相亲，同样是细节决定成败。

金大成被彻底镇住了，这些公司里的人，怎么随便一个，都能就任何一方面的问题说出至深的道理来，在每个环节，或每个点上，说得你不得不服？难怪女儿会说这家公司是她精心挑选的。

西丁娜说，金先生，请跟我来吧。

金大成如被一条隐形的绳子牵着似的，跟着走了。转了个过道，西丁娜把金大成带进一个挂着"造型1部"门牌的地方，里面就是个男性服装商场，靠墙的橱柜里挂满了衣服，中间部位几排衣架上也全挂着衣裤，一边鞋柜上放着一溜的鞋子。

西丁娜把金大成左看右看、前看后看地研究了一通，思索了一会儿说，OK，金先生，您到那边的卫生间先去把胡须剃干净，并把头发喷上摩丝梳理定型好，出来再换衣服吧。

金大成只能无条件地服从。从卫生间出来后，女子已经挑选一套衣裤摆放在衣台上了，一件深蓝色的衬衫，一条淡黄色的休闲裤，跟那天金大成去见杜品时穿着的搭配基本相似。

金大成服了，这里真的是专家级的水平。这两种色彩的搭配，原本也是自己最认可和喜欢的，感到最能体现自己气质特征的。

西丁娜说，金先生，您的脸比较方，适合穿丝瓜领的衬衫；身形很好，上身瘦点，适合穿深色的衣服，这样就不会显得单薄；您个子较高，配上紧身一点的休闲裤，能很好地展现您的长腿；深蓝衬衫色彩比较低调，但衣服款式比较新潮，再配上淡黄色休闲裤，一方面冲淡深蓝给人的偏暗感，使全身整个色彩亮起来，另一方面形成反差对比，容易留给人深刻印象。深色衣服年龄段的适合范围很广，浅色裤子能提升外在的精神状态。这么搭配，传统而不失时尚，稳重而不失潇洒。金先生的气质儒雅沉稳，应该穿上一双尖头皮鞋，增加和突出奔放的男人气息，因为这是相亲，与女士见面。为了体现对这次见面的重视，应该再加条领带，浅红色的领带。系领带显得正式庄重，暖色的领带容易产生视觉的膨胀感，加大吸引力和增强关注度。金先生可以去换换，出来后就知道了。

金大成从更衣室出来后，走到一面试衣镜前，照了照，镜中的自己真的焕然一新，那条领带和尖头皮鞋，确实起了不小的作用，金大成此生第一次如此满意自己的模样。

西丁娜围着金大成转了一圈，在金大成正面站着，伸手解开了金大成的领带说，金先生个高瘦，脖颈比较长，领带可以打大结，体现饱满感，长度留在肚脐下方一点的位置就可以了，这样可突出个高腿长，大领结可添加一点壮实感。

西丁娜重新帮金大成系好领带，又拿出一条镀金卡扣皮带说，这是一条小牛皮的皮带，皮质细腻柔软，镀金皮扣夸张闪亮，显出柔中带刚，刚中有柔。镀金带扣可在腰部形成重要点缀，提亮身体正面因深色衬衫造成的低沉感。

金大成系上皮带后，再次到试衣镜前看了看自己，果然有更好的微妙改变。

西丁娜这时递上一张东西，金先生，如果您满意了，按公司规定，您借穿这身行头，必须签约。试衣您是 VIP 可以免费，租用，公司有规定要收费的，上衣要 50，裤子要 50，皮鞋要 30，皮带要 70，领带就算公司优惠，不收钱。本来还有塑形费，就是帮助您设计和提升形象，要收 300 元，您是 VIP，可以免去。

这些要付费？金大成问道。

西丁娜说，我们提供的是市场服务，又不是政府的公益服务。您想想，穿后，要归还给公司，衣裤按规定就必须立即送去干洗，皮鞋要立即擦拭保养，领带要重熨，这些都要成本；衣裤、皮鞋被人租穿了，又不能卖掉，这不，要算损耗的；这衣裤、鞋子、皮带要有地方放，被人用后，处理不当，容易长霉什么的，存放还要有干湿的条件，这不都要场租和抽湿机、空调投入？给您提出造型指导，您要知道，这不只针对您个人情况来定型，您是来相亲的，难的是还要根据您要见的人的款式口味喜好、色彩喜好等关键因素来考虑的，这就需要利用我们公司掌握的对方信息了，这些信息是您事先无法知道的，对您可以算是公司的知识产权，我帮您设计造型，算创意吧，要人力资源付出。200 元的收费算很低的了，因为我们毕竟是中介服务，总要有成本吧。

金大成实在长见识了，早说嘛，也许金大成就不需要换装了，如今脱去，什么理由？又多麻烦？

金大成刚才所有的好觉，瞬间就不存在了，只好签了字。

西丁娜走到一个茶几边，边按呼叫铃边说，金先生，我这个环节现在结束了，下面您要去见人了。有人来带您。说完，递给金大成一个口香糖说，口气清新对见女士也很重要，您边走边嚼，到面前吐掉。

金大成问，这个不收费吧？

西丁娜微笑着说，这是公司免费提供的。

进来带路的，是前面的那个迎宾小姐。金大成没嚼那个口香糖，正好路过一个杂物桶，把那口香糖扔了进去。

跟着那个引导员，七走八转的，到了后面的一排厢房里。迎宾小姐说，这是公司提供的见面密室，里面进行了隔音处理，但要事先给您说明和告知，为了安全起见，公司在里面装有监控探头，主要是为了防止意外情况发生。第一次见面，都是先谈谈嘛，是不？提醒一下，使用密室是有时间规定的，您是VIP，可以用30分钟。如感觉不好，10分钟后您可以按铃，呼叫铃就在座位边，红色按钮，您进去就看得到。届时，我们的工作人员，就会进去，带您出来，帮助您摆脱尴尬。如果感觉不错，谈得比较好，超过30分钟，每超过10分钟要加收50元的密室占用费，超过第二个10分钟，要加倍收，100元，再超过10分钟，就要200元。因为密室只有6间，要使用的人很多，所以只能如此来保证别人不被耽搁，谈得好的客户，又可以继续使用。当然，最长时间不能超过1个小时。另外，面谈时我们只提供一杯水，您若要点果汁、果盘、咖啡、点心什么的，我们都能提供，但是要收费的。

不是"但是"，就是"当然"。金大成听得有些腻，总算知道，在这里，"但是"和"当然"这后面的东西才是最重要的，基本上是要收钱的。如读古文，之乎者也前后的词才是核心语意。

金大成无奈地说，好，明白。

迎宾小姐说，您在第三间，丙室。按公司要求，此时我们要给您建议，贵宾今天第一次谈话，最好是谈些简单有趣的话题，先以建立一个好印象为主，不宜直奔主题，也不宜自我为主。祝福贵宾马到功成！

这个建议倒是不错，可以省去很多的麻烦。

十三

金大成终于见到了大Ａ。

大Ａ穿着一件丹宁蓝大圆领松紧袖的针织衫，配着米白色的小面积流苏裙，一双银灰色镶钻高跟鞋，头发染成浅金黄，在脑后盘成了一个发髻。见金大成进来，大Ａ主动起身与金大成打了个招呼。

金大成有些紧张，毕竟是人生初次，进来时就忘了随手关门。可能也是潜意识的作用，金大成在学校办公室里，如果有女教师在，从来不习惯关门。现在与一个陌生的女人在一起，金大成感到十分拘束。

密室的屋顶和墙面全部漆成乳白色，人一进来，就容易安静下来，有低低的轻音乐背景声。房的中间摆放着一张圆形的玻璃茶几，茶几上放着一个细颈的白色花瓶，里面插着一枝含苞的玫瑰。在茶几两边，面对面放着两张宽大的浅黄色布沙发。

金大成坐下时，大Ａ走过去几步，把门掩上。回来时面对金大成，没有立即坐下，笑着指了指屋角上的一个小探头说，这里有探头，关门没关系的。

金大成脸上有些潮热，同时感到这个大Ａ比自己老到多了。

坐着的金大成，视角很好地看到了大Ａ站着的样子，大Ａ身材比杜品更纤细，细长腿，细身腰，有着模特般的骨感，针织衫绷紧着她的胸脯，乳房不大，却在突出中显得坚挺，屁股较翘，与腰身浑然一体。

金大成不相信，这是个已过40岁、有两个孩子的母亲，在她身上，一眼看去，无法找到任何一点肌肉松垮和骨骼变化的瑕疵。

大Ａ坐下来了，坐姿很袅娜，轻声地说，我们泡茶，如何？声音柔如白云，轻飘，又让人听了舒服。

金大成注意到茶几上，放着一套完整的白色茶具。

金大成忙说，泡茶最好。

大Ａ嘴角漾起了几波笑意说，聊天总要喝点什么，本来我是想点咖啡的。但据说您爱喝茶，泡茶高手。这几年，海龙屿这边，都开始时髦喝起大红袍。我想了想，就点了泡茶，正好可以向您学泡武夷岩茶呢。

爱喝茶，应该是女儿为他报名时透露的。金大成就说，那是我女儿替我瞎说的，我也才初学。

大Ａ这下笑容清晰起来，两颊边现出了两个淡淡的酒窝来，说道，喝茶是很高雅，并体现生活品质的，不然为什么连英国皇室、俄国女皇、日本皇室，几乎全世界文明的皇室都选择喝茶。您看，这泡极品百岁香如何？500块，是我想向您请教，所以，泡茶费用我出了。

大Ａ把一个精制的金属小圆罐递了过来，松紧袖被拉起一些，金大成看到了大Ａ奶白色的手臂，隐隐可见淡蓝色的血管。她的肤色是真白，杜品的白，还是带着一点南方人的黄色的白，而大Ａ是雪白，金大成真没见过肤色如此白的女人。

金大成进来时不太自在，不敢正眼看大Ａ。接过茶罐时，才顺理成章地借机看了一下大Ａ的脸。那是一张精致的小脸，鼻头小巧尖挺，眉毛细黑，睫毛卷翘，眼睛里转动的是微蓝色的眼珠。这应该是个混血女人，戴着翡翠耳钉，整个模样有点像国外的一个影视女星。

金大成看了看金属茶罐上贴注的商标，是天岩，他知道这款茶，是武夷山一个著名的制茶大师的小罐茶。

正不知道手脚要往哪里放好，金大成如找到了救星，忙把茶具移了过来说，这是泡好茶，我来泡吧。

当金大成把第一道茶水倒去洗杯，大Ａ眨巴了一下眼睛，不解地问，这第一道茶水，不能喝吗？

金大成解释说，武夷岩茶是手工茶，制作过程中还无法做到那么精制，第一道用滚水冲后，称洗茶，听名称你就明白什么意思。第一道茶也有人喝，不喝的更重要原因，是武夷岩茶是半发酵的，泡茶时要求要出水快，出水快，第一道茶水基本上就不能把茶的有机物、香气等冲出来，总要有个过程。因此，第二道茶水才是最好的。头杯酒，二道茶，就是这个意思。酒是头杯的最香，茶是第二道的最好。一泡好茶，从第二泡喝起，进口就能让人感觉好茶的妙处。

您这个说法，我第一次听到，好有意思。大A点点头，端起了金大成泡出的第二道茶，轻抿了一口说，是好喝，好香。大A说时，用眼看着金大成，眼里透出一股有点崇拜信服的光来，加上标准的普通话，声音很悦耳。

金大成避开了大A的目光。金大成感到那目光，不像一个40多岁女人的，这种目光表达太单纯了，如果是个涉世不深的女孩，那么可能是真实的。

金大成故意低头忙乎泡茶。

好喝茶者，碰到好茶，都喜欢边品边说茶。这泡百岁香，香气醇厚，回甘特别，汤色汤水汤气俱佳，一下把金大成调动起来。金大成并没有真正研究过武夷岩茶，但这些年喝茶所知道的一些武夷茶的知识，足够打发大A这类不懂武夷茶道的人。

金大成就边泡边说，大A很认真地听着，眼睛总盯着金大成，像是学生听课一样的认真和专注。金大成心里其实清楚，大A可不是学生，她那份表情，完全是为了吸引自己。金大成索性把自己当成老师，越开讲越起劲了。

一直到大A说，这茶水到后面越变越甜了。金大成才猛然想起，这泡茶已泡了八道以上了。只有武夷山的正岩茶，即武夷山岩茶生长核心区产的茶，用矿泉水冲泡，才会喝到后面几道时，越喝茶水越甘甜。

怎么时间过了？金大成没戴表，只能看了看手机，时间真的超过30分钟了。手机里面有一条杜品的微信，你走了吗？我这边开始了，有空我再联系你。

金大成一下心情恶劣起来，不想再待下去了，想立即就走。

大A很敏感，察觉到了金大成突然间神情细微的变化，有点莫名其妙，就先提出说，今天真长了见识，谢谢让我知道了这么多武夷岩茶的知识。我下面正好还有事。

金大成应道，班门弄斧而已，见笑了。说完，就先起身站了起来。

大A按了呼叫铃。外面进来了两位迎宾小姐，一位把大A带走了。来带金大成的，还是原来那一位。

迎宾小姐说，恭喜贵宾今天谈得不错！但超时10多分钟，等下要到收银台那边缴纳占用费50元，茶水费那位女贵宾交代了由她买单，您就不用支付了。

金大成想想，反正那大A不差钱，没说什么。

迎宾小姐把金大成领到了"造型1部"就离去了。西丁娜迎了上来说，金先生，今天看来谈得很开心。您的这身打扮，是归还给我们公司呢，还是买走呢？

什么，买走？又是金大成没想到的事。金大成问，买走怎么算钱？

您这身全套八千八。西丁娜说。

这么贵？金大成说。

怎么会贵？这些都是有牌子的衣服和皮鞋，衬衫要不要一千多，裤子要不要大几百，贵的是那双鞋，那是意大利的真皮手工鞋，外面一双卖好几万。那皮带是西班牙小牛皮的，皮扣是18K镀金，一条也要几千元呢。西丁娜说，实话告诉您，这些都是我们公司从特殊渠道直接进货的，我们主要是中介服务，不是直接的商品销售，可以合理避税，价格都是成本价，您上专卖店看看，您穿的这款 Cerruti 1881 的衬衫，在中山路的巴黎春天商场专卖店里，标价就是四到五千，我们这里便宜太多了。所以，很多客户都事后买走，一是感到真是合适自己，二是这是见面着装，也算是爱情开始的第一份见证，有人文含意，有留念和纪念价值；当然，最重要的还是性价比高。

西丁娜这时如一个市场售货员，在全力推销商品。

到底是自己落伍了，还是生活变化太快了？金大成心里更不是个滋味。

西丁娜接着说，我们公司曾来过一个土豪，年龄比较大，在这里找到了满意的对象，他买走的那套行头，十多万呢。因为他是大富豪，我帮他设计能体现他身份、家产、地位的穿着，全是世界顶级品牌，他识货，所以吭都没吭，就刷卡了。他那天是坐着帕加尼 Huayra Dinastia 来的，说是他儿子的，这款车只对中国专门生产三辆限量版，那车真帅，主题设计就是龙，卖给我们中国人嘛。十多万对他来说，不过是个轮子的内胎而已。您是老师，我帮您选的都是二线的品牌，我们设计形象还要考虑与所从事的职业和个人社会地位相对应。卖您八千八，这是货真价实。

简直好笑。这么大一个富豪，还要月老公司帮介绍对象？金大成就在这个时候，感到西丁娜的话过于夸夸其谈，不一定可信。这年头，不是有人声称宁愿在宝马车里哭，都不愿在电动车后笑。宝马车，对世界豪车来说，不过是个二线品牌，帕加尼在一线品牌里排名前五。开着帕加尼捷豹龙款车，想上车的女人排队可能都可以环岛呢！指出这点，也没多大意义。金大成是做语文老师的，听出西丁娜说这些话时，有那么一点暗贬自己钱还不够多的意思，似乎想刺激自己的自尊心。这也是兜售的一招激将法，金大成无所谓，也没心情去理。

金大成淡淡地说，太贵了，我买不起，也不需要。说完，进了更衣间，把自己的衣服穿上，走了出来。

西丁娜仍笑吟吟地走上来说，金先生，如果不想买全套，单品我们公司也卖的，您看，这衬衫和裤子这么适合您，现在的人，多是看人先看衣的，您以后要相亲见面什么的，重要场合总要几套合适的衣服吧，要不您把衬衫和裤子买去？我申请一下，您是VIP，再帮您打个折。

金大成不想再被烦了，就直说，我家衣柜里有两件深色的阿玛尼衬衫，先驰、夏尔凡的也有几件，都是我女儿从国外带给我的，只是我今天没穿来。来相亲，又不是来炫富。

家中是有女儿带来的阿玛尼衬衫，金大成记得，那次女儿带回来两件，说老爸，一件要 200 多美金呢。女儿还说，最贵的一款要 900 多美金，老爸，等您 60 岁时，我一定送您一件。

西丁娜愣了一下，似乎也有点醒悟，仍带着笑脸说，也是，先生办的是 VIP，能办这个档的客户，您今天穿的老款衣服，完全是有意的。我明白了，先生这次来就是想找个不要以貌取人的人。说完，西丁娜按了一下呼叫铃，那迎宾小姐进来说，请贵宾跟我来。

西丁娜面色有点不自在，但还是客气地对金大成说，谢谢光临！

金大成没理睬西丁娜，迎宾小姐把金大成又带回了"特服 1 部"。

李杰见了金大成，高兴地说，今天看来收效不错吧？

金大成摇头说，为什么你们都这么认为，我没什么特别感觉。

这一切表面上看，好像服务的组织化程度很高，但过程真的很烦人，金大成不愿再被这么折腾了，话语有些冷。

李杰有点猝不及防，深感意外，笑脸有些僵住了说，金先生不是谈得很好吗，还超时了？怎么，不满意吗？

金大成说，我是老糊涂了，忘记了戴表，没注意时间。

金先生，我本想恭喜您，对方的责任经理，刚才给我打来电话，说对方很想同您进一步接触下去。对方是我们公司条件最好、最有吸引力的女客户之一。她是今年报名的，很多男客户第一个都是选择她，对她都很有感觉和印象，但她从来没有一个满意。您可是她第一个表示想再接触下去的。李杰说。

金大成说，这么说，我应该特别荣幸了？不过，我真没感觉，这没违反你们公司规定吧？

李杰一时语塞了，好一会儿才说，金先生，我们公司从来没碰到过像您这么特殊的。您女儿只挑了这个人选，您目前没有后继人选。如果您不想同这位人选继续下去，按照约定，我们公司将会为您安排下个人选。但是，一时半会儿还找不到匹配的，您如不想同这个见面对象接触下去，那就要再等等了，等我们公司另行通知。

金大成不愿再多费口舌，我可以走了吗？

李杰十分诧异地点点头说，能走，迎宾小姐会带您去交下相关费用，您就可以离开。不过，金先生，我个人觉得，今天您见到的，应该是最合适您的人选。您再考虑考虑吧，您知道她的代号为什么叫大A吗？A是我们给淑女客户的最高定级，她是最高定级中最理想的，从年龄、外貌、修养、性格，特别是财富，这美貌和富有集于一身，让很多年轻男士都想选她呢，只是她咬死了对象年龄。

金大成说，你做这行的，不知道爱情吗？有时候别人认为最合适的，也许就是自己最没感觉的！

金大成自己都不明白，怎么能够说出这样一句话。

李杰还是很能应变的，脸上挂着惊讶，但嘴角却带着微笑说，也是。看来金先生还是比较坚持自己感觉的人。感觉这东西确实很复杂，我们会等待金先生的答复。您有六天时间的思考，一周之内，您可以打电话给我们，表明您的态度。如果我们没接到您的电话，就视为您自动同意了，会继续安排您与对方第二次见面的。金先生，您再考虑考虑吧。有缘千里来相会，如今在这世上，人是可以算最多的东西，但爱却是个稀缺资源，且是不可再生的。坚持自己寻找，那叫大海捞针。

金大成不等李杰按呼叫铃，说了声谢谢，就自己拉开门走出来了，那个迎宾小姐就等在外面过道上，见金大成出来，就在前引路，带着金大成去交了衣服租借费 200 元和密室占用费 50 元，最后把金大成送到了门口，又深鞠一躬说道，贵宾慢走。

金大成一出门，才注意到今天天气很好，碧空万里，海风轻拂。金大成深深地吸了口气，有点悲伤的感觉，如果妻子没有走，如果自己仍然生活在小城，今天这周六的生活，可能将是很简单的，陪着妻子回去看岳父岳母，一起吃一餐饭，然后回家。当然，如果没有遇上杜品，自己的心也不会这么浮躁和迷乱，周六的下午，泡着武夷岩茶，读书或备课，那可是金大成平静且惬意的"半亩方塘一鉴开"的时光！

又想到杜品，金大成心里涌上一股特别的滋味，这股滋味里既有浓浓的爱意，又有强烈的失落，爱与不满奇怪地交织在一起，让金大成有种说不出的茫然。这种茫然感也是久违的，在过去几十年的岁月中，金大成细想一下，虽然偶尔也感到生活和工作的单调、平常与乏味，但是总体的感受是平静、稳定和满足的。如今，那种在小城里生活的心安理得和知足常乐似乎彻底地不见了。是自己的欲望之门又被打开了？

金大成在中午，接到了女儿的来电，算了一下时差，女儿那边应该是深夜了，女儿肯定是记挂着他今天上午的相亲呢。

怎么跟女儿说？金大成心里好没底。

果然，女儿在电话里笑嘻嘻地问，老爸，今天上午去后有没有什么重大收获？那个大Ａ你感觉如何？

金大成想了想，自己今天上午好像有失风度地生气了，也有点对不起女儿，就含糊地说，才刚开始接触，就是泡了一泡茶，聊了聊泡茶，没有什么特别。说到这，金大成反问女儿，是不是你告诉人家，我爱喝武夷岩茶？

女儿开心地说，报名表上要求填写你的爱好，我想了半天，写你爱看书或爱写点文章，好像给人感觉太一般和过时了，会显得你好像太老了，所以我想起老妈曾给我聊过几次，说你开始爱喝茶，入迷得像古代高人呢。这武夷岩茶我在国外这几年听说过，现在名气挺大的。喝茶，挺能体现一个人的生活品位的，说出去也挺高雅时尚的，我就帮你贴金一下，填了上去。谈泡茶，还选对了。那李经理给我微信了，说那个大Ａ很认可你，说你谈吐不俗，像是个有品位的人。李经理说，大Ａ表示，见过的很多对象，一张嘴不是谈自己的豪宅，就是说开什么名车，要不就说股票，俗得让人难受；遇上有几个还是有文化的，又爱谈人生，谈社会，夸夸其谈又故作深沉。还有讨好她的，谈名牌、化妆品、时装、香水、女包。她好烦。就你居然谈茶，很新鲜，很有意思，会聊天。这个评价，可是有戏！老爸，我是为你无心插柳了呢！

金大成说，才第一次见面，哪里有你想的那样，我并没有太多感受！

女儿说，你谈茶，当然对人家没感觉呀，人家是听你谈，又不是你听人家谈。你都这年龄了，如果一下有感觉，你就不是我老爸了，我是你女儿，还不了解你？

金大成被女儿这么一说，倒是无言应对了。女儿真有这么了解自己吗？自从撞上了杜品，如今自己都不太明白自己了。

正想着，女儿又接着说，老爸，你现在开局良好，人家对你印象 OK，你就要继续下去。我知道这方面不是你擅长的，现在你要放下你的矜持，主动一点，积极一点。不要想着让人家倒过来追你。

金大成心里有点乱，不想与女儿就这问题深聊下去，就说，我去了才知道，你怎么交了那么多的报名费，如果不成，你不是浪费钱？

金大成在话中想同时先给女儿打打预防针。

女儿又有点撒娇地说，老爸，反对！你原来是心疼花钱呀？这都是与老妈生活久了，你被潜移默化了。我找的又不是什么公益单位，人家也不可能给你白白地提供服务。现在如果我还小，还在国内，你会让我去上私立学校吧，你怎么不怕多花钱？我就是怕你心疼钱，所以我全替你付了。只要你能找个满意的，花点钱，我愿意，算我报答你。李经理事先同我沟通过说这是收费项目，我觉得那些设计很有创意，对你在这方面这么不灵活的人来说，我看是很合适的，这也是我选这家公司的原因。因此呢，为了不要让我浪费钱，你要加油！

女儿在花费这点上，好像不是妻子生的似的。妻子在世时，每每接女儿电话，或是打女儿电话，总是无一例外要交代，要注意身体，要注意休息，要注意安全，不要乱花钱。一讲到这，女儿就会说，老妈，你能不能少为我操这份不该操的心，如果现在我还不知道注意身体、休息和安全，连花钱都不知道什么该花什么不该花，那我一个人怎么在外生活呀！不要总认为我还在你的怀里，还在幼儿园里好不好？妻子放下电话，总会给金大成抱怨，你看看，这孩子哪像我生的？金大成总会给妻子说，没人会希望树的高度不要超过自己的身高，你就别把她当种花管不就得了！妻子这时就会说，这都是你给她惯的！

人在前半生，让子女听话，是应尽之责；但在后半生，听子女之言，也许是应有之义。

金大成心里正在感慨，女儿那边话又传过来了，老爸，说点正经的，李经理那边说，你这次去见面，反应好像比较麻木。李经理说，那个大 A 明确表示，挺想与你继续接触下去的，说这是让他们也没想到的。他说，大 A 既是他们的优质客户，但也是他们最棘手头疼的客户，因为安排了多次见面，基本上人家对这个大 A 都是非常满意，但大 A 不是不满意人家这个，就是不满意人家那个，从来对见面对象没几分钟就"拍死"了。独独对你，印象特佳。反正李经理就差直接说这是开天辟地第一次，他们也非常希望，这个大 A 尽快找到满意对象，尽快促成，不再让他们伤透脑筋！

欢喜月老公司真这么说？金大成问，这家公司对女儿说的明显不符合事实。

是呀，那个李经理说，相比起来，你很被动。女儿说，老爸，你别那么夫子了，我告诉李经理，我爸做了一辈子老师，所以脸部肌肉已经出现习惯性的严肃。现在女人都喜欢你哄她开心，我相信你有足够的智慧，就是缺少必要的幽默。

金大成很想把情况如实地给女儿说一遍，但想想，这不是一两句话说得清楚的，现在女儿那边是深夜了，还是让女儿早些休息，以后有机会再说。金大成就说，这事一言难尽，一言难尽，你还是先休息吧，有机会再和你聊。

女儿说，是，我真的有点累了，这几天我一直在加班，明天公司要开会，听我关于进入中国市场的相关报告，公司现在非常急，如今我们的中国发展太快了，谁都知道现在中国人有钱了，我也盼望我们国内的女同胞能够进入钻石生活时代。老爸，不说了，你要努力，好好地找一个钻石级的女人！

钻石级的女人？挂了女儿的电话，金大成又发呆了，杜品算钻石级的女人吗？大A呢？

十四

杜品一如既往地没有再给金大成打来电话，金大成完全也是赌气，一连几天也不给杜品联系了，想看看杜品到底会不会想到他。可是，情况跟杜品那次去外地培训一模一样，杜品又杳无音信，如失联了一般。

去外地也罢了，但就在本岛内，仍然一个电话一个短信也没有。这天从学校下班回来的金大成，实在有些绝望了，就给杜品发了个短信，我是你每天的第 25 个小时！

这则短信带着明显的抱怨和无奈的不满，发完之后，金大成把手机放在视线范围，一直盯着屏幕，一方面气恼、焦虑和难过，另一方面又带着盼望和期待。可是，杜品依旧没有及时回复。一直到了夜里 10 点多，金大成已经不再抱任何希望了，杜品电话又打了过来，你怎么啦？第 25 个小时是什么意思？

金大成在电话里听到杜品的声音，心里其实有一份狂喜，但话语又不得不装着一股冷漠，意思很明白，人一天只有 24 小时，第 25 个小时存在吗？

杜品声音变得很焦虑，我确实在忙，你又不是不知道，就要去选商会了，门票还差几张没有落实。我每天已经不止 24 小时了，你完全存在，只是没有办法！

杜品这话，金大成还是爱听的，但还是冷冷地说，我存在于你的第 25 小时，那是个理念的时间，可能只存在于你的空间吧！

别说得那么深奥好不好，我都累死了，根本没有思维了，有话你直说！杜品在电话那头有点急了。

好几天，你都没一点声音，你不觉得太过分了？金大成直说了。

杜品在电话那头愣了一会儿，什么意思？我不是告诉过你，我在忙吗？

金大成彻底爆发了，声音十分激动地说，你忙到给我打个电话、回个短信、见面一下的时间都没有吗？你这才是什么意思？

杜品似乎被金大成激烈的语气惊呆了，许久才说，我累到现在才完，准备回去，就给你打电话了，电话里不要说了，这样，你现在就下楼，在琴岛华庭等我，我去你那。

杜品这么一说，金大成反倒怔住了，让杜品来自己的住所，这好不好？至少到目前为止，金大成从来就没想过，让杜品到琴岛华庭来，这可是女儿的房子。

喂，喂，你干吗不说话？杜品在电话里喊起来。

这——金大成完全是应激反应，你在哪里，还是我去接你吧！

杜品也沉默了一会儿，那你过来吧，我这下在出租车上，往宿舍走。

金大成说，那好！

金大成几乎是用最快的速度下楼，打上了一部车。坐进车里，金大成又矛盾起来了，这么过去吧，好像是自己求来的；这不过去吧，实在又想见杜品，金大成内心里不想错过这机会。

几乎是同时，两部出租车停在梧村驿站小区门口，金大成和杜品各自从车里出来。

见到了金大成，杜品就说，你这人就是死要面子，想见我就直说，就表达，能不能不用这种愤怒的方式？

金大成没有说话，见到杜品的一瞬间，不知道为什么，心就安定下来了，已经不想和杜品生气了。

杜品在前面走，金大成跟着在后面。杜品开门进屋后，把随身挎包往桌上一扔，脱去高跟鞋，边拿起电话边说，你现在先不要说话，我现在还是没时间，我要开微信会议，已经迟了，要被罚款了！

杜品也不管金大成在一旁，就戴上了蓝牙，对着电话说，尊敬的王董，尊敬的顾问，尊敬的各位老师，我是海龙屿市代杜品，下面我汇报一下今天的工作情况，团队一早就分别去陌拜了几位重点客户，上午 10 点，我们邀约了 3 个对象进行了铺垫和深挖；中午基本谈定了 1 个会去选商会；下午两点，我们继续巩固了两位参会客户；下午 4 点，我们对这次参加小组分享的 1 位客户进行了进一步提升，这位客户第一次参加分享，讲得较乱，都不在点上，不够感人和打动人，我们帮助她在分享点上深挖；晚上 7 点，我们谈单；9 点之后，我们核心几个进行了再梳理。现在是，选商会门票已落实了 13 张，都是新人；预计现场能刷单的会有 5 人。主要问题，还是布局，不懂布局，不善于布局，邀约面就不够，铺垫针对性就不强，目标对象都不够精准，构架谈得也不深入，谈单的技巧不足，这个都要我们认真改进。我的汇报完毕。

金大成根本就听不懂，在房里感到无聊，就走到厨房去烧水。水开之后，倒了一杯水，拿了出来，递给了杜品。杜品用左手接了过来，右手拿着手机，正用耳机听着电话，嘴里不停应着，是、好、对、老师等之类的话。

足足过了半个多小时，杜品才拿下耳机，把电话扔到一旁，喝了几口水，样子挺疲惫地说，这是开微信会议，其他团队的汇报，我今天为你就不听了。

金大成不解地问，什么微信会议？

杜品白了金大成一眼说，跟你说你又不懂。每个团队，神古公司都会指定一位老师，这位老师要带好几个团队，每天晚上10点以后，老师都要给我们开微信会议，就是用微信来开会，各团队要汇报一下当天的进度和情况，有什么问题，大家一起听，每个团队都要发言，都要听别人的汇报，别人也要听你的汇报，这样就知道相互的业绩，可以互相促进。每周二、周四、周六，是公司全体董事和高阶一起听，老师要进行点评。如果迟到了，或者缺席了，每次都要扣一百元钱的，还要被批评，迟到多了，会影响今后进位的。所以，拜托你不要乱生气，我不是在玩，我是在做正事，是做事业。

金大成还是不太明白，用微信开会，第一次听说，这怎么开？为什么是晚上开？

杜品放下了手中的水杯，开始解去外衣的扣子，白天要见客户，要铺垫，要谈单，事情多着呢，晚上要一起梳理，迟点才有点时间。我们建有好几个层面的微信群，公司有公司的微信群，老师有老师的微信群，我们团队有团队的微信群，每个层面，都建有各自层面的核心微信群，我们团队也有核心的微信群。刚才，开的是公司的核心微信群会议，是每个团队的领导人微信会议。我们去培训或选商会什么的，老师点评或布置任务，都是在晚上的会后会，大会上是不说这些的，也不能说。我好不容易才进入了老师的核心会议，要成了团队领导人，才可以参加公司的核心会议，那要求更严了，不许带手机，不许记录，只能记在脑子里，你必须认真听，所以，我以后没接你电话或回微信，你就不要总神经病一样生气。我们在各自建有的微信群里开会，也是很忙的，有些是要保密的，开后就删除了，这样安全呀，你要查微信，得到后台去查。后台谁会让你查！等下我还要立即把老师刚才说的一些东西，在我的团队的微信群里传达和分享，还要一点时间，你要再等下。

那你先忙。金大成听杜品说得云里雾里，也没办法。但有一点，金大成明白了，没想到，杜品所参与的这个叫神古的公司，其组织化程度如此之高，体系如此自上而下地健全，系统管理和运转如此高效严密，使用的手段也是非同小可，难怪杜品进入之后，就被如此快速洗脑，陷进去无法自拔。

杜品见金大成这么说，就又戴上了耳机，开始在自己组建的核心微信群里开会了。各位小伙伴，我爱你们。刚才公司高阶会议对我们的业绩做了点评，老师对我们的运转也做了点评，老师指出我们现在主要问题是新人太少，刷单量太小。接下来我们还要努力努力再努力，拼搏拼搏再拼搏，继续把一切的经历都当作修为，这样我们才能获得结果。要改变生活，我们首先得改变自己；要在神古求得结果，我们首先要在神古修为。现在离这次的选商大会就只剩几天了，我们该走访的要继续走访，该铺垫的要继续铺垫，这次选商会我们还差四张门票没有完成，我们大家一定要争取全部完成。从明天起，我们再把各自手上的资源认真梳理一遍，不要放弃任何一点希望。神古辉煌，我们成功！

金大成这次认真在一旁听着杜品说，慢慢地听出了一些眉目来，越听，金大成越来越感到不是味道，那些内在的一些东西，与宋水月陷入的传销，自己遇上的欢喜月老公司的运营方式，怎么有种异物同味之感。金大成内心急起来了，杜品一说完，金大成就插上话来，你做这个，我现在怎么明显感到真的有些不靠谱。

什么靠谱不靠谱？杜品脱去内衣，我现在就想洗个澡，然后睡觉。

杜品显然不想同金大成讨论这个问题，金大成却觉得还是要谈下去，我感到关键的东西像庞氏框架。金大成有意把庞氏骗局说成庞氏框架。

杜品进了卫生间，打开了淋浴喷头，你是说我们快速发展新人？这世上很多东西都是这种金字塔结构的。比如说，生物链，低级的生命都是在最下层，高级的人在生物链的最高端；世界有那么多大公司，下面有二级三级子公司，再下去还有分公司；银行有总部、分行、中心支行、支行、营业部、储蓄所、代办点，太多了，都是金字塔结构，上小下大，高级的享用低级的，这只是一种运作方式，一种分级管理形态，一个运转模式而已。

不，庞氏骗局不是指结构，而是说行为，是专指一种利用新投资人的钱，来向老投资者支付利息和短期回报，通过制造一种快速赚钱的表象，来获取更多的投资。金大成有次上课，忘记了是讲哪篇课文，给学生讲过庞氏骗局，现在搬出来用了。

杜品正往身上抹着沐浴液，这个问题，老师上课时说了区别，我上回也简单地告诉过你，第一，我们有企业产品，我们卖产品，刷卡是订产品包；第二，升级是与业务量紧密挂钩，拿的是管理奖金，相当于绩效奖，有能力者赚得多，典型的按劳取酬，能者上，能上能下；第三，我们通过产品、企业、客户形成的是一个组织实体，而不是运用虚拟项目或虚拟产品来推销；第四，我们的目标明确高尚，是以人的养生保健、提升人的生命活性与健康品质为目标。杜品说得振振有词，拿着淋浴喷头往身上冲洗着。

但是，这里面至少有移植传销和嫁接了庞氏做法的嫌疑，产品卖得那么贵，实际效果经不起推敲，你说的神古那个架构方式，就容易会把人引向虚拟结果。你目前急于发展新人，每次带新人参加选商会，核心还是靠加入新人来支付原来老人的回报。金大成站在卫生间外，没有与杜品面对面说话，胆气就大了点，迅速反驳。

那是你的认为。杜品裹着一条浴巾出来了，一脸不悦，神古产品的定位，就是养生保健的奢侈品，相当于现在那些名牌。那些名牌服装不是也卖得很贵，不就是为了追求显富和好看吗？要说有什么实际意义？那些名牌香水、包包、化妆品等，又有什么人用了讲实际功效呢？人养几万块的宠物，又为什么呢？男人抽着 100 块一包的烟，对身体不是还有害，又为什么呢？神古产品追求提高人的免疫功能，促进人的微循环，不讲有利，至少没害吧！你信则灵，不信也没要你强买呀！你说我的架构，现在什么市场行为哪个不是追求成本最小化、利益最大化？房价为什么那么贵？那土地资源还是算全民共有的，但是就在地上盖了个房子，一套动不动几百万上千万，钱被谁赚了？有几家地产公司不是私营的？杜品盯着金大成说，这些能算传销吗？

金大成答不上来了。

我只是想提醒你，我是为了你好！金大成只好这么说。

杜品神情缓和了下来，我欠了那么多钱，你让我靠一般的工作怎么还？你在深更半夜被人家踢过门吗？你女儿在上学时，被人家在学校门口贴过欠账还钱的条子吗？你父母被人家逼得不敢上街每天躲在家中吗？一个自视甚高甚美的年轻女人，被人家如见瘟神一般地避之唯恐不及，我全经历过了，想来历历在目。我现在不做这个，快速地把债还了，我还能做什么？让我用一生以六位数的密码去守住可怜的两位数的存款吗？现在谁会管你钱是怎么赚来的，你富有，你就是人上人；你没钱，谁瞧得起你？你如果欠别人的钱了，那么谁同情你？理解你？原谅你？更别说帮助你？你死了还有人骂，活该！还往你尸身上吐口水呢！谁会给你人生纠错的机会？我们培训的时候，老师说了一句话，我一直牢牢记住了，你不改变自己，你将无法改变生活和人生！

杜品还有这么可怕耻辱的经历？不过，想想也不奇怪。金大成看到杜品说这些时，眼睛里涌出了泪水，似雨点般滴落。

房间里是一阵沉默。

还是杜品先打破沉默。杜品脸上挂着惨笑说，今天，我想是个机会，我们干脆把话说开。你是个好人，是我这些年来遇上的一个很特别的男人。我不知道自己为什么对你有种信任感，什么都愿让你知道，在这个岛上，知道我这么多事情的只有你。不过，现在因为要做神古，我真的没时间陪你，给你所需要的陪伴。我当务之急，是要为我母亲、女儿、我自己还债，我想用三年的时间，好好地做神古，希望你包容。你不能理解，那能不能不要管我做什么？有什么责任我自己承担！

我不是想管，只是我们已经都这样了，你的事我不说出我的看法，我感到自己好像很不负责任！金大成说道。

我们是什么关系？你想过吗？杜品突然问。

金大成一下语塞了。对呀，与杜品是什么关系？

杜品眼里透出了深深的哀伤，你今天在电话里对我愤怒的态度，让我有些清醒过来。我原先真没有想过会遇上这么个你，也没想过再与谁保持什么关系！我是个红颜祸水，我也不想给别人找麻烦，也不想再给自己添耻辱。遇上了你，我突然又奇怪地有了需要，我一下奢望想要一个温暖宽大的怀抱来让我依靠和感受。所以，在最茫然的时候，你的出现让我又自私了一回。我当时想，反正都这样了，有总比没有好，你能接纳我，我就这么得过且过吧。我们互不约束，也不要有任何约定，走一步看一步吧，我想你的时候，你能爱我就好。现在，我有些明白，你同我不一样，你可能不适应这样的生活和这样的方式。你是个认真负责的人。我目前婚姻关系还没解除，我欠了一身的债，一切都没有着落，我什么都无法给你。我不是有意想伤害你，我不能不去做神古，只有神古，让我看到了可能还有翻身的希望，这是我人生中最后一根救命的稻草，我不能放弃，你再反对，我也不会放弃！

杜品说到后面，态度变得很坚持。这席话，让金大成也很明白。金大成的心，如被木棒一下一下结实地敲打着，痛彻无比。

金大成此时只有一个想法，就是走出这个房间。

金大成起身，走了出来，想好好地按杜品最爱说的词，梳理梳理。杜品可能没有想到金大成会走人，待在那里也没有拦住金大成的意思。

头脑空空如也，心也空空荡荡，金大成走出了梧村驿站的小区，觉得身体也轻轻飘飘。

行走在黑夜里的金大成，感觉自己像个无魂的幽灵。往哪里去？金大成又站住了。一会儿，手机响了，在寂静的夜空中，很是刺耳。金大成猜都不用猜，肯定是杜品。金大成想接，但又控制住了自己，手机顽强地响着，金大成最终还是掏出接了。

杜品说，你在哪里？能不能回来？杜品的声音有点可怜。

金大成说，我在小区外面等车。

杜品说，我们能不能都成熟一点？这么晚了，你也别走了，今晚我想和你在一起！

金大成没说什么，挂了电话。脚也真的向前迈不开，迈开了，心里就有着无法忍受的痛，金大成终于体会到了，什么叫彻骨之痛。

金大成往回走了，走到了杜品的房门前，杜品从里面蹿出来，紧紧抱住金大成。金大成只好推着杜品进了房间，腾不出手，用脚带上了门。

我们能不能先不管谁对谁错，至少你要离开我，能不能让我有个适应过程。我现在需要的是加强能量，你能不能不要一直降低我的能量？杜品的口气几近哀求。

外表强势的杜品，显出了虚弱无比的一面。金大成感到自己表面的高傲，也在与杜品的拥抱中被彻底消融了。

我没有离开你的意思，我是想出去透透气。金大成说。

这一夜，在杜品睡去之后，金大成却毫无睡意。金大成睁着眼睛想了很多，金大成想到了妻子，与妻子的生活虽然平淡，却有如小城的富屯溪，生活是静静地流淌，心灵安静而自得。遇上了杜品，虽然时不时充满激情，却如海龙屿之海，时常是狂风巨浪，内心在欲望和期待里挣扎纠缠。平静又悠然的闲暇与清淡，好像是自己这个年龄的所需，但又觉得有所不满；眼前的波动有波浪的狂放和壮观，好像又是内心的渴求，如风暴的释放，让自己精神充满奔泻的活性。自己是不是分裂了，变成了两个金大成，时常一前一后，有时正向有时反向而行！金大成有了深深的恐惧，哪个是真实的自己？或者两个都是真实的自己？在关闭了过去的金大成之门后，生活又打开了现在的金大成之窗？当然，还有一种可能，那就更加复杂了，过去的金大成之窗仍然洞开着，而现在的金大成之门也被推开了！

妻子如果在，女儿如果也在身边，那么生活将会是怎么样？金大成觉得不好想这问题，令他沮丧无比的是，现实的状况是，妻子不在了，女儿又离得很远，而杜品闯进了自己的生活，自己在并不年轻的情况下，遇到了可能是特别年轻时的问题，那就是在不需要也不想选择的时候，不得不面对生活的选择！

什么时候睡去的，金大成也不知道。反正又是杜品的手机闹铃把金大成唤醒。醒来的金大成见杜品戴上了耳机，就问，这么早又有电话吗？

杜品说，不是电话，我在听大师讲课，现在手机上有很多大师的课程，有的是免费，大多是付费，我过去只学艺术，现在不得不恶补。我原买了些书，但也没时间看，所以每天一早，要听这些课。

金大成很好奇，能放我一起听听吗？

杜品摇摇头，你还是别听，你不会爱听，等下你又不高兴了。

金大成说，可以告诉我你听什么吗？

杜品说，好，但你别笑我，我在听领导密训营的课程，没时间去报名参加，只好听这个。主要是讲创业和营销策略的，课程也卖得很贵，要几万块钱，我也读不起！

几万块钱的课程？金大成简直不敢相信。

这你又不懂，现在随便培训，都是好几万，我是刚好遇到了一个加盟商原先去上这课，人家偷偷地把这些东西转发给我的。现在这些课，都是请大师当导师的，当然贵，有时还请国外的大师来密训呢。你知道老萨大师吗？上次我们神古密训，就把他从国外请来，满满的能量，他说重要的是汲取能量，当然，他也承认知识是能量的一种，他说学知识是老样子，不懂汲取能量是样子老！一个大师还说，对营销来说，服务不在质量，服务在数量。这些东西不能告诉你，我反正听了挺有启发的，你听了肯定又会说这是胡扯！但你想想，我不听些这样的东西，我怎么去给我那些小伙伴讲课？怎么去分享会上讲课？杜品心情已经好转，对金大成做了个鬼脸，你不许生气哟！

已经不是生气的问题了，袭来的是一股深深的悲哀。在杜品思想和精神最空虚的时候，原来是这些东西填补进去了！这些东西煽动了杜品自信，假装伴随了杜品成长，以伪善的新颖和虚妄的智慧，让杜品成为一个飘浮的气球，空荡轻浮地膨胀，真的以为找到了创业的天空，真的以为在成功的蓝天下飞翔！金大成想到杜品说的，她的妈妈为她学琴每天都是馒头加开水。那些收取巨额报酬的培训，到底教给人什么？这些人的几堂课，就可以改变人的很多思想。自己也是个老师，教书育人，怎么就没办法让学生接受这么快？

你看，你又想知道我学什么做什么，告诉了你，你又不爽！不告诉你，你又焦急，以为我干什么！金大成的心理变化是写在脸上的，杜品一下就看到了，以后呀，你还是别问了。

不是的，我是在想，你们请这些所谓的大师，特别是国外的这些人来，怎么进来呢？金大成有点好奇。

你真是老了，还活在过去时。现在事先说好费用，人家办个因私或旅游什么的不就进来了？国内的老师，那大多都是声称在国外大牌的学校留学过的，在业界都是很有影响的，随便讲一课，你猜多少钱？至少5万到10万！都是现金支付。杜品做了一个夸张的表情，可惜，你也是老师，只是，不是这样的老师！

杜品的这几句话，让金大成受到了沉重的打击。

对了，我有个事，又要你帮忙！杜品边从挎包里拿出一支口红，边对镜子涂着。

什么？金大成还没从刚才的状态中反转出来。

杜品转头看了金大成一下，你没注意听我说话呀？我是说，我有个事要你帮我！

金大成说，别说帮字了，你说吧！

那好，我这些天一直想，现在我这块发展得很快很好，但是，就是没有一个像样的场地，产品没地方放，谈单不方便谈，试穿产品也没办法，分享会也开不好。我们商议了一下，觉得必须搞个神古工作室，这样也能提高别人对我们的信赖度。这几天，我一有点时间就到处找地方。我想租个场所，还要装修，你知道，我们几个都是手中没钱的。所以，我想再向你借10万，很快就能还你的，行吗？杜品说到这里，停了下来，眼睛盯着金大成。

从听到杜品讲"帮我"那一瞬，金大成就想到了杜品可能是要钱。果然，杜品说的是借钱。金大成听后，不知道怎么应答，见杜品眼睛盯着自己，金大成目光就不自然地转向别处。

杜品有点失望地收回了眼光，对着镜看了看，收拾起口红，接着说，这钱我很快就能还你。前几天，我接到了老家法院执行局的通知，说要对我在老家的住房进行公开拍卖，强制执行。我问了一下律师，律师告诉我，现在法律讲人文关怀，我已经没有其他任何住所了，还有一个年龄尚小的孩子，按照相关法律，法院会给我留下一定的安置费，作为我生活租住的过渡费用。按法院公布拍卖的标的，计算下来，我大约可拿到七八万的生活安置费。另外，我已经很久没上班了，单位一直在催我，我准备向单位办理辞职，这样可以把住房公积金取出来，就能立即凑成 10 万。本来，我想等这些钱拿到了，再去租场所。但时间不等人，如果你能先借我，我就能立即去租下地方。当然，如果你不方便，那我就只能等。

金大成已经退无可退了，说没有钱，说不出口；说好，杜品是拿去做神古工作室，又从心底里抵触。

金大成有点不情愿地说，你什么时候要？

杜品说，当然是越快越好！最好你今天就能转给我。不过，我的银行卡全部被法院冻结了，钱只能进不能出。你打到我用我母亲身份证办的一张银行卡，卡号我等下发给你。这次，你一定要收下我写给你的借条，连同上次的 9 万，我一共欠你 19 万，我一定还给你！

金大成说，我不会收你的借条。

杜品说，你收不收，我都要还你，这两笔钱讲好的都是向你借的。我虽然和你在一起，我知道你可能不适应这种关系里讲钱，但是，我说借的，就是借的，我也不要你给我，我一定要还你！我相信，我很快就能创业翻身，你不要对我没信心！

金大成深深地叹了口气，这不是信心不信心的问题，我只是觉得你这么投入地做那个什么神古，没有意义！

打住！杜品进屋转了一下出来，拎起包说，我不与你争这个问题，我不得不现实一点。现在我们走，你要去学校了，我要去见一个客户。今天，我要见三个客户，还要给我那几个小伙伴开个会，过两天就要去选商会了，我真的没时间了。

金大成和杜品出了门，杜品伸手过来拉住了金大成的手，温情地说，如果你爱我，就支持我；如果你想我，就直接告诉我，我会尽量调整时间见你。其他的一切，我们都先不说，不要再吵架，那很耗我的能量。

十五

在去参加选商会的前一天晚上，杜品主动给金大成打来了电话，让金大成晚上 11 点去她那边。虽然时间有点晚了，但金大成还是很高兴。在去的路上，金大成想，今晚要不把去见大 A 的事，同杜品解释一下。

见面之时，杜品的情绪很好。杜品告诉金大成，这次选商会的门票全部搞定，同时已选中一个叫水中央的地方，那地方本来就是一家做能量舱体验的，里面的装修基本可以用，只要稍微增添一点东西，她这次选商会回来之后，神古工作室就能顺利开张。

杜品很热情地拥抱着金大成说，要谢谢你，谢谢你又帮我，借了我 10 万元。

金大成不解地问，现在开个工作室这么简单？

杜品说，我又不是开公司，我这是个人的沙龙嘛，反正先开张再说吧。

金大成还想问，杜品用手捂住了金大成的嘴，不要再说这些，等下你又生气。这段时间为了神古，我确实没时间顾你。

金大成也就不说了。

杜品转到了另一个话题，我想了一下，以后我肯定会越来越忙，可能只有晚上回来才有时间陪你。你看，我去你家里，你上次已经拒绝了，我也理解，要不以后你晚上就来我这里住吧？这样，我们就可以天天见面，你也就不会总觉得我没时间陪你，总生气。

这不成了同居？金大成根本就没想到杜品会这么直接，一下愣住了。

杜品有些不悦地说，怎么，你害怕啦？还是不爱我？

不是的，金大成想辩解，也真有点害怕，但一下不知道怎么说。

我知道你接受不了，我只是建议，我想了很久，要见面，要在一起，这是最好的办法。杜品说。

可是，我……还是……感到，这合适吗？金大成说得结结巴巴。

你是有障碍吧，我还是个没离婚的女人，是不是？杜品说，另外，你也还没有完全接受我，你也没有想清楚，要不要跟我在一起！

不，我就是觉得好像还不妥！金大成被逼得只好说出内心真实的感受。

什么妥不妥的，你真的想太多了。我是没说要嫁给你，在没还清欠债之前，我什么都不去想！杜品流露出一些难过，不过，这段时间，我对你有了依赖，有时回到家里很晚了，我就会在路上开始想你，有时还真想让车直接开到你的琴岛华庭。回到这房间里，空荡荡，我会更加想你。我知道我现在不配谈情说爱，但是，却又遇上你，我也挺纠结的。

金大成又沉默了。

杜品搂住了金大成，算了，你自己看吧，你认为什么方式合适，都随你吧！我知道你很爱我，对待一份爱也很认真，我也知道，我们这份爱也很奇葩，你我都没想好就陷了进来。今晚，我们什么都不想，好好地爱，我把这段时间欠你的，都补给你！

金大成抗拒不了杜品的炽热，紧紧地把杜品抱住。

杜品的电话响了，杜品伸手拿过电话，接听了几句，就推开了金大成，什么，明天不去了，你晚上会议上不是说，已经铺垫得很足，没问题了吗？

是的，但是刚才她电话里说，她筹不到那么多加盟费，她的父母不肯借她，说那是传销，她说服不了她的父母。杜品的话筒离金大成很近，又是在夜里，金大成很清晰地听到了话筒里传出的声音。

那你再跟她说说，可以先向其他亲戚或朋友借。杜品说。

说了，她说实在不好意思向人家开口，再说，现在人家不一定肯借。对方说。

你们还是铺垫不够，现在面子值几毛钱？杜品从床上坐了起来，实在不行，你让她明天还是先去吧，不要浪费了这张门票，她不是办了几张银行的信用卡吗，就教她交替刷卡，先刷卡再说！

后面对方说什么，金大成听不到了。金大成只听到杜品一直交代，反正你想办法明天要把她带去，让她先去吧，到了现场，她就会有触动，等到踢单，还有几天，我们在路上在现场也还有时间再加强铺垫，一定要想办法找出她的点来突破！

放下电话，杜品叹了口气说，又要浪费一张门票。

金大成说，人家不去，你就别勉强了！

杜品说，你不懂，门票浪费了，钱是由我补上的。上次浪费了两张，都是我垫上门票钱的。要不，如果她实在不去，你明天跟我去吧，凑个数，陪陪我？

金大成几乎是出自本能地推辞，不，明天我还要上课。

杜品说，明天就是周五了，你请一天的假，门票钱我也不要你出，你也可以不去听老师上课，正好了解了解我去选商会是干什么，看看我有多忙。

金大成说，真的去不了，我是明早一早的课，语文课都是安排在上午的，这个时候不好请假调课。

杜品说，那算了。说完就躺下了。房间里太静了，金大成就说，要不这张门票的钱由我替你出了，你也不要烦心了！

杜品说，不只是门票钱的事，门票算不了什么。

金大成说，让人借钱去，总是不好的。人家带着心理压力去，也是不好的。这么做万一出了什么事……

杜品没反应，金大成转眼一看，杜品已经睡去了。

第二天早上，金大成醒来时，发现时间有点来不及了，杜品仍在熟睡之中。金大成没惊动杜品，就轻手轻脚地急急离去。到了小区门口，金大成左看右看地等着的士。此时是上班的高峰期，好不容易见到几辆的士，都是已经载客了的。金大成不知道怎么用手机叫车，心里焦急无比，再等不到的士，赶到学校上课就要迟到了。金大成此时后悔没有让女儿教会自己手机叫车，只好挂通杜品的电话，我在小区门口等不到的士，你帮我用手机叫个车，不然我要迟到了。

杜品在电话里含混地说了声好，过了一会儿，才打电话过来说，车马上就到了。然后又说，你什么时候走的，走时也不叫醒我？真很抱歉，我太缺觉了。

金大成只好应了句，没关系。

金大成最后是闷闷地离去，坐在车上，金大成突然想到，昨晚还是没找到机会与杜品解释解释与大 A 见面的事。想到这里，金大成心里又有点堵，有着说不出的惆怅。

杜品去参加选商会走的时候，给金大成打来了一个电话，那是中午，金大成正好手边上没什么事，一个人在教研室。

杜品说，我等会儿就走了，去车站了。

金大成说，要不我这下打车过去，然后去送你。

杜品说，不用了，你要打车过来，送完我还打车回去，也挺麻烦。我这边才刚开完会，等下跟小伙伴们一起叫外卖吃下，就和她们直接去车站了。

金大成说，那好。

杜品似乎听出了金大成话里有点失落，就说，要不我回来时你来接我吧，这次我会比她们迟一天回来，老师通知说，选商会结束了，各地总代还要留下来密训一天。到时看吧，我回来时会提前告诉你。

金大成接完电话坐在那里又发呆了，不知不觉地想到了昨晚杜品提出今后要不晚上住到她那去的事。从内心讲，杜品这么个提法，是挺有诱惑性的。这么多年，金大成一个人独睡，都已经非常习惯了，但是遇上杜品之后，就那么区区几个夜晚，算来屈指可数，金大成觉得自己多年的习惯被彻底打破，这几个晚上所留下的温馨和迷恋，就那么快速地占据了自己现在的生活。当然，杜品这么说会不会是一种暗示？也表达一种不满呢？杜品那天曾提出晚上到琴岛华庭来，但自己拒绝了，没有说任何理由，杜品后面也没再追问。是不想追问，还是心里明白呢？不管怎么说，金大成很感激杜品在这个问题上的回避，不对自己做任何的勉强，金大成想，这份爱中，是成熟的表现，还是一种不在乎呢？想了许久，金大成也理不出个头绪来，只是有点似乎可以肯定，杜品并不是个心机深藏的人。一个念头这个时候冒了出来，要不去买辆车？这样去杜品那里来去都方便，以后晚上去杜品那里，赶到学校上课也方便。

傍晚，金大成回到家中时，欢喜月老公司的电话打了过来，一个工作人员如读稿似的说，尊敬的各位客户，明天上午，公司将安排各位客户与见面对象第二次见面。地点：银城区海边影视拍摄基地。有如下要求：一要携带身份证，参观影视基地不收取门票，但需凭身份证领取门票；二是上午 10 点正，在琴岛轮渡码头集合，由公司租车统一乘车前往，男士一部，女士一部，务请准时，每人需交纳来回车费 120 元，谢绝驾车自行前往；三是午餐公司专门安排了三种真情餐，真情表白海鲜套餐 560 元，真情涌动两人餐 360 元，真情所系自助餐 168 元，请确认用餐的标准后，用手机短信发送至各自责任经理，以便安排；四是参观活动全程跟踪拍摄，如有需要刻制光盘真情留念，需缴摄制费 100 元，请确认后用手机短信发送至责任经理；五是下午 4 点准时乘车返回，统一在轮渡码头下车。

欢喜月老公司的工作人员读完通知，就把电话挂了。与此同时，金大成手机也收到了通知的文字短信。金大成才想起，上周日李杰在他离开月老公司时，曾说过，如果在一周内，没有接到金大成表示不同意第二次见面的电话，公司就视为默认同意，安排第二次见面。这几天，金大成心思都没在这方面，就把这事给忘记了，也没有心情想到。

金大成立即给李杰打通了电话，李经理，我是金大成，我这周被学校派到省上参加教改研讨工作，明天赶不回来，无法参加明天的活动。说完，金大成心里有点难过，自己又撒谎了，但不这么说，怎么办呢？

李杰显然反应很快，是金先生呀，你今天反馈意见已经逾时了。这种情况，我们也曾遇到过。要不这样，您这特殊情况，我向公司反映一下，并与您的见面对象沟通一下。因为您有不可抗力的原因，无法参加第二次的见面，一般情况，可以有两个选择：一是在我们与您的见面对象协商后，经她同意，我们另找时间予以安排；第二是经与您的见面对象协商后，如她同意，您也同意，您也可以直接参加下周六公司安排的第三次见面活动。如果你们双方都同意这样做，那么也视为第二次的见面，我们公司已完成了安排。您看呢？

下周还有第三次见面？金大成问。

是的，下周第三次见面，公司安排的是浪漫之旅。李杰说，将去蛋岛游览。蛋岛有我们公司专门租用的一个海边基地，上午到后自由参观活动，双方见面比较宽松，看海，沙滩漫步等，这是为了消除彼此的陌生感；午餐是简单的野餐，就在沙滩上进行，饭后，可以下海游泳，或租用快艇出海游览等，主要是增加进一步了解；下午4点半，将举办岛上植树助情活动，俩人共同种树，提高相互的认同感，也算留下纪念；到傍晚，我们会组织一场浪漫的风情晚会，通过主持人举办一些趣味游戏，加强双方互动配合，这很有意思的，很多人都是在这个时候做深情表白的。

金大成不听还好，一听李杰这么说，就想，这里面的每个环节，肯定又要收这费那费的，还不知道多少名堂。就直接问，出海，午餐，植树，晚会，这些都需要收费吧？

李杰打了个哈哈说，那是的，这些都需要成本，这些成本我们公司承担不起的。您想想，即便是自由恋爱，见面呀，上街呀，去海边呀，吃饭呀，这都是同样需要花钱的，如果送对方礼物什么的，费用不是还更大？您去看场电影，一张票也要几十块。我们公司这样安排，其实都是为服务对象着想。

这个月老公司，说到底，就是通过这种办法，一步一个环节，巧妙运用一些特殊设计，从中不断收费赢利。婚介也许是真的，但是通过婚介来赚钱绝对是可以肯定的。有些规定只是为了一步步套牢你，赚钱是隐藏在所谓贴心服务之下的。再继续下去，还要花多少钱，不得而知。也许正是自己没有什么想法和期待，才有这种感觉吧。

去说这些也没什么意义了。金大成有点冷淡地说，李经理，要不这样，你问问那位大A女士吧，第二次见面，我肯定是去不了。

金大成希望，自己的这个做法，能够刺激大 A，让大 A 产生厌烦，自行放弃。如此，女儿那一万八的报名费就打水漂了，打水漂是可惜了一点，但后面自己至少可以不用再花冤枉钱，让人摆布。

李杰回话道，可以的，金先生，我们联系一下您的见面对象后，再答复您吧。不过，我必须告知您，按公司规定，您逾期反馈情况，又因您个人原因无法参加公司的相关活动安排，公司都视为履行了全部流程。

我知道。金大成不想再听电话了。总算应付过去了，金大成如释重负。

金大成待在家中，无事可做，就决定泡茶。

正准备去烧水，手机又响了起来，金大成拿起电话一看，居然是宋水月的父亲打来电话。

宋水月的父亲在电话里说，金老师，又打扰您。宋水月有重要事情想咨询一下，希望金老师帮建议一下。

金大成想，宋水月又出什么事了吗？急急说，你让宋水月接电话，我听听看。

宋水月在电话里一副哭腔，金老师，我想到海龙屿应聘一份工作，但是我父母很不放心，一定要我先问您一下才行。

金大成说，这个，老师怎么参谋呢？是份什么工作？

宋水月说，我这几天在网上看到了一个招聘启事，是一家叫神古的工作室，招聘助理，每月5000元加抽成，主要做具体的事务，也没讲得很清楚，我打电话过去询问过，是个叫杜总的接的，说是工作就是做一些文案、电脑录入、会务安排、日常杂务，等等，就住在工作室内，可以免房租。

神古工作室？金大成惊得手机差点从手中掉落，这不是杜品要开的吗？怎么行动这么快，就开始发布招人启事了？天下还有这么巧的事，宋水月报名应聘了！

是的，我在网上搜了一下，神古公司，主要生产内衣系列产品，网上是有些不同的议论。但是，我看人家公司专卖店都开到国外去了，还有很著名的明星代言，我比较相信。可我父亲不同意，说叫工作室，这公司不像公司，实体店不像实体店的，是生产，还是销售，或是代理，让人摸不着头脑。我说现在是网络时代，很多东西跟传统的不一样，不是一个概念，人家有正式注册，有营业牌照，怎么不能去？再说，我只是去做工作人员，又没做其他的。我父亲坚持要问问您，说您正好在那边，听听您的意见再说。

金大成真的无比为难了，只好说道，你不在家多待待吗？既然你父母不同意，你就听一回父母的也不错呀，父母总是爱孩子的，他们担心，你就让他们别担心，过一阵子，如果有更好的工作也说不定。

金老师，我回来铁城后，无法待下去。这里很难找工作，考公务员或事业单位，您知道我不会读书，怎么考？靠父母养着，我还有什么希望？我真待不下去。宋水月在电话里几乎是哀求，海龙屿是特区，机会多。就是因为是工作室，可能很多人有不同疑虑，才没什么人报名，才会轮到我，人家才要我去面试。再说，如果不行，我还可以辞职，另找其他工作，总比待在这小城里什么事都不做好！

宋水月的话有道理。只是，宋水月和她父母，把这么一个大的事情，拿出来问他金大成，金大成也无法预测和判断结果，这个责任怎么敢承担！

金大成很为难地说，宋水月，老师真的无法帮你这个忙。老师只懂得教书，现在社会发展这么快，太复杂，老师跟你的父母一样，很多东西也不清楚，有时也很茫然，许多东西现在边界很模糊，真的不知道该怎么说。还是跟你父母好好商量一下吧，尽可能说服他们，让他们放心你去走自己的路。你自己在外面工作和生活时，要学会自己分析和判断。

宋水月那边手机估计是调成了免提状态的，她父母在一旁也听到了金大成的这番话。金大成接着听到了宋水月的父亲说，金老师，月月这几天，都同我和她妈吵着，今天连饭也不吃，我和她妈实在也没办法，才想到您。谢谢您。

金大成说，现在像我们这把年纪做父母的，都是操不完的心。但是，孩子大了，就跟流水一样，流到了哪里，我们真的挡不住，我们只能做岸边的树木，看着她们流走。

金大成万分感慨。

宋水月的父亲在那边也十分感叹地说，金老师，我和月月妈，现在只要是想到孩子的事，就根本弄不明白。您说的也许是对的！

放下电话，金大成想到宋水月说，上网查过神古公司，就用手机百度了一下神古，里面还挺多内容。金大成认真地看了一遍，又没心思待在房里了，也不想泡茶了，就关门走了下来，走到了街上。但是，此时走在街上，金大成再也没有办法找回曾经散步的感觉了，要不要阻止宋水月到神古工作室应聘？今天自己对宋水月父母的回答有没有有负他们的信任？杜品现在在干吗？到了吗？又在铺垫带去的客户？女儿呢？女儿如果从李杰那里知道自己明天不去参加第二次见面，会不会生气？自己是不是太对不起女儿了？

一个问题接着一个问题，金大成觉得这么多年，没想到自己会突然活得如此意乱神迷，进退失据。如果此时自己还生活在那个小山城呢？如果没有遇到杜品呢？人也许不是躲得过，而是没遇上，遇上了，你就躲不了呢？

金大成不想散步了，又转回了家。金大成回家就这里找找，那里翻翻，终于在衣柜里面翻到了一个小盒子，盒子里面放着金大成的各类证书，包括大学毕业证书、高级教师职称证书、论文获奖证书等，金大成把毕业证书打开来，一眼就看到了自己年轻时的照片。金大成把证书又合上了，30多年的岁月，就如这打开和合上的一个瞬间。

金大成把毕业证书放在了一边，很快就找到了自己在铁城时办好的驾照。

金大成的驾照，也是因为陪女儿去练车时，女儿要他办的。女儿读大三那年，暑期没事，就说想去学开车，去办本驾照。当时妻子还有点不解，你工作都不知道在哪里，在铁城拿驾照干吗？女儿说，老妈，大城市拿驾照很麻烦，费用也高得多。在国内，哪里拿驾照都可以用，往后拿驾照的人会越来越多，还不如现在就铁城拿，学习时间短，费用也不高，又方便。我的一些同学，人家大一大二就拿了。等我毕业真的找到工作，更没时间，说不准要花更多钱呢！妻子想想可能觉得有道理，就说，你一个人去学车，我不放心，你爸刚好学校也放假了，要不你爸陪你一起去！女儿刚开始还不高兴，老妈，你是从小陪我去上辅导班习惯了，现在我这么大了去学开车，你也要老爸陪我呀！妻子很坚持，必须你爸陪你去，我才同意。女儿就笑着问金大成，老爸，这是老妈的附带条件，你就陪我去吧！金大成问，要多久？女儿说，你管多久干吗？你先说陪不陪？告诉你，让你陪我可是给你个机会，不然以后我去工作了，你想陪我的机会都没有！金大成说，那好吧。

　　那天去报名，女儿一出家门就问，老爸，你身上有没有藏点私房钱？

　　金大成莫名其妙，怎么，你妈没给你钱吗？

　　女儿说，我妈只给了我一个人的钱，我想你既然陪我去了，那还不如一起报名，你也拿个驾照！

　　金大成说，我这年龄了，拿驾照有什么意义？

　　女儿说，老爸，你拿了驾照怎没意义？至少，你可以买辆车，节假日什么的，可以开车带着老妈周边走走看看。等老妈退休了，你还可以开车带她去旅游！你们就讲点生活品质好不好？

金大成还是有点犹豫，可是，我的钱都交你妈了，我从来没藏过私房钱，我要用钱，就问你妈要，她也就给我了。

女儿咯咯地笑，你说要报名拿驾照，我现在没把握说服我老妈同意。这样，小女子先拿点平常积攒下来的钱，贴补你一下，等你拿了驾照，你要配合我从老妈那里要来，还给我哟！这可以吧？

金大成这时才有点明白，原来你那天就谋划好了！

女儿笑得更开心，我哪有什么谋划，是老妈自己上套的，她让你陪我去学车，一下提醒我，应该让你也有个驾照！

女儿实在机灵，金大成就这么跟女儿学会了开车，通过了车考，拿到了驾照。

通过车考的那天，女儿借一家人在一起吃饭时就说，老妈，今天告诉你个好消息，不仅是我通过了车考，我的笨老爸居然也通过了车考！

妻子开头还没在意，通过就通过了，你通过了，你爸陪你一起练车，他不通过脸放哪里呀！

女儿说，你知道不，老爸的成绩比我高，不仅是笔试，而且路考成绩也高我很多。那教练说，老爸车开得稳，心理素质好。

妻子还没反应过来，这有什么奇怪，他当老师的嘛。

女儿说，所以，鉴于我爸成绩这么好，我一并给他办了驾照，你说对吗？

妻子这时才有点反应，什么，你给你爸也办了驾照？

女儿说，对呀！这样以后，你看看什么时候让老爸买个车，节假日什么的，老爸就可以开车陪着你，到处走走看看，幸福的日子就这么来临了！

妻子说，我做医生的，还什么节假日。年轻时都没去走，到这年龄了哪里会想多走！

女儿说，这个嘛，是你和老爸之间的事，我不参与。但是，老妈，老爸这次办驾照的什么，钱可是我从个人千辛万苦积攒下来的私房钱先支付的，这个你总不能让我贴吧？

妻子突然笑起来，你这鬼丫头，绕了半天就是想要我出这个钱！好好，多少钱？

女儿说，5000元，老妈，这数目对我来说太大了，我目前没工作，贴不起，但是不收利息总行了吧？

妻子又笑了，你怎么有这么多钱？看来平常在学校，你还很省着花钱！

女儿说，那当然，有其母必有其女，你怎么总觉得我会花钱呀？我的这方面的主要基因可是你的！

妻子有点满意，好好，等下我就把钱给你，再奖励你500块！

女儿嘴一撇，这个奖励机制的核心动力严重不足，才这么点！

妻子说，现在开始会嫌钱少呀！好好，你自己这么懂操持了，我再加 500。

女儿说，这好像还比较符合现阶段经济发展水平！

那天，妻子真的很安慰和高兴，一脸的喜悦，吃完饭，就从房里拿出 6000 元，给了女儿，还加了句，你现在越来越向着你爸了！

女儿装出一脸的惊讶，我有吗？

打开驾照，金大成才发现，细心的女儿不知道何时，但肯定是在自己来海龙屿之前，已经把驾照给办理了验证，现在这本驾照，有效年限是 20 年。难怪那次女儿提起让自己买部车，这么细心的女儿，金大成拿着驾照心里又充满了感动。

金大成决定明天就去买部车。这个决定让金大成有事做了，金大成用手机上网，一个晚上都在手机上选择车型和查看车价，一直到选中一款车型，并查到了这款车型在海龙屿的 4S 店的具体地点和购车的相关流程后，才上床休息。

十六

金大成第二天一早，就带上了自己的身份证和工资卡出门去购车了，因为是直接付全款买现车，购车十分顺利，很快就提车开了出来。好些年没碰车，也没任何驾驶经验，金大成刚开着时，还是十分紧张和笨手笨脚的。慢慢开了一会儿，金大成才感觉出有些好，适当地加了点车速。就在这时，手机响起，金大成一看，是学校校长打来的。金大成不敢开车接电话，只好任手机响着。一直开到一个可以临时停车的街边，金大成才停下车子，拿起电话，急急回了过去。

校长问，金老师，您在哪里？

金大成想了想说，在家附近，刚才手机没听到，很对不起，有事吗？

校长说，哦，没关系。然后压低声音说，是林董急着找您！

林董找我？金大成很吃惊。林董是金大成所在的这所民营学校的董事长，女儿就是找这位林董把金大成从铁城一中要来的。金大成来面试时，见过林董一面，来到学校之后，就再没见过林董了。

校长说，金老师，您能告诉我您地址吗？林董说派他的车去接您过来，要我把您的地址告诉他的司机，并让您过半个小时后，下楼在小区门口等。

在这所民营学校里，平常老师都是难得见到董事长的，今天董事长还要派车来接，金大成有点不安，校长，有没有弄错？林董是找我吗？

校长声音更低沉了，没错，是林董直接打电话给我的，直接交代我马上联系上您的。

金大成又问，那会是什么事？

校长回答说，我也不敢问，真不知道。接着又有点神秘地说，金老师，林董派他车去接您，肯定是有要紧事，而且应该不是坏事，你放心，我在这个学校10年了，也是第一次遇到林董派自己的车去接学校老师的。我还问他，要不派学校里的车吧，林董说，不用，就用他的车。

金大成只能把自己的住址告诉校长，校长似乎很认真地用笔记了下来，最后还特地交代说，金老师，您抓紧一下，半个小时后，林董的车就会过去接了，他的车是一辆奔驰500，原装德国进口，很好认的。

接完电话，金大成看了下时间，急忙发动了车。好在是星期六上午，街上还不拥堵，金大成把车开到琴岛华庭，下车时才发现，自己出了一身汗。

金大成上楼快快擦洗了一下，换了一身衣服，就下了楼，到小区门口，看到门口已经停着一辆黑色的奔驰500，是董事长的车。

金大成走上前，司机摇下了车窗问，是金老师？

金大成说，我是。

司机说，请上车。

车上没其他人。金大成上车坐好后，司机就把车开动了。

金大成忍不住问，这好像不是去学校的路？

司机说，董事长交代送您去集团总部。

金大成听说林董的产业做得挺大，除了办学做教育外，还开了好几个公司，总部设在保税区那边。

金大成是第一次来到林董的集团总部，大楼很气派，外形看似一个圆柱形建筑，进入里面却是方形结构，每层过道朝内而建，用墨绿色的玻璃层层封闭，楼顶是敞开的天窗，从大堂抬头往上看，如一个非常规的竖井，像一个穿越时空的隧道，令人目眩，极富特色。

司机把金大成带到了 37 层贵宾接待室门口，告诉金大成说林董已经在里面等了，就自行离去。

金大成万分困惑地推门进入，看到林董坐在一张宽大的沙发上，正给两个人泡着茶。

林董见金大成进来，就起身迎接，那两人也从沙发上站起来。

林董给金大成介绍说，金老师，这位是市政府的刘副市长，这位是市招商局的宋局长，今天他们想见见您。

刘副市长主动上前握住金大成的手说，大成老师，快请坐。

金大成一辈子也没见过副市长这个级别的大官，很惶惑地坐下了，身体都不敢舒展开，只把屁股挨在沙发边上。

刘副市长在金大成一边坐下说，大成老师，这么冒昧请你来，真对不起。我们开门见山地说，主要是想找你聊聊，因为我们了解到，你女儿金小可目前在具体负责金伯利珠宝公司中国市场的进入和开发工作，我们市里跟踪这项工作已经有一阵子了，这段时间也频繁前去洽谈协商，基础工作都做差不多了，但是，据我们招商部门前段得到的消息，现在国内另外一个重要的海滨城市，也想把金伯利公司引入过去，也提供了很有吸引力的条件。我们了解到，那个市里负责这块工作的政府领导，是金小姐在哈佛大学读博时的校友，目前正在积极联系，想通过你女儿把项目争取过去，情况有些复杂，对我们来说是个突然遇到的意外因素，所以我们希望金老师如有可能，帮助一起做做工作，毕竟，这里是家乡！月是故乡圆嘛！

金大成听了刘副市长的这番话，才有些明白为什么自己今天会被如此隆重对待，原来是因为女儿。金大成一方面升起做父亲的骄傲，但另一方面觉得这事好像还挺大的，自己对这些从来一无所知，如果轻易答应下来，会不会给女儿添麻烦？因此，金大成又十分紧张了，就说，这么个事，你领导都亲自出面来找我了，我百姓一个，能做的我当然听领导的，可是，小可在那边又不是当官的，说白了也是给人家公司打工的，她能做什么主？这些东西，我真不太懂！

一旁的宋局长立即插话了，金老师，你可能真不了解情况，也太小看你们家的小可了。金小姐目前是金伯利集团亚太区的高管，我们几次去商谈，金小姐都在场参与。后来，我们才了解到，金伯利公司高薪把金小姐聘去任高阶人员之后，专门成立了由她负责的亚太区中国市场开发部，主要的任务就是尽快进入中国市场。在这方面，金小姐已经以出色的表现，对公司高层的决策，很有影响力了。金小姐真的非常优秀，深得集团董事局的认可和信任，我同金小姐有过几次接触，不得不对她的专业水准和谈判水平十分敬佩。只是，我们原先一直不知道，我们海龙屿可以算是金小姐的家乡，直到这次林董因相关业务与我们一同前往，金小姐那天出面接待林董，我们才通过林董这边了解到，金老师你是她的父亲。

说起女儿的优秀，那简直太对金大成的口味了，金大成立即相信和彻底心安了，想想女儿曾经也透露过要来海龙屿办分公司的事，金大成这时才放松下来。金大成在内心的自豪感驱动下问道，那要我怎么做？

这么一问，刘副市长显然一下兴趣来了，就接过话来说，大成老师，金伯利集团的这个落地项目，我们市里是已经列入今年重要的引进项目目录里了，给你透露一下，过不了多久，有一个十分重要的国际会议，要在我们海龙屿举办，市里原本是计划就在那个重要节点上，与他们签署正式协议的。但是，那个城市的突然介入，让我们不得不有些担心。你知道我们海龙屿在中央的领导下，是改革开放的先行之地，经济发展到现阶段，正朝着更高的目标迈进，对入岛项目的门槛设立都比较高，要求把关也比较严，我们与金伯利集团谈的不是一般的项目引进，而是提出了全面深度的合作，想形成一个新产业链条，包括你所在的学校，市里支持创办珠宝加工与鉴定专业，等等，主要也是有针对性地做各项前期准备。按说，这个项目我们已经做成成熟项目了。我们的不足在于是个新兴的半岛城市，发展非常快速，但目前城市体量还是偏小，这次想与我们竞争这个项目的那个城市，人口早就超千万，而我们现在的城市人口还不到 500 万，如果金伯利集团仅从消费的内需旺盛角度来看，那我们海龙屿就可能失去优势了。前一段，我与宋局长又去了一趟金伯利集团，也有感觉，他们董事局内部可能有不同的意见了。好在我们了解到了，你女儿是这个项目的核心人物之一，所以，也不是要你去做具体什么说服工作，只是如有可能，希望大成老师有机会与你女儿通通电话，多向她介绍介绍海龙屿这边的情况，让她更加全面了解我们海龙屿的改革开放，了解我们进一步全面开放的相关政策和优惠条件，对与我们的合作共赢更加有信心。这方面具体的资料，宋局长负责与你对接，给你提供，为你做好必要的服务。

宋局长在一旁又插话说，金老师，我们也了解到了，金小姐并不是在海龙屿长大的，对海龙屿的了解还是缺少直接感受。

我试试吧！能尽力，我会尽力的。金大成答应了。人家领导为了海龙屿的发展，都费心到如此了，金大成觉得，自己能做点什么，也应该！

见金大成答应，刘副市长站了起来，紧紧握住金大成的手说，大成老师，那就辛苦你了！我也代表海龙屿，感谢你！

金大成感到这个市长的手好有力，而且传递出了一份真诚、信任和热情，忙说，做这点事，真不辛苦，还是你们领导操劳！

宋局长走过来给金大成递上一张名片，金老师，这上面有我手机和办公室电话的号码，如你需要，可以任何时候打我电话。

金大成接了过来，也把自己的手机号码报给了宋局长。

金大成走时，刘副市长和宋局长还专门把金大成送上车。车开动后，金大成在路上想，如今，做领导也真不容易！

金大成回到家中，正想着如何给女儿打电话，说说刘副市长交代的事，没想到女儿电话打过来了。女儿有些不高兴了，老爸，欢喜月老公司联系我了，说你今天第二次见面会居然没去，为什么？

金大成心发慌了，有些不自然地说，我上午有重要事情。

什么重要事情？女儿语气里充满了不相信，李经理说你是去参加教改培训？是真的吗？

金大成觉得若在电话里给女儿讲，一时半会儿也讲不清楚，就说，我那是随便说的。因为，我总不能告诉他说，市里的刘副市长找我吧，要见我？

刘副市长？女儿有点吃惊地说，就是那个中等个子、斯斯文文的刘明山市长？

对，对！金大成立即接上话，他和招商局的一个姓宋的局长。

宋晓义局长！女儿语气里感到很意外，并且含有警觉了，他们找你干吗？

女儿顺口就说出了两个领导的名字，看来女儿真的跟他们很熟。金大成说，他们先都称赞你很优秀，我也没想到，你这么出息了。然后他们说，你目前正负责一个到海龙屿的项目，告诉我这个项目对市里十分重要，让我同你通电话的时候，帮助说说，不要被另一个城市拿走了！

金大成只能按自己的理解来表述。

女儿在电话那边一下不吭声了，过一会儿才说，我知道了，一定是林董告诉了他们，你在海龙屿，你是我的父亲。

对，今天林董也在场，他们是在林董办公室里见的我！金大成真有点服了女儿。

女儿说，他们怎么会去找你？老爸，你怎么答复他们的？

金大成说，我说我不太懂，我说你在外面也是给人打工的。他们也没要我做什么，就说多给你说说海龙屿，大概意思就是你不是在海龙屿长大的，对海龙屿情况可能了解不多。我看他是市长，百忙之中还专门来找我，请求我，真很不容易，也有些感动，就说尽量吧！

女儿说，老爸，这事你就到此为止了，别再管，我不喜欢这样！

女儿的话，让金大成糊涂了。金大成说，小可，他们也真不是私心，完全是为了海龙屿发展得更好，我能感受到。

女儿说，老爸，这在国际上做生意，就是做生意，是不允许掺和个人感情的。我与海龙屿谈，是因为中国现在是一个世界性的大市场，改革开放政策好，国内生活水平正在快速提升，个人消费水平正在迅速提高，许多大公司都把中国作为目标市场，都以在中国占有市场份额作为一个发展良机，最重要的是都是想通过开放合作，来获得利益。我现在是代表集团与中国谈，必须完全考虑集团的利益，必须完全站在集团的立场，如果公司知道我私下与国内对象有联系，按规则这是不合适的，也就不会信任我了。

这么严重？金大成一下慌了，女儿讲的确实有道理，那我该怎么办？

就是到此为止，不要再介入这个事情。女儿说，我接触过国内很多地方领导，我很理解他们。但是，乡情可以接受，从规则上来说，我这边公司是绝不允许，这边不是人情社会，也不会按熟人经济办事。

他们只要求我多向你介绍一下这边的情况，让你更多了解这边的发展，我觉得这没什么，就应承下来了，没想到是这样的。金大成听女儿那么一说，心里充满了懊悔，语气中表现出一种深深的自责和难过。

女儿可能感到话说重了，急忙又安慰金大成说，老爸，也没你想的那么严重。我只是告诉你，现在地球就是个村庄，每个大公司做生意，都是会在充分了解和考虑各方因素，最后认真权衡之后，才会做出决策的。没人会盲目地来决定什么，从对海龙屿的了解来说，情况我比你了解的多得多，你这些年又不太关注这些，让我给你介绍差不多。好了，老爸，别顾虑重重了，我明白那些领导的苦心。看你是我老爸，养育我这么多年，我再报答你一下，告诉你，选择海龙屿，主要是海龙屿有我们看中的特殊优势，国家正要求海龙屿向贸易自由港推进，海龙屿通过几十年的特区建设，各方面发展得好，如今营商环境也越来越好，而且已经成为一个精品城市，所以，选择海龙屿，公司是有考虑的。另外，海龙屿这次提出的不以单个项目落地为目的，而是全面深化合作，努力开创成一个新产业业态，这个思路与我们的设想极为接轨，也与公司的发展目标十分接龙，你还是让我与他们谈，这些现在你可能根本不懂了。

女儿侃侃而谈，金大成听得真不是太懂，但女儿说话间所表现出的格局和视角，金大成感觉到了，女儿不需要他再去教育了。

金大成说，我知道了，看来我是老了，跟不上时代了！

女儿哈哈大笑起来，老爸，你是没想到也有今天吧！你不要感觉自己老，我也没说你老了，每个时代都有自己的主力军和承担者。你把我养大了，如今，你要做的事，不是再继续担心我了，而是怎么让我放下心来干事情！因此，你接下去就是去把自己的生活给安排好，我顾不上你，我还有很多事要做。因此呢，你继续听我的，要听我的命令，第三次见面你必须要去，得抓住机遇，表现好点！

金大成内心里感到很对不起女儿，今天自己又对女儿撒了一次谎，想到这里，金大成脸有些热了。

女儿接着说，老爸，还有什么事没有？没有我电话挂了！

金大成还想和女儿多说点，就说，对了，我今天还去买了辆车！你下次回来，我就可以开车去接你了，你也可以开车去办事！

女儿问，你买了辆什么车？多少钱的？

金大成说，我买了辆 15 万的车！

女儿又笑起来，老爸，你那 15 万的车，让我怎么开得出去！你还是自己用吧，接我可以，但让我开去办事，还真不行！

这……金大成又噎住了。

女儿说，好了，你能下决心买辆车，不容易了，说明你没老，开始对生活有追求了，我还是要表扬你，就这样！

这个周六的下午，金大成心绪很乱，金大成一直想着个问题，自己今后真的不要成为女儿的一个负担。

杜品在回来的那天，给金大成打来个电话，我晚上8点23分的车，是到南站，离我那里还挺远的，我是一个人，你要不要来接我，我们一起回去？

金大成说，好，我去接你。

金大成开着车去接杜品时，心里隐隐有些激动，心想杜品下车后坐上了他买的新车，不知道会有怎样的反应。会不会给杜品带来个小小的惊喜？

果然，接到了杜品之后，杜品一上车，就问，这是你借来的还是买来的？

金大成说，我刚买的。

杜品就从后座伸了过来，抱住金大成，太好了，以后我业务要用，你要借我。

金大成其实很享受杜品的搂抱，但又有点不好意思，你赶快松开，我的技术不行。

杜品这才放开了金大成，坐回到座位上去。

金大成说，你会开车？有驾照？

杜品说，我过去开的可是比你这车好得多，要是在过去，我还不开你这车呢！那时觉得钱来得容易，我买的是一部跑车。才说到这里，杜品的电话就响了。

杜品接了电话，听了许久才说，这就是你布局没有搞好，这个人头谁推的，谁当然就是居间人，成交后的居间费，就应该归居间人。你怎么又把她算到小美的下线去呢？小美那边是差了一个包，你把这个包放过去，你就要事先给小美说清楚，这是为了让她组成一个 32 万的大包，直接的居间费，谁推的仍然应该归谁。小美虽然后面是跟了，但是，给她组成了 32 万的大包，她因这 32 万的包，就上了一个级别，总的奖励不是抬高了很多吗？如果只是一个 8 万的包，级别没上，按 8 万的包奖励，那小美才能拿几个点呢？这样，事情不就明白了，小美也是有很大收益的。你们今后在安排架构的时候，一定要把这些考虑进去，要说清楚，桥归桥，路归路，就不会引起争执了。

对方又说了什么，金大成听不到。金大成只听到杜品一直嗯着，然后说，那这样，我刚下车，要把东西放一下，你们在哪里，我等会儿过去，正好，这次密训的一些东西，老师要求要尽快传达下去，核心层的还有谁不在，你顺带通知下，我们 10 点钟碰头开会。

挂了电话后，杜品若带歉意地说，对不起，我等下又要去开会。你先送我回去，在外面等我，我把行李放一下，你再送我一下。我们只能晚上迟点见！

金大成的情绪一下受到打击。杜品接着说，下个月公司有新举措，已经包下了 LC 号游轮，这游轮你总知道吧，是目前最豪华的，可以容纳 5000 人，凡是从今天起打入一个 32 万包的新人，就可以获得乘游轮去国外旅游 5 天的机会，公司要我们全力冲刺，给了我们这边 5 个名额，我要去安排。

金大成无奈地说，我能说不吗？

杜品说，你别这样有情绪嘛，我既然做了，就必须从这里面拿到结果，我的那些小伙伴，她们也想拿到结果。你总不希望我没结果吧？

金大成又无语了。

金大成把车开到了梧村驿小区，杜品匆匆拿着行李独自进去。等了一会儿，杜品就出来了，杜品说，要不这样，你的车我来开，我把你送到琴岛华庭，然后开你的车走，等晚上结束了，我开到琴岛华庭，我打电话给你，你下来，我们一起去我那里。

金大成实在不好意思说不行，只好从驾驶座上出来，坐到后座去。杜品进了驾驶座，看了一下，发动了车。

杜品的车技确实不错，一会儿就把金大成送到了琴岛华庭门口。金大成下了车，杜品说，你可以先休息，我过来会打电话给你！一溜烟把车开走了。

金大成站在小区门口，呆呆地想，这车是买对了，还是买错了？

十七

金大成过了几天之后，接到了杜品发来的一份制作精美的邀请视频，说是晚上8点，在翔海路116号的水中央小区D座13楼1303室，举办神古沙龙分享会。杜品特地发来了个短信，希望能来，这是我这段时间的心血，也是你支持的结果。来了你就知道，我到底为什么那么忙。

金大成近来对神古心理上无比抗拒，就不假思索地回了个短信说，有事，去不了。杜品电话立即打了过来，说，你怎么啦？我千辛万苦才开起来的工作室，你连来看下都不来吗？我想你来，主要是想让你了解了解神古，知道我在做什么。另外，今晚算是我工作室正式开业，我们每个人都要邀约 10 个以上的人来，你等于来帮我凑个数吧。你不用担心什么，我们这次是广邀，请来的人都欢迎他们带新朋友来，这也有利我们开新线。所以，你不想让人知道你，进门时，有人问你，你随便说个名字，说是朋友介绍的，留个假的手机号码，没什么关系的。

　　金大成情绪很低落，我真的不想去。

　　杜品语气很不高兴了，我没空同你细说，你晚上有什么事，我还不知道！这里又没认识你的人，你过来就给我捧场一下，又会怎样？开完分享会，今晚我可能会有点时间，我们可以见面。就这样，你自己看吧！

　　说完，杜品就把电话给挂了。

　　金大成是这个时候才想起来，杜品工作室开张起来了，那宋水月最后到底有没有去应聘？那次通完电话后，宋水月父母和宋水月就再也没来过电话，现在情况如何？宋水月有没有来海龙屿？如果来了，宋水月有没有聘上，是不是已经在杜品的神古工作室上班呢？

　　想到这些，金大成心思就全开闸了。这一开闸，金大成想拉闸都不成，决定晚上还是去一下。

　　金大成看了下时间，就急急下楼开车前往了。

翔海路这带，金大成还比较陌生，好在有导航，金大成很快就找到了水中央小区。这是个新开发的小区，金大成看到了几幢高耸的写字楼，前面是很大的广场，后面5层以下是连体展开的低楼层建筑，里面有各类大型商场、家电城、家具城、超市、时装商店、百货商店、儿童乐园、影剧城，等等，灯火通明，挺热闹的。

D座要从3号门进去。金大成向保安问清楚后，不想太早上去，就在3号门广场前闲逛了一阵。等时间差不多了，估计上面已经开始了，金大成才进了3号门，来到D座，按了电梯，上了13楼。

1303室比较靠里，要经过一个过道。金大成走到时，门外摆着两排花篮，已没进出的人了。门口设有一个来宾登记台，台内坐着一个女生。映入眼帘的是门边上嵌着一面电视幕墙，正播着神古的各种活动场景和在各地开的门店。杜品的声音从室内传出来，那有点沙哑的声音，金大成一听，心里又生出点柔软来。

想到万一会碰见宋水月怎么办，金大成就在门外踟蹰着，要不要进去？

服务台后的女生，看到金大成，就起身迎了过来，很礼貌地问，先生是来参加神古分享会的吗？

金大成灵光一闪，就反问道，你们这里有没有个叫宋水月的？

女生想了想说，宋水月？我也刚来几天，真不清楚。要不你登记一下，进去看看？正好今天我们举办沙龙会，欢迎有心人都来分享神古，你可以顺带进去听听，了解一下我们神古产品，没关系的。

进去还要登记吗？金大成问。

要登记，要出示身份证。女生说。

那我没带身份证。金大成说。

你出示邀请函也可以的，有邀请函吗？女生说。

正说着，后面传来了电梯停靠声响。紧接着，金大成听到了高跟鞋的落地声，清脆，缓慢略带点迟疑。一个有点耳熟的女声问，请问，神古工作室在哪里？

金大成转头时惊呆，来人是大A。大A也吃了一惊，认出了金大成。

女生在一旁注意到了，就问，你们是一起的，都是来参加我们神古分享会的？两人一张邀请函也可以的，请进吧！

金大成急忙忙说，我是找人的，宋水月不在，那再说吧！说完，逃跑似的往电梯奔去。

电梯到了一楼，金大成出了电梯门，心才有些落下。不过，另外一部电梯也跟了下来，门一开，大A出现了，嘴里柔柔地道，武夷岩茶，你干吗见了我就跑呢？

金大成落下的心又提了起来，只好站住。

大A今天穿着一件白色的低领裳，露出半个雪白的胸脯，一条黑色高腰的宽腿裤，袅袅地走到了金大成面前说，见了我，招呼都不打？我很可怕吗？

金大成用眼角扫了一下周边，没人，才定下神说，我是怕你不认得我，会有误会，等下要解释半天。

大Ａ莞尔一笑说，你反应很快的，还能一下就找到一个这么给我面子的理由。行，现在你不用解释了吧，我记得你牢着呢，你就同我说几句吧。

金大成叹口气说，你好！

大Ａ不满地说，难得这么巧见上，你怎么就叹气，就只说你好？我是不是你见了就想叹气的人？

金大成更加不自在了，没这意思，我是感叹这太奇怪了，我们怎么会这么偶然地碰上！

大Ａ笑着说，有缘喽。许多男人，见到漂亮的女人，做梦都巴不得有这么个偶遇的机会。你这么偶然碰上我，却躲都来不及，让我开始有点怀疑我的自信了，我很难看吗？还是很让你讨厌？

金大成辩解道，不是这意思。猛然想起欢喜月老公司的协议，就说，那天同你见面，好像签了份协议，按那个协议的意思，我们目前是不能私下见面的。

大Ａ笑得满脸开花，用手轻按着小腹，有点喘不过气的样子说，你这人真太可爱了，有点老顽童。我又不是卖房产的，你又不是购房人，欢喜月老公司也不是房产中介，还不准买方和卖方私下见面？你怎么会是这么个有意思的人！即便按公司规定，那里面约定的只是在密室见面的时候，不能私下互留联系方式。我们今天是在公共场所偶遇，连话都不能讲吗？他们还管得了那么多？他们又不是警察，警察也不能管我们私下见面呀！你能不能说点别的理由，让我开心点，不要这么打击我，会让我笑死的！

金大成这个这个的，半天说不出话来。

大Ａ不笑了，正色地说，好了，不逗你了。我请你去个地方坐坐如何，至少你不算违反协议，有违反也是我的事了。

金大成木木地问，去哪里？你不是要去上面参加分享会吗？

大Ａ白了金大成一眼，不屑地说，你也是被人忽悠来的吧？今晚是我过去在一起的一个小姐妹，硬要拉我来，说凑个数也行。我正好今晚没事，就想来听听，坐坐就走，算是给她捧个场。这种东西，她还不知道，我太了解这种运作模式，什么财富计划，什么资本运作，什么快速致富分红，全是概念对概念，用新词来换装而已。不过，都是为了赚钱。钱这东西，你不能没有，有了你又想更多，刹不住的，我已经看透了。倒是你，真像武夷岩茶，小小的一片叶子，却神秘兮兮的，有那么多名堂，我还没搞懂！挺想搞懂的！跟我走！大Ａ先迈动脚步，金大成只能跟着走。

大Ａ边走边说，对了，刚才听你说，你来找个人？在这场里找什么人？想来套客户资源？这是老套路。

金大成说，我过去有个学生想应聘这里一份工作，从老家打电话来问我，我不清楚，也不知道她最后来了没有，就想过来看看。

大Ａ说，难得难得，你这个老师看来做得挺成功，过去的学生都这么信任你。说到这也不由叹口气，我就没有遇到这样的老师。想想又说，喂，那我会不会耽搁你的事？

金大成说，我刚在外面看过名单了。

大Ａ说，我告诉你吧，这种事，你也不用看，直接告诉她，不好做，也不要做，还是让她去应聘别的吧！

金大成问，为什么这么说？你对这些很了解？

大Ａ又笑了，笑得比较意味深长，这衣服再怎样变成时装，也不可能做成了裤子。就是这个道理。如今很多事情都不好说，也说不清。这神古嘛，我了解不多，那天那个小姐妹给我打电话，我就很吃惊，她原先还是个挺清高的人，在欢喜月老公司上班时，开始还看不起我，不太理我，后来就离开了。没想到，现在为了做这事，她昨天晚上联系我，给我说了足足一个多小时，不是我不想听了，想睡觉了，她还会说下去，我想打断她都难。我心里清楚着，都是利用暴富梦想，再用一些所谓亲身亲历的励志故事，再都说是高科技产品，都搞团体带动效益，都是利用个人社会关系，都以文化包装把商品崇高化，所有能植入的内容、手段、方法都嵌进一个架构里，形成一个密实的运转体系，你真的不好说什么！不过，外形千变万化，但怎么修炼，都还是只《聊斋》里的狐狸。

《聊斋》？大Ａ随便一说，却点醒了金大成，现在自己是不是有点像《聊斋》里的一介书生？面对万象迷离，不知何去何从？

你既然看得透，为什么今天还会来？金大成又问。

大Ａ脸上又露出了暧昧的笑意，你真是既老成又童心的人。

这么世故的东西，你怎么还问我？我好几个姐妹结婚请我参加，我心里其实根本不看好她们的婚姻，心知肚明有的很快就会散，但是仍然会去献上祝福呀，祝福总是美丽的吧，后面的事老天才知道！由老天处理吧！一个道理，你说我能不来吗？

金大成觉得这女人的话太犀利并且太精辟了，细细体味这话时，同时又想，这个女人看不出来，这么有经历！

我请你去喝茶！你给我讲茶！现在我只想听你讲茶！大A说着，就带着金大成来到了广场的停车场，大A上了一辆红色的宝马X5。

金大成说，我有车！奇怪的是，金大成看到自己的车，就正好停在大A的X5旁边，两车并排着。

大A也奇怪了，笑着说，看来你今天不跟着我走都不行，你看，我们车都并排停着呢！金大成说，可能刚好我们来的时间点差不多，这边正好空着车位。

大A说，你跟着我。说完，开着车，不一会儿就把金大成带到一个叫仙凡界的茶楼。

停好车后，进了茶楼，大A要了一间叫白鸡冠的包厢，一坐进去，大A就说，这个白鸡冠，据说也是武夷岩茶的一个茶名。

金大成说，武夷岩茶有人说有十大名枞，一般都认为只有大红袍、铁罗汉、白鸡冠、水金龟四大名枞，白鸡冠是四大名枞之一。

一位小姐端着放着几泡茶的盘子进来问，两位喝什么茶？

大A对金大成说，今天是我约你来的，你说喝什么茶？

金大成看了看那些茶说，喝一泡慧苑水仙，再一泡天心肉桂吧。

小姐把金大成说的两泡茶放在茶桌上说，这慧苑水仙是老枞的，一泡380元；这天心肉桂是特级的，一泡360元。

大Ａ说，知道了，我们自己泡。妹子，你走吧！

小姐出去了，金大成坐在了泡茶位，你出钱，那我出力，就开始煮水消毒茶具。

大Ａ坐到金大成对面问，这老枞是什么意思？

金大成说，老枞原来是指上了百年的水仙茶树，现在百年以上的少了，有60年茶龄的水仙茶树也算老枞。武夷岩茶有"滑不过水仙，香不过肉桂"之说。水仙的茶水进口嫩滑，尤其是茶水到了咽喉部位，有很妙的丝滑之感；肉桂香气霸道，是武夷岩茶中茶香最霸气的茶。这两种茶很有代表性，武夷岩茶上千个品种的茶，茶水与茶香都止于这两者之间。有人说，武夷岩茶岩骨花香，这岩骨有人说就是指水仙的枞味，花香就是指肉桂的香气，里面学问太深，我也只知一二。很少有女人对茶这么有兴趣，你怎么这么想了解？

大Ａ从身边的包里，掏出了一包细支的薄荷香烟，抽出一支问，你不介意吧？

金大成说，我不介意。

大Ａ点燃香烟吸了一口说，我回老家已经不可能了，北上广我也没本事待。在外面漂了很久，我越来越喜欢海龙屿，想这辈子就在这里生活下去，所以，我在这里开了个花店，现在花店生意也一般，我手上还有些钱，有点想在这里开个茶楼。因此，想了解茶呀！

原来是这样。金大成开始泡茶，大 A 喝了一口茶说，好喝，这老枞水仙真的跟别的茶不一样，有股奇怪的味道。

那就是枞味。武夷山云雾缭绕，空气湿度大，百年茶树，树干上容易长出一些苔藓，茶爱吸味，就把苔藓味吸了进去。老枞水仙就是通过特殊制作，保留下这股新鲜的自然味道。这种天然的乡野气息，深受现代都市人的喜欢。金大成说。

对，你这么说，我感觉出来了，还真是苔藓味。大 A 说道。

大 A 喝茶的姿势很优美，坐在金大成的对面，低领时不时地让雪白的胸脯闪烁出来。

金大成很不自在，眼光一直回避着。

大 A 感到了金大成目光的躲闪，就问道，其实今天我请你，主要更想知道，你为什么不想和我第二次见面？

金大成给大 A 续了一杯茶说，我不喜欢那些所谓的服务，全是为了赚钱。

大 A 眼睛直直地看着金大成说，公司方面的事我们不说。我是问你，你是不是故意说去外地出差了？

金大成不直接回答，含蓄地说道，这取消第二次见面，在婚介过程中，不是很正常吗？

大 A 举着小茶杯在手中转了转说，你正常我觉得反常。在平常，我从来没有碰到过对我不正眼看一下的男人，除非是老老的人和小小的人，你是第一个我同意但你不同意与我第二次见面的男人，而且你只是个教书的？

怎么又是第一个？金大成有些晕，杜品当时也是这么说。这种事，为什么总被自己碰上了？难道自己真是现在的第一个堂·吉诃德？

金大成喝了口茶说，正因为我只会教书，只是个教书的，所以，我觉得不合适你。我不想自取其辱。

你还很给我面子，这边用行动打压我，那边用语言抬高我。说得这么好听。大A放下了茶杯，连着吸了几口烟说，是你觉得我不合适你吧？

金大成说，可以说，我们互不合适，像两条并行的铁轨。所以，再见面下去，只有那家公司合算，损人不利己，这事还有意义吗？

大A惊诧地看了金大成一眼说，你怎么知道？你说我认为你不合适我？如果我现在告诉你，我发现你正是我在铁轨上满世界想找的人呢？

金大成自嘲地笑起来，我既不贵，也不富，更不帅，更不用说鲜，这"四大名捕"都不是，怎么可能让你觉得合适呢？

你以为我找人破案？想当那个什么诸葛庄主？我开出的条件你不知道吗？你符合条件，我们才只第一次见面。大A把香烟用力地掐了说，我想知道真实原因，你说的不是真话，今天机会难得，也可能是天意，我们都说真话。

好吧，真实的原因是我觉得你不可能40多岁，一个女人把自己年龄往大报，这太少有，也不正常。不正常，我何必再下去呢？金大成看了大Ａ一眼。

大Ａ又掏出一支烟点上，长长地吐了一口烟雾，平静地说，你怎么发现的？

直觉！就是直觉。金大成说，41岁，两个孩子的母亲，稍稍注意一下就知道了，不需要太多的观察和发现，你的身材根本就不像生过两个孩子的妇女，你的脸上也可以看出没有做过母亲的神情，尤其你的脖颈光滑细嫩，一点颈纹也没有，除非你真是上天的个案，要么做了美容。金大成说。

大Ａ叹服地说，只有你，这么心定神宁，所以才能注意到。说到这，大Ａ失落地看了一下金大成，我当时就反对把我包装成这年龄。但是，那几个策划师说，如果是50岁以上的男人见了我，一定会被我吸引住，反而只会注意到我美貌，而不会对年龄起疑。还有就是跟你说的一模一样，说没有哪个女人愿意把自己的年龄往大说的，这叫出其不意。又说，正是个人条件越好，富有且美貌，最后不满意人家，人家也觉得正常，感到是自己配不上了。谁知道，这铤而走险久了，会碰到你这个情场便衣。

金大成也长吐了一口气，这只是猜测和判断的结论，幸好被自己猜中了，当然也得益于杜品，有了杜品，他才有没被大Ａ迷住的定力。金大成喝了一口茶，接着说，我见到你后，感到你限定要50岁以上的男人，这也是个让人费解的条件！

不，不。这条件是真的。大Ａ说，里面很多条件是真的，包括我至今单身一人。

虚虚实实，孙子兵法？好谋略现在经常被滥用。金大成调侃地说。

大Ａ低下了头，有些难过，我其实也不是想骗人。既然你这么厉害，我就干脆告诉你吧。我真是艺术学院毕业的，也当过市级电视台综艺节目主持人。

金大成点了下头说，这个我相信。不过，你条件这么好，何苦呢？

大Ａ惨淡地笑了，说道，我在市级台时，电视台的效益不好，除了新闻栏目，其他栏目都要自己拉钱找赞助。有一年，市里开两会，新闻主持不够用，我们综艺主持也被用上去当现场主播。就在这次会上，我采访本市一家大公司的老板。这个人靠房地产起家，在当地算是首富，有钱就成了地方名流，成了政协委员。一般记者约他，他从不接受采访。台里的老人也是欺负我这新人不知道这些情况，就把任务踢给我。我一无所知，就在会场外拦住了他，他接受了我的采访。我当时就感到他看我异样的眼光，可能由于我是少数民族和汉族的混血，许多人见我都很注意，我当时也没太在意。后来，他派人到台里说要做个公司的宣传专题片，指定要我去做主持采访。

这样，台里就安排我去了，专题是有偿的，他出手干脆。几次访谈，我同他就这么熟悉上了，每次访谈后，他都请我们摄制组吃饭，那排场我至今都忘不了。有次吃完饭，他请我们去Ｋ歌，就在他的一个城中私宅的多功能厅，几千平方米的院落，苏州园林的风格，地面上是亭台楼院，雕栏画栋，地下是健身房、游泳池、OK厅。我那天被惊住了，对富人的生活才开了眼。他请我跳舞，告诉我说，可以赞助我主持的栏目，冠名一年，并让我策划几场大的综艺活动，他赞助，支持我成名。我经不住，就这么跟上了他，做了他的秘密情人。他头一两年对我还好，给我买车买房，生日送我的是两克拉的钻戒，我父母在老家房子很差，一给他说，就给了我60万，让我给父母买套新的。可惜好景不长，我发现他外面还有好多个，就提出分手，他也腻了，我吵闹多次，他给了我300万。本来事情到此为止了，我也算了。两年后，我找了个本分的公务员，结了婚。但是，婚后却一直无法怀孕。我们很急，就去找医生看，检查了半天，医生没发现我们两人有什么问题，最后给我做子宫B超时，医生发现原因是我上了环，我丈夫当时就陪我在B超室里，当场人崩溃了，就冲出了B超室。我想了许久，我只跟过他，再无其他人。曾经为他堕过一次胎，那是在一家被承包了的民营医院里，全是他出面安排的。我想起来了，他和我在一起一点都不喜欢用避孕套，说橡胶过敏。一定是这贱人买通了给我做人流的医生，偷偷地上了环。我从医院出来就直接跑去找了他，他无法否认，说真的是忘记告诉我了。这更激怒我，这种事他那么轻描淡写地说忘了告诉我。我那天可怕的神情，让他终于害怕了，我真想当他面在他的公司跳楼而死。

他当时正想做省人大代表，怕我闹大了，就答应给我一笔巨款补偿。整整五个小纸箱的现金，我开车回时，我丈夫人不在了，桌上只留下一张条子，上面写了四个字，体面离婚。我只能离了婚，随后辞了职，卖掉房子，带着钱，开始到处漂了，过着一段我自己都不想回忆的日子。我在一个地方一般待上一段就离开，有次偶然来到海龙屿，这个城市，不知道为什么让我感到温暖，让我的心能够安静下来，感到这里就是我一直想找的归宿之地，我太喜欢了，决定定居下来。

金大成又听到一个天方夜谭的故事，感到实在不可思议，但知道大Ａ此时说的，一定是全真实的，没有亲历过，这个故事是编不出来的。可是，为什么现在如此多的残酷故事，都是与漂亮的女人有关呢？

大Ａ说完好像轻松起来，看了一眼金大成说，这是我藏在心中多年的秘密，我从没向人说过。我不知道为何会对你说出来。我不是想让你同情我，只想说，这件事改变了我全部生活和人生。我一直不明白，为什么个别人有些钱，就这么被社会包容和认可，什么代表呀委员呀就给他们，有些人纳税也不算什么贡献，他们本身就是不择手段地捞钱，品德也不怎样，怎么就可以被宠着羡慕着，还被视为年轻人的人生偶像。见到了你，我不知道为什么会有一种感觉，你是可以让我说这事、问这个问题的人。

怎么又这么被摊上了，金大成实在不明白，他为什么这么容易被初见的有特别经历的女人如此信任。大Ａ问的问题，如何回答得了呢？金大成无奈地说，生活不是武夷岩茶，我真无法回答你，也没遇过或想过这些。

大Ａ一下笑起来点点头说，也是，你只是个教书的。说到这，又苦笑了一下说，但是我怎么一见到你就觉得你很靠谱，你跟现在很多男人不一样，我就想对你说。我还想告诉你，我心里真的想，如果能遇上一个合适的，我想把我自己再嫁一次。不差钱的女人，一个人的日子也不好过。所以，年初欢喜月老公司找我，希望我成为公司的婚介推荐对象，我想想这对我也是个不错的机会，我并没有把自己定位为只做替身。

替身？什么意思？金大成问。

大Ａ浅浅笑着说，我与公司也签订了保密协议，我们不谈这些好吗？

金大成听出了大Ａ话里的意思，只是，你这么做，对别人，并不合适和厚道。

大Ａ说，我知道。正因为如此，我能买的单，我全买了，特别是那些我不想接触的人，我根本就不想欠他们什么！只是，你也别忘了，我也是有择偶权的人。

大Ａ投过来的有点暗示的目光，金大成感受到了。金大成很淡定地说，我们要不换泡茶，喝天心肉桂？

大Ａ高兴地说，我今天心情很轻松，好呀。

金大成说，武夷肉桂是因为茶树叶形有如桂花树，较之其他茶叶叶片更加肥厚而得名。

金大成边说边冲泡起来。

大Ａ喝了一口，称赞起来说，好香！好喝！放下杯子又说，我以前闷的时候，都是跑到酒吧里喝酒，喝得烂醉如泥，有次差点出了事，连命都差点没了，后来就不敢了。那天第一次我们见面喝茶，我不知怎么有点喝上瘾了，觉得以后喝茶好。我就想，如果我今后的人生少些酒气，多些茶香，那有多好！

金大成大笑起来说，那可能是你醉过太多次了！不过能说出这么一句话，说明你的心从来没有死去过！

大A睁着眼睛说，你这人真的有点神，在你面前我感到你好像什么都知道！你有点像电视里古代的智者，看似普通，却都是能掐会算的，洞察一切，好佩服。

手机来了条短信，金大成一看，是杜品的。杜品问：你在哪？今晚为何没来？

金大成对大A说，不早了，我要回了！

大A说，你电话是多少，我打给你，把号码也留给你，有机会我还想同你喝茶聊天，我开始喜欢喝茶了！

金大成没拒绝，觉得不能拒绝一个可以把如此隐私都告诉自己的女人，就把号码报给了大A，大A拨通后说，你要把我号码存住，据说一个人喝茶跟一个人喝酒一样，也是没什么意思的，你想喝茶就打给我。我的真名叫蒙香。你猜得很对，我今年只有38岁！你今天只说错了一点，那就是我确实想找个50多岁的老男人，有经历，懂珍惜，能对我爱护和包容，我很缺爱的！

金大成想去结账，蒙香坚决不让，抢着把单埋了。出来时，蒙香说，希望第三次见面你不要拒绝，给我点面子！

金大成说，好吧，我尽量。

蒙香说，那我不管你了。说完，上了车，就把车开走了。

金大成拿出电话，想给杜品打过去。一条短信又进来了，是杜品发过来的：临时又有事，谈单，今晚要很迟了！

金大成心情一下子坏起来，把手机塞进裤兜里，不回复了，开车走了。

十八

上午还在第二节课时，金大成正好没课，就在教研室里整理教案。手机响了，杜品劈头盖脸地就问，你昨天晚上为什么没过来？短信也不回？

金大成一夜没睡好，心里正烦，被杜品这么一问，没好气地说，你都是没空，我回了有什么意义呢？

杜品说，我都在做该做的事。

金大成生硬地回了句，我也没做不该做的事。

杜品似乎没料到金大成会这么硬气地回答，停了一下，过了一会儿才说，我下午一定要见你，有重要事情。

重要的事会不会又是钱呢？杜品的工作室开张了，是不是又要扩大规模或什么呢？金大成心情更不好地说，下午，我要上课！

杜品口气很霸道，你请假，无论如何我要见你！

金大成更生气了，强硬地顶回去，我无法请假！

杜品就把电话给挂了。

金大成把手机扔进抽屉里，去上第三节课时也不带上。但一下课后，就急急往教研室走，到了教研室后第一件事，就是打开抽屉，把手机拿出来。手机上留有杜品其间打来几个电话的未接记录，还有杜品留了一条短信：下午2点，码头轮渡。请来，一定要。

金大成看到后，心里先是一软，后又溢出了一些柔情，杜品一副令人生怜的模样如站在他眼前一般。

金大成脚不听使唤了，就往教务处走去。金大成来这个学校后，从没请过假，教务处的人知道不是特别原因，金大成是不会请假的，也没多问，就帮金大成把下午的课调到第二天下午。

调完课后，金大成又有些懊悔，现在杜品当他不存在似的，他干吗又要那么在意呢？如果不是为了借钱，杜品还有什么理由今天会主动约见呢？自从开始做神古，杜品走火入魔般，完全变成另外一人，好像也忘记了金大成还活着。只是为什么自己却总是在心里放不下杜品呢，总会时不时就想起，只要她来电话，就会情不自禁地想见她。

金大成请完假后，没太多心思在教研室待了，就从学校回到家中。

中午的时候，杜品又来了个电话。金大成故意停了一会儿才接。

杜品的语气明显变柔地说，能来吗？

金大成先嗯了一声，又觉得这么轻易答应不对，就带着情绪地加了一句，不去能行吗？

杜品轻笑了一下说，你就别装了行吗？我猜你假都请了吧？干吗还这么装不情愿！

金大成有种被人戳穿的不适，没吭声。

杜品说，别废话了，两点见！我这里还要先处理个事！

金大成放下手机后，就坐在摇椅上，心里赌气想不去了。但胸中又蹿出一阵刺痛，那是一种很受伤的痛楚。在与妻子恋爱时，金大成第一次与妻子吵嘴，妻子好几天不理他，那时，金大成心中的难受，就是这种感觉，既魂不守舍，又牵肠挂肚；既狂躁不安，又心空神虚。气恼中间杂着一种盼望，盼望中又夹带一种埋怨。这么多年，这种复杂难理的心态又突然间出现了。

如果不去，也许心会更痛，痛彻心扉。金大成想想，自己对杜品真没办法了。时间差不多了，金大成起身出门。

金大成到轮渡码头时，远远看到杜品站在那边。杜品穿着黑色的针织时尚套装，上衣高领中袖后露背，下身是束口休闲裤，一双 RV 镶钻黑色绸缎细高跟，迎风站在码头边，气质高冷，神情显得疲惫。

金大成上前后发现杜品光洁的额头上，冒出了几个油光闪闪的痘粒，那是虚火太大长出来的，心里又满是爱怜，绷紧的脸就再也绷不住了，脸上肌肉松了下来。

杜品见到金大成走过来，扬了扬手中的轮渡船票说，上船。

龙洲仔的名气太大了，来旅游的人太多，而龙洲仔太小，只有不到两平方公里，每天岛屿上都人满为患，不得不限制上岛人数。轮渡船上的人很多，不便说什么。杜品上船后就靠了过来，一副小鸟依人的样子。金大成虽然在这公众场合中感到很不自在，但心里还是很享受的。

只有 600 米的海面距离，轮渡船几分钟就靠岸了。踏上龙洲仔时，一股亲切又陌生的气息扑面而来，记忆中三角梅掩映的石径，有些改动，道路被拓宽了，但仍然铺着一块块条石。沿街已全是店铺，摆着向游客推销的特色产品和旅游品，最多的是品种多样的馅饼，唤醒了金大成儿时的记忆。小时，只有过年，金大成才能吃到龙洲仔的馅饼。金大成刚到海龙屿来时，曾专门买了两盒，一盒绿豆馅的，一盒花生馅的。吃了一口，怎么也寻不着小时的味道了。

过去小径边竖立着的许多木栅栏不复存在了，游客很多，人声喧闹。金大成问，你让我来这里干吗？杜品走在金大成的身边说，这个小岛一直在申请世界自然和文化遗产名录，每年都会举办一次钢琴节。这几天正在办节，所以更加热闹。在办节的一周时间里，岛上每天都要请几位钢琴家定时弹奏，曲目由弹奏者自选自定，为的是游客一上岛，就能听到优美的钢琴声回荡，能有一种独一无二的体验。这么些年下来，已有 20 多个国家的钢琴名家来岛演奏过。名家一般都是在晚上专场演出，白天营造艺术氛围的事，就主要找当地的琴手演奏了。我在大学时的一个艺术系的闺密，在这里具体负责这个事情。前年，我来听世界钢琴大师、维也纳学派三杰之一的约尔格·德穆斯钢琴独奏会，无意中遇上了。她得知我在海龙屿，去年就把我排上了白天弹奏的名单上。今年，她又没忘记我。我知道她好心，弹奏一个时段都有报酬的，我这个水准的，弹奏两小时可以拿6000元。今天下午由我弹奏，3点到5点，我知道你爱听我弹琴，就约了你来。你不是爱听班得瑞吗？我想弹几曲给你听。

杜品说这些话时，金大成恍若见到了初识的杜品。为什么，老天弄人，一定又把弹琴的杜品变成神古的杜品呢？金大成想到这，心里又袭来一阵刺痛。

这就是你说的重要事情？原来你是约我来听你弹琴？金大成心想，还好今天来了。

不是，弹琴是让你来听的，我要告诉你的，是要离开海龙屿一段时间。杜品神色黯然。

因为神古？金大成并没感到多少意外。

这回与神古无关。杜品摇了摇头说，我这次被别人忽悠了。昨天，街道居委会和派出所都来了人，通知我们，凡外地在岛务工人员，如果没有办理城市暂住证，或没有持有岛内就业证明，或无法提供在岛内的医社保证明的，都要限期离岛，说这是安全保卫的需要，因为有个极为重要的国际大会要在海龙屿举办，叫什么金砖会晤，说这是海龙屿有史以来最高级别的国际会议，有好几国的国家元首要到会。我来岛后，一直没有去办暂住证，像我这种被执行人员，我也不知道能不能办；就业嘛，我一个失信人员正式的公司或机构谁会招我？我也无法提供就业证明；来岛几年了，我到处找事做，都是做些流动性强的事。至于医社保，我因为关系都在老家，所以都是打钱回去，让我妈去替我缴，我也无法提供在岛缴纳的证明，所以，我只能离开一段时间，等这会议结束后才能再回来。

原先我租的那个场地，原来的那家培训机构一定是事先得知这个消息，就先行撤离了，我就说怎么运气这么好，一下就找到了个满意场所。我很生气地找了房东，说怎么可以这样骗我，房东一再解释说，他也不知道这个情况，以为我是有暂住证的，不然他还不租给我呢！我有苦难言，最后房东妥协了，与我达成一个协议，这几个月租金给我打到3折，场所按原协议给我留一年。我那住处也不能租用了，也是因为我没去办暂住证，所以这几天我要搬出来，我一些东西可以放在工作室这边，有一点重要的东西，我想寄存在你家里，行吗？

说到这，杜品用手轻擦了一下眼睛，那是擦去泪水。杜品在说时可能又触动了内心的痛处。到处都是人，金大成装着没看到，心里其实很难过。

杜品接着说，我知道你对我做神古有看法，但是，你说我现在能做什么？神古没有门槛，也没查我失信，还给我一个创业机会，培训我，关心我，把我当成团队的一分子，让我知道怎样让自己心理强大起来。这是我最后的一根救命稻草了，我必须全力抓住抓紧，我想翻身，把钱能全还给别人。你说，我有错吗？

这真不是一两句话说得清楚的。金大成更关心杜品的去向，你离岛这段时间，准备去哪里？

杜品伤感地说，本来，我可以去巴黎的。神古在巴黎的香榭丽舍大街开设旗舰店，给了我一个免费去的名额，还加了一个直系亲属的名额，几千人都能去，独独我被限高去不了，坐不了飞机。这真是个很难受的事情。我决定先回去看女儿，很久没回去看女儿了，每天同她视频，她总说想我，我也很想她。越想她，就觉得越要加倍努力，给她一个好生活。我这段时间回老家去，陪女儿几天，正好法院通知我要回去办理房产拍卖后的相关手续，又要面对这些足以令人崩溃的问题。我也想借机回去找些亲朋好友，看看能不能说服她们加盟神古，发展一些新人新线，我必须尽快上业绩，公司每月都要举办一次选商会，都必须带新人去。海龙屿这块地方，现在公司上层和我老师十分看好我这个团队和我开的工作室，公司本来准备派老师来加强指导的，现在也只能等那个重要会议之后了。

我向公司申请了创立工作室的验收，如果通过了，公司每月同意给我一半的房租补助，达到一定规模，公司会全额补助我的场租，这就可以减轻我的负担。我是不会放弃这里的，不会撤离的，我很快会回来的，只是要与你分别几个月，要不，你学校放了，你就来看我吧？也看看我原来生活的城市？

杜品的一席话，让金大成想到了女儿。女儿来电话时，不也一直说她的公司要来海龙屿设立子公司吗？海龙屿现在是个风水宝地，有太多的人都看中了这个地方。当然，女儿的公司与杜品所说的要设立的工作室是截然不同的，金大成说不上什么具体不同，但女儿所表现出的理念、格局和气度，金大成明显感到，杜品是根本无法与女儿相比的。只是，两人说话的口气，却又那么的相似。如果杜品不是去做神古，那么，介绍给女儿认识有多好！

到时候再看吧，金大成情绪有点低落。

杜品把金大成带到龙洲仔的钢琴博物馆边，那里有个钢琴艺术学校。杜品给门卫说了几句什么，门卫就让他们进入。杜品熟门熟路地找到了一个琴房。这个琴房明显平常是用来教学的，比较大，排着几张座椅，里面没人，在钢琴的一旁放着一张小茶几，茶几上放着几瓶矿泉水。

杜品解释说，我们当地的都是自己来，按时按要求弹琴就好了，所以，我才带你来。看了一下时间，又说，快到点了，我要闭目准备一下，好久没弹了，所以要你来，因为对着你弹，我可能才会投入。这个时候，我总不能表现太差了。你今天想听什么？

看来杜品对自己还是挺真情的，金大成有点感动说，只要你弹的，我都听！

杜品含情地看着金大成说，真的？

金大成老实地说，是。

杜品闭上了眼睛，独自坐在琴前。

金大成在一张椅子上坐下，静静地待在一旁。

杜品睁开杏眼时，正好差 1 分钟准 3 点。杜品暖暖地看了一眼金大成，把手指放到了键盘上，目视前方，整个人十分平静，脸上浮现出了祈祷似的虔诚。

《爱的纪念》的旋律如一群白鹭从海面上飞起，在蓝天盘旋。

我弹这首曲子，不是希望唤醒你对过去的感念，是希望你能记住，我们一起最愉快的时光。杜品边弹着边说。

弹第二支曲，金大成没听过。杜品轻声地说，这是久石让的《天空之城》，他是为一部动画片写的，很多人理解是对少年的赞歌，但我不知为何，一弹起来就想到我爸爸，可能是久石让对少年主人公寄予了无限的爱，如慈父一般的挚爱。我体验到那里面体现出的缓缓如旭日在海平面上升起的父爱，温暖，光明，博大，真切，深沉，整个表达又很有尺度，情感太自然了，是温情脉脉地流出，如不断涌出的感情温泉，弥漫着爱的雾气。那感觉，就如年幼时，我在开心嬉戏的时候，我爸爸看我的那种慈爱的目光。我曾经一直不知道怎么来形容那种目光，直到听到了这首曲，这曲就如我爸爸的目光，每次弹它，我就觉得我爸爸正在上天看着我。你今天在我边上听着，让我更有被爱的感觉。

音乐比诗有着更大更多给人想象的空间，不同的人听到同一首曲子，就有不同的感动。杜品此时想的是她父亲，但金大成此时想到的却是母亲，金大成觉得刚才进门时看到了那家钢琴博物馆，好像就是当年他看那个小女孩弹琴的地方。在天上的殿堂里，母亲现在在做什么，天上是否有夜与昼？那个世界是否永远光明灿烂，一切美好？母亲是否在天上也弹着钢琴，感受着童年的幸福时光？母亲知道现在生活这么好，孙女又如此争气，会弹什么曲子？

母亲又出现了，一脸难过和失落地说，那架琴，我们家一辈子都买不起！金大成心里突然产生了一个深深的遗憾，那就是这一生之中，居然没有听过母亲弹琴。金大成又想到母亲临终前说，其实我小时也弹钢琴，拿过学校比赛第三名。这时一阵揪心的痛楚袭过来，母亲那时说起，是不是想最后弹弹琴，让自己的孩子听听呢？

音乐是属于人的内心的，内心世界因为看不到也摸不着，自由无比，没有时空的限制，更无现实的考量。金大成完全敞开了心灵的宇宙，让琴声如星云一般扩散，翻卷，弥漫。

金大成心如被融化了似的，眼泪落了出来。

班得瑞的《安妮的仙境》《寂静山林》《月光水岸》、肖邦的《即兴曲》、约纳森的《杜鹃圆舞曲》、贝多芬的《悲怆奏鸣曲》……每弹一曲，杜品都会低声地给金大成报出曲目，金大成沉醉在曼妙的钢琴曲中。

大师的音乐，是让你深深感动之余，在情绪宣泄之后，心能像雨后的田野，彩虹高挂，恬静亮堂。杜品此时的神情，宁静优雅，清丽脱俗，实在让金大成看着充满爱怜。

时间很快过去，杜品开始弹最后一曲。杜品说，这曲是我送给你的，曲名叫《给爱德琳的诗》，也译成《水边的阿狄丽娜》，它取材于希腊神话里皮格马利翁的故事。皮格马利翁是个孤独的塞浦路斯国国王，他雕塑了一个美丽的少女，每天对着她痴痴地看着，并且疯狂地爱上了少女雕像。他向众神祈祷，用真诚和执着感动了爱神阿芙洛狄忒，阿芙洛狄忒赐给了雕像以生命，从此，皮格马利翁就与雕像少女幸福地生活在一起了。

如果是中国古代神话，金大成基本上没有不知道的。但是，希腊神话，金大成真没什么太多常识。神话都是每个民族最原始的文化基因，虽然其中包含了人类文明共同的密码，但是毕竟民族不同就有不同匹配的组合。希腊神话里诸神众多，关系复杂，名字也极为难记。皮格马利翁？金大成努力在脑中搜索了一下，只能摇摇头，表示不知道。

知道不知道，这并不重要，重要的是能够被音乐真正打动。杜品说。

金大成听到了深情、动人的音符倾诉。

最后一个音符结束时，杜品人要虚脱似的，瘫在座椅上，面色苍白。看得出来，她耗尽了全部的激情。

金大成上前去，打开了一瓶矿泉水，递给杜品。

杜品喝了几口水。

金大成站在后面，抱住了杜品，把杜品的头拥进了怀里。

杜品流了一会儿泪说，我知道你爱听我弹琴，你爱弹琴的杜品。但是，今天可能是我最后一次弹琴了，我决定三年内，我不再碰琴了，用心去做神古。

说完这些话，杜品弹琴时的那种如女神般神圣的表情消失，又变成了一个让金大成十分陌生的人。

金大成松开了手，失魂似的呆立着，嘴里说，你不弹琴，真是太可惜了，太可惜了。

杜品看出了金大成的绝望，惨然地笑了笑说，你这么喜欢班得瑞，你知道班得瑞其实是一群音乐人的组合吗？他们同属瑞典音乐公司，长年居住在阿尔卑斯山中，过着最原始和最质朴的生活，用心听取森林中的虫鸣鸟叫、泉流水声，包括落叶的声音，从自然界里汲取一切创作的灵感。音乐需要的心境，我一个负债累累的人根本达不到那个境界。你能理解最好，不能理解，我也无法勉强。我现在的老师说过，做神古的人，可能只能独自一人孤独地走在路上，没有人能理解，甚至连亲人家人都无法理解。

班得瑞居然是一群人？金大成真还不懂。但是，现在金大成已经顾不了班得瑞了，金大成想做最后的努力，耐心劝道，如果一件事连亲人家人都不能理解，那么是不是这件事本身也有问题呢？如果是这样的结果，那么你做神古有什么意义？为了什么？

杜品苦笑了一下说，我只能解决眼前，为了还债！你说的东西，我只能还了债后，再考虑了。所以，我知道你这段时间心里一直在怪我怨我，没有时间陪伴你，我也想和你好好待在一起，但我真没时间。我每天要完成对 4 个人的陌拜，要至少对 3 个人进行一访，要对两个人二访，对 1 个人完成三访，争取一个星期内要完成 3 人的四访，还要安排开分享会，拉人来参加。

什么叫陌拜？一访二访三访？金大成完全听不懂。

陌拜，就是对不认识的人进行拜访，主要是为铺垫，建立关系，发展新人，不断开辟新线；一访就是对已经认识的人进行拜访，完全是闲聊，建立信任感，这个阶段不能说产品，不能说架构；二访是在一访的基础上再次拜会，这时可以引导

进入谈实质的问题；三访是进行第三次面谈，这时是关键，能不能说服对方，就在这个时候。如果成功，就要带去开选商会了，在选商会上成交，我们称踢单。一访是挖需求，二访是钓欲望，三访是明结果。这个做法现在很普遍呀，一些保险、房产中介、通讯运营机构等行业的业务员，推销都是用这个法则，你经常接到一些电话，可以算是人家对你的陌拜。杜品解释道。

金大成听后无奈地摇了摇头，这真的需要多少付出！

杜品继续说，我为了拓展和业绩，还建了个微信群，加上其他的群，我每天要在几个群里发大量的微信，把产品宣传、真实案例等全发上去，要造势，要安排，要分享，要汇报，要给小伙伴鼓劲——说到这，杜品手机响了，杜品拿着手机说，你看，今天下午才弹两个小时，就有十多个未接来电，还有许多的微信未读。这个电话我要接下。

金大成在一旁听着。电话是杜品的伙伴打来的，说是晚上约了3个人来做三访。杜品问了这3个人是做什么的，对方似乎说，其中一个是做化妆品的，一个是做女性精油的，还有一个是创业培训的。杜品说，你要注意了解清楚，这几个人是不是真的想加入神古，不要是来想嫁接平台、套取资源的。如果是想来嫁接和套人的，就不要浪费时间。还有，在我们的微信

群里，是绝对不允许发与神古内容无关的东西的，我刚才看到，有个什么我是小小小小兔的，怎么发了几则出国游的广告，这是谁的下线，立即把她给我踢出群去！

电话打了足足10分钟以上。通完话后，杜品眼里闪过些许抱歉说，本来，我是想陪你在这小岛上走走的，我也想放松一下，但你看，我必须走了，有几个邀约对象在那边，我们要去群殴。

群殴？金大成一脸疑问，杜品说，不是打架，是几个人按各自分工，一起同客户谈，这样才能精准地对着这些客户的点，我们把这叫群殴。好像是难听了一点。

金大成心里阵阵悲哀袭来。

杜品没注意到，拿起了带来的手包说，我要走了，一起吗？

金大成说，你的钢琴，让我想起许多过去，你走吧，我想在岛上再转转。

杜品眼里闪过了几丝忧伤说，真的很抱歉，我知道你想离开我了。我也没办法，我现在这种情况，我自己都不知道怎么与你相处。今天，给你弹《给爱德琳的诗》，把它送给你，就是希望你明白。我现在越来越相信一切是命。每个人都只能按照自己的理解来生活，你按照你的理解生活，我按照我的理解生活。

金大成知道，如今说什么也没意义了，就想到了宋水月，就问，你是不是招了一个女生做助理，叫宋水月？

杜品一脸吃惊和不解，是的，你怎么知道？才来几天，这个女孩很聪明，悟性很高。哦，对了，她是你们铁城人。

金大成说，她是我过去的学生，给我打过电话。可能的话，好好待她！

你过去的学生？杜品有些意外，看着了金大成说，在神古做事情，全靠自己，这是我们的规定。不过，你交代了，我会的。

金大成说，不要告诉她，我和你说了这话。

杜品笑了一下，有些凄楚，你反正觉得做神古见不得人。好，我知道了。也好，有机会你可以问问她，我在做什么！

我走了！杜品说完，就闪身而去了，金大成目光追过去时，在人海之中，连背影都没捕捉到。

龙洲仔小道很多，都很短，直通向海边。金大成来到海边，此刻已是黄昏。也许是为了让人观海安全，这里的岸边砌着坚固的石栏杆，石栏杆边上，又砌着长石椅。金大成就坐在长石椅上，内心空洞地看着海。远处烟波缥缈，海面上一只海鸟也没有。海水有节律地冲到沙滩上，然后又退去。海浪冲上来时，似乎不顾一切，退下去时，在沙滩上留下了一圈圈的浪，让人感到它的无奈。金大成常年生活在山区，看惯了连绵起伏的群山。山总是固定静默的，远看永远见不到它的变化。海却不同，总是起伏涌动，在喧嚣中变幻着。看着空阔的海，金大成感到，海确实比山耐看，山有一种静穆的庄严，让人沉静下来；而海则有一股张扬的活力，时不时会拍着人的心灵和想象，透出引人的诱惑，令人浮想联翩。山可能更像他已经经历了的人生，而海则是更如当下他面对的流向不明的生活。

十九

女儿终于飞回来了，一落地在机场，就给金大成打来了电话，老爸，给你个惊喜，我到海龙屿了。

金大成感到有点突然，你怎么不提前说下，我去机场接你呀！

女儿说，公司临时决定，我带了公司几个人，他们现在在等行李，我才抽空给你电话。这次是工作，不需要你来接，我们是正式来商谈的，宋局长他们来接了。现在项目必须提速了，过一段海龙屿不是要开个几国元首会晤的国际会议，这边的总统将前往参会，计划带一个据说是这边史无前例的庞大的商业代表团包机去，我们集团的董事长已获邀将随总统前往，我负责的这个项目已确定要在那个时候正式签订合作协议，作为会议的一项成果。所以，集团催促我加快与海龙屿商谈的进度，这次回来就是要最后敲定一些具体的东西，要谈的还挺多，全是正式的会商，一场接一场的，日程安排会非常紧张，只能到时看什么时间有个空当，才能去看你。女儿在电话里说。

你先忙你的正事和大事，别耽误了，我反正都有空，你随时都可以回来看我。金大成既欣慰也理解，随口就多问了一句，那现在项目确定放在海龙屿了？

是的，我终于说服我们的董事会。还真不容易呢，你肯定想不到我怎么说的吧？那天董事会开得很长，我最后陈述的时候，我说两条理由，我说海龙屿是久负盛名的钢琴之岛，它所属的一个叫龙洲仔的小岛，更是闻名天下，那里从19世纪下半叶开始，就有不少国家在那个岛上建有教会、领事馆或公馆，在20个世纪初开始，更多的外国领事馆和别墅建成。由此，可以说在很早，西方的音乐及钢琴就进入那个岛，受这个影响，后来，龙洲仔成为著名的钢琴之岛，岛上人均钢琴的拥有数，到目前为止还是中国第一，现在正在申请世界遗产名录，那里很能体现中国现在改革开放和经济发展速度与水平，体现中西文化的相互包容与共享，以及中国沿海居民生活的水准和消费的水平。

第二，这次五国元首的会晤地点选择了这座城市，也说明和体现了海龙屿的特别和具有良好的营商环境。董事长定夺时说，金说得OK，一个有着优美钢琴声飘扬回荡的地方，应该是我们顶级珠宝的进入之地。既然有华丽的钢琴，那么配上华贵的钻石，那也许会是绝妙的匹配！五国元首会晤的举办地，中国选择了那里，我们把它作为我们的首选，应该也是对的！全体董事就这么通过了！女儿很得意地说，怎样，老爸，我厉害吧？

金大成非常高兴，这么说，这件事上，我并没有给你添麻烦？

女儿开朗地大笑起来，老爸，中国人，有中国智慧！我可是地道的Chinese！我同时建议公司，应该借五国元首会晤这个机会，加快推动进入中国市场，把在中国的市场布局进一步拉开拉大，所以建议把另外一个更大的海滨之城，作为我们第二个市场登陆地，如果可能的话，也在这次董事长随总统去中国参会时，在商业洽谈时，完成合作意向的签署，我说，这个在中国的古语中，叫借东风！董事长问我说，金，什么叫借东风，我就把诸葛亮的借东风故事说了一遍，然后又解释了一下借东风现在在中国的含义，董事长很高兴说，非常 OK，难怪现在的中国这么了不起！董事会也同意了，这件事仍然交我负责。所以，对不起，这样的话，我接下来就不能经常在海龙屿陪你了，我还要往下走，我想还有第三个、第四个……

难怪那天刘副市长和宋局长约见时，宋局长会说对女儿很敬佩。原来还真不是恭维之词，女儿的聪明、成熟和优秀，金大成觉得自己都不得不服。

喂，老爸，你告诉我，这次回来，我带个小钻戒送你，我发现海龙屿的男人都很爱佩戴贵重饰品，我印象之中，你可从来没戴过。女儿又说。

确实，金大成一生至今，只是在与妻子结婚时，戴过几天的婚戒。那时结婚，男人时髦戴金戒指，这个金戒指就是在婚前，金大成专门和妻子乘坐火车，到省城的一家大百货公司去买的，是妻子帮金大成选的，那时带去的钱不够，也没什么钱，给妻子买了一条细细的金项链，再买了一个镶嵌着一粒小珍珠的婚戒，剩下的钱就只能买一个小小的戒指了，好像就是 3 钱左右的。最后回程买了火车票，身上就只有 1 块钱，这 1 块钱，金大成印象特别深，那时没有高铁和动车，金大成与妻子坐着火车回铁城，行程要9个多小时，在车上只买了几个一毛钱一个的包子充饥。那个窘境，金大成现在想到仍记忆犹新，好在当时就是那样的生活，妻子能理解，如果换成现在的女儿，会不会中途下车生气跑了！想到这里，金大成心里发笑，当然，现在不可能了，到处是银行，还可以手机支付，一切都太方便了，只是女儿没有这份经历，可能永远都不会知道，那种日子是什么感觉。

金戒指婚礼过后没几天，金大成就脱下来交给了妻子保管，再也没戴过，那时可算是贵重之物，当然，金大成当老师，觉得不合适戴着，那下铁城男人也没人戴金戒指的。一直到女儿那次整理妻子的遗物，金大成才再次看到，妻子把戒指放在一个红色的小戒指盒里，保护得很好，金大成当时睹物思人，眼里的泪水流得更多，就没想起30年前那次与妻子婚前去省城的尴尬了。

现在女儿，只要发现金大成没有的，似乎都要给补上，金大成说，我当老师的，怎么好戴个钻戒上课，你还是留给自己吧！

别假装了，老爸，我给你的必须戴！好，不跟你说了，我那几个同事取到行李了，我要去忙了！到时再回去看你！女儿把电话挂了。

金大成是在晚上7点多时，意外地接到了大A蒙香打来的电话。金大成那时正在给自己泡茶，喝武夷山的半天夭。半天夭在武夷岩茶里，因其长在峭壁之上，人很难攀岩采摘，传说古时寺庙僧人是养猴训练之后，再让猴子上岩去采摘，才得其名的。如今的半天夭，肯定是不可能再用猴子上山去采了，也不可能会是长在悬崖峭壁上，就那几棵茶树，怎么可能会有产量。现在的半天夭，自然是种在地上，这种在地上与种在岩上，品质差别那可是太大了。虽然肯定有差别，但金大成因为白天接了女儿电话，心情不错，今天独自品茗，还是感到美滋滋的，有多久没有这种悠然的心态了？正当金大成珍惜着这当下的美好时光时，手机又响起了，金大成并不是很想接电话。但电话已经响了，不接也不合适，金大成不情愿地拿起了手机。

是蒙香。蒙香开口就说，武夷岩茶，你在忙什么？

金大成一听就紧张起来，你有事吗？

蒙香说，干吗那么严肃？没事就不能找你聊聊天？

那也不是。金大成有点怕蒙香，真不是。

蒙香笑出声来，你干吗怕我？好了，不逗你。你这人只有喝茶时还比较自信而且会聊天。我今天给你打电话，是想告诉你，我把我花店边的一个店面租了过来，我决定了，开个小茶馆，想请你过来帮我参谋参谋，看看怎么装修怎么摆弄比较好。你有空吗？

怎么又是开店！现在怎么了，都是女人爱开店？晚上还真没什么事，但金大成却并不想去。这个……这个装修什么的，我真不懂！金大成说。

我又不要你提供专业的意见，就是想请你过来，向你请教请教！对了，我今天终于弄到一泡空谷幽兰，一泡风轻云淡，据说都是顶级的武夷岩茶，你想泡茶吗？如果这都不能让你想来，就说明你是假爱茶了！蒙香嘻嘻地在电话里笑起来，有点不依不饶。

金大成吞吞吐吐地说，那能不能改天，改天再找个时间呢？

蒙香说，改天也不是不行，不过我可要告诉你，改天就只能等我们第三次见面了！明天公司就会通知你，这周星期六，就会安排我们第三次见面。

星期六，第三次见面？金大成有些晕了，第三次见面终于要来了，这次怎么推？女儿已经来到了海龙屿，他再不去参加欢喜月老公司的这个安排，怎么对女儿交代？女儿现在工作这么繁忙，且大任在身，不能再让女儿为自己劳心分神了。

金大成决定今晚还是见见蒙香，就说，你那地方在哪里，能不能把定位发给我？

蒙香一下显得很开心地说，不好意思，我知道你住在琴岛华庭这边，至于我是怎么知道的，你就不要问，我想你也会猜得到，我已经在小区外等候了，今天我特别高兴，你下来我带你去吧。

蒙香已经在小区外等着了，金大成想，这女人真有点疯，今晚本来就是不去不行了，好在自己后来答应了。金大成下楼走出小区，果然看到了蒙香那辆红色宝马 X5。

到达目的地，金大成惊奇地发现，蒙香的花店就在金世纪大酒店边的一条小街上，这让金大成不由想起了与杜品第一次见面的情景。但金大成刚准备飞扬的思绪，很快就被蒙香打断了，蒙香此刻大大咧咧地说，今天我来学泡茶，不许你动手，你只需要动口就可以了。

入座之后，蒙香的嘴巴停不住，一边用电茶炉烧水消毒茶具，一边说，今天我特高兴，本来想找人喝酒，但想想还是找人喝茶比较好，所以就选中了你，知道为什么吗？

金大成莫名其妙，轻轻地摇了摇头。

蒙香显出极度的兴奋，我今天接到一个太让我振奋的消息了，你记得我给你说过的那个恶心的老板吗？他终于被抓了，被取消一切头衔，打回了原形，成了一个犯罪嫌疑人。这种人渣，真是恶有恶报。

原来如此。金大成这才有点明白，你是因为这个找我喝茶！又加了句，这对你是个好消息。

蒙香说，但你可能不知道，我心里一直在等着这个结果，等了好几年了。这期间，我万分痛苦过，也万分绝望过，我一度十分消沉，随波逐流，甚至差点放弃自己。我还曾去一座大庙里烧香许愿，哪天这个恶心人渣得到报应，我就捐款。今天，为了这个终于盼来的公道，我是不是该庆贺一下？

蒙香端起一小杯茶说，来，我们以茶代酒，你也祝贺我一下！

金大成举起了茶杯说，喝一口。好茶就是好茶，啜了一口后，金大成口齿生香，慢慢吞咽下去，让茶水润过喉咙，一下一股回甘在舌尖上就泅开，是兰香味的岩茶，金大成最喜欢的就是带有天然兰香味的。

品了一会儿茶，蒙香又说，喂，我想过一段时间去原来许过愿的庙里还愿，你能不能陪我去呀，就是岛上那个很出名的寺庙。

这——金大成很为难，我陪你去合适吗？

蒙香把茶杯放下了，你这人，怎么不合适？我非常惊奇的是，我是那天碰上了你，聊着聊着，就把我的绝密隐私向你说了出来，我从来没有向人说起。谁知道呢，与你说了之后，你看，我就获得好消息了，那个人的报应就来了，你像我遇到的贵人似的，我上次去许愿，那里一个老和尚告诉我，说我放下心来，必遇贵人，自有所得。我一直还没弄懂。现在我一下就明白了，这不是说要遇上你之后吗？

金大成差点笑得把茶水喷出来，你是受过高等教育的，这话你怎么会这么理解，换上是我，我也会对你这么说的。现在我们这个社会，越来越清明公道了，那老和尚是多智慧的人，他天天细思静观，怎么不会判断，这个社会越发展就越来越公正公道，凡是做了坏事的人，最后怎么没结果，会逃得掉？你不是遇上我，你遇上一个好时代好社会，希望你从今天起，放下心理包袱，好好生活！

喂，你怎么像我爹似的说话，好讨厌！不管怎么说，我心里的秘密是跟你说破了之后，才有了这个结果，你不想陪我去，就是找借口！蒙香白了金大成一眼，你以后这样总找借口推来推去的，会让女人不喜欢的！说到这，蒙香感到自己可能说重了，又给金大成添了一杯茶说，你不要在意我刚才的乱说，就冲着我请你今晚喝这么好的茶，你陪我去成吗？

金大成很理解和宽容蒙香的直来直去，不是我不想陪你去，这种事情，你应该明白，还愿一般是一个人独自去，这是还愿的规矩，我是好心怕你得罪了神明。

金大成认定自己不合适陪蒙香去，就随口一说。

真的？这我还真不知道！蒙香居然信了，那要不，你陪我去，就在外面等我。说到这，蒙香顿了一下，对，我当然现在准备好好生活了，我已经正式向公司提出解约了。

金大成正举着小茶杯想再啜饮一口茶，一下听愣了，你向公司提出解约了？

是的，蒙香一脸正经地说，也是在今天，我得到那个好消息后，我突然感到，还是回到正道上来好，老老实实做点事，不能再那么不清不楚地混生活了。公司那边见我很坚决，基本同意了，但要求我必须完成与你的第三次见面这个单后才可以，因为公司已经定下明天发出第三次见面通知了，你这单不按约履行，公司就交代不过去，怕节外生枝。我答应了。晚上约你喝茶，我也想找你说这事，你不要再像第二次一样放我鸽子了，让我能尽快交代过去。上次我就跟你说的，公司安排的这第三次见面，你一定要给我点面子，必须来。

金大成才想起来，上次与蒙香在水中央广场偶然碰到后，一起喝茶时，蒙香是说过了。金大成说，对，你是说了。

蒙香微叹了口气，与你这第三次见面完成后，我就彻底与公司脱钩了，我准备好好来做我的茶馆，重新开始我的生活。这座城市算是我的福地，我决定这辈子就留在这里了。

蒙香这么说，让正为第三次见面烦恼的金大成突然想到了一个办法。金大成说，要不这样，我也想请你帮个忙，这第三次见面，你能不能帮我下，我会去，去后你就给公司反映，说这次没有结果。

肯定没有结果的，这还要我帮什么忙！你不都知道了吗？有结果那我以后怎么可以继续做公司的媒托！蒙香不解地说。

是这样呀！金大成一下醒悟过来，真是不识庐山真面目，只缘身在此山中。金大成被蒙香的话语一点就通了，对，我怎么没想到这点！

蒙香似乎也反应过来了，幽幽地说，我知道了，你原来到欢喜月老公司第一次来，就很纠结，很不想来，但因为那是你女儿替你安排的，你拗不过你女儿，不忍心拂了她的好意和孝心，所以呢，不去又怕对不起女儿，伤了她，对她没法交代。原来你是为了女儿！那好，我知道你的意思，我也知道该怎么帮你成全一个慈父之心，我们做个交易，我帮了你，你呢，必须陪我去还愿！成交不？

蒙香表现出一个很复杂的表情来。金大成明白，蒙香是难过自己对她原来也是个应付，这个被人宠惯了的女人，这下自尊心和自信心有点受损了，但还好，本来她所做的就是逢场作戏的事，她同时很快又想通了。

金大成慎言慎语地说，你离开那公司我很为你高兴，想好好地做茶馆也非常好，你一定会有全新的生活！

蒙香说，你看，又摆出你老师的架势，说些对学生说的话。我可不是真的想成为你的学生，只是想向你学点喝茶！那我们刚才说的事，就这么定下来，我帮你，你也帮我！

不能让女儿知道，心疼那交给欢喜月老公司的钱；也必须让女儿能够心死，自己不可能会从欢喜月老公司找到人选。金大成说，那好，你去还愿时告诉我，我陪你去，但我只在外面等你。

蒙香想再泡第二泡茶时，金大成说，我要回去了，明早还有课。

蒙香不坚持了，那我送你回去吧！

金大成说，送也不要，这里离我那里不远，我想走走。

蒙香情绪有些变化说，那好吧！

金大成离开时，蒙香说，喂，你记住，这第二泡茶，见面那天我会带去泡，如果你又找理由不来，我就把茶扔到海里去！

金大成说，那多浪费，我会去的！

走出小街，金大成看到了金世纪大酒店，LED 的店牌闪烁着，且不断地变幻各种色彩，金大成想到了第一次与杜品见面时的情景，那优美的钢琴声又在耳边回荡起来。杜品说要离岛一段时间了，女儿今天也回来了，蒙香现在准备好好开个茶馆了，宋水月呢？杜品工作室停开这段时间，宋水月会不会另找工作呢？

就这么一段时间，却遇到了一生都不曾想到过的如此多的问题，是生活变了，还是自己变了？金大成想到杜品那天说的话，你不改变自己，就无法改变生活！自己需要改变吗？

走在大街上的金大成，又有点茫然了，想到了杜品，心里有着说不出的痛。

杜品电话打过来了，你在哪里？

金大成说，我散散步。你今晚怎么这么早就有空？

杜品说，我在整理东西，我明天要把东西放到工作室里去了，这房子要退了，你今晚过来吧，然后明天帮我把东西用你的车运到工作室去，有一个包要寄放到你那里。还有，上次借你的钱，本来准备还你。神古回款很快，我们又努力，但后来开了工作室，钱又全部用在工作室上了，所以工作室的钱原来说向你借，后来就没向你要了，想工作室起色后，就还你，哪里知道遇上现在这种情况。借你的钱，我这次回去，看看吧，如有，我就还你，如果没有，那就要等以后了。

金大成忙说，那钱不急，你不要一直放在心上。

杜品说，等下见面我不想与你谈任何其他问题，所以电话里先跟你说，我是一定要把钱还给你的，我不想你认为我是一个借人钱不还的人。这段时间我想想真的太少陪你了，我准备后天离开，要离开了，我真的感到心里放不下你，我很感激你对我的尊重、帮助和爱，给我这几年来都没有享受到的应有的尊严和爱护。真的，骑士，我上次开玩笑地说叫你骑士，后来也没叫过，今晚我特别想你，我们在我这里好好地度过一晚。如果可能，明天晚上我去你那里住一晚，我从来没去你那里过，让我看一看，我离开的这段时间，想你的时候就能够知道你在家里做什么！

金大成被杜品的话说得心里很暖，但后面却有点心惊，今晚杜品要自己住过去，明晚杜品要住过来，如果女儿今晚或明晚来看自己，那怎么办？

杜品没等金大成说什么，就说，我现在非常非常想见到你，你不要散步了，快点过来！电话就挂了。

金大成拿着手机，站在街边，不知道该怎么办才好。

2019 年夏完稿于榕城